KB109874

회
색
프로젝트 3

회색 프로젝트 3

발행일	2017년 10월 11일		
지은이	함 문 성		
펴낸이	손 형 국		
펴낸곳	(주)북랩		
편집인	선일영	편집	이종무, 권혁신, 최예은
디자인	이현수, 김민하, 한수희	제작	박기성, 황동현, 구성우
마케팅	김회란, 박진관		
출판등록	2004. 12. 1(제2012-000051호)		
주소	서울시 금천구 가산디지털 1로 168, 우림라이온스밸리 B동 B113, 114호		
홈페이지	www.book.co.kr		
전화번호	(02)2026-5777	팩스	(02)2026-5747

ISBN   979-11-5987-474-1 04810(종이책)   979-11-5987-475-8 05810(전자책)
        979-11-5987-454-3 04810(세트)

이 도서의 국립중앙도서관 출판예정도서목록(CIP)은 서지정보유통지원시스템 홈페이지(http://seoji.nl.go.kr)와
국가자료공동목록시스템(http://www.nl.go.kr/kolisnet)에서 이용하실 수 있습니다.
(CIP제어번호 : CIP2017008203)

(주)북랩 성공출판의 파트너
북랩 홈페이지와 패밀리 사이트에서 다양한 출판 솔루션을 만나 보세요!
홈페이지 book.co.kr   자가출판 플랫폼 해피소드 happisode.com
블로그 blog.naver.com/essaybook   원고모집 book@book.co.kr

함문성
장편소설

회색

화려한 프로젝트 이면의 어두운 그림자

프로젝트 3

북랩 book Lab

차례

첫 번째 교란전술

삼마그룹 본사 1층 전체를 차지하고 있는 프로젝트 공간은 사람들로 북적북적하다. 하긴 오늘 협력업체 개발인력 대부분이 투입되었고 비록 삼마DS 인력들의 자리는 비어 있지만, 그런대로 꽉 차가고 있는 느낌이다. 한 비서가 김호석 상무를 발견하고 자리에서 벌떡 일어나 반갑게 인사를 건넨다.

"상무님 오셨습니까? 이사님 안에 계십니다."

한 비서가 예쁘고 빈틈없이 생겼지만, 때론 공부도 많이 하고 현명하게 생긴 친구들이 헛똑똑이같이 어리석은 판단을 할 때가 있는 것을 가끔 본다. 부 이사의 사무실에 들어가자 자료를 작성하는지 노트북 앞에서 손을 부주하게 움직이고 있다. 얼굴은 벌겋게 상기되어 화면을 응시하고 있는 것이 자못 심각해 보이기까지 한다.

"아, 상무님 오셨습니까? 감리에서 가져온 컨설팅 계약서 작성하고 있었습니다."

김 상무는 신경 쓰지 말고 하던 일 계속하라고 하고 소파에 털

썩 앉는다.

"계약서는 표준폼에다가 수행계획서를 뒤에 첨부해. 너무 복잡하게 생각할 거 없어."

한 비서가 차를 가지고 들어왔다.

"한 비서, 축하해. 후렉스코리아 정식 직원됐다며. 좋겠어."

김 상무는 메일로 부 이사의 업무보고를 받아서 인사 처리가 되었다는 것을 알고 있었다. 부 이사가 계약서 작성을 마쳤는지 김호석 상무의 맞은편에 와서 앉는다.

"상무님, 오전에 김병기 사장에게서 들은 이야기인데 삼마그룹과 삼마DS 간에 용역 비용지급 건으로 인력을 파견하니 마니 살바 싸움을 하는 것 같습니다."

새로운 정보를 전해 들은 김 상무는 이것을 신 부회장에게 이야기하고 어떻게 활용하도록 조언할까 고민한다. 틀림없이 신 부회장에게는 보고가 되지 않았을 것이다.

"다른 내용은 없나?"

생각에 잠겼다가 불쑥 질문을 던진다.

"그리고 김병기로부터 컨설팅 인력 1명 추천받았고 오후에 계약하러 들어오라고 했습니다. B&K는 20% 정도 네고했습니다."

일단 김병기와 윤 부장 쪽이 시나리오대로 잘 따라오는 것 같아 안심이 된다.

"계약서 줘봐. 지금 부회장실에 올라가서 도장 찍어올 테니까."

김호석 상무는 컨설팅 계약서를 2부를 넘겨받아 가방에 넣은 다음 신 부회장의 집무실로 올라간다.

"부회장님 계시나?"

언제나 조용히 자리를 지키고 있는 여비서에게 물어본다.

"네, 상무님. 안에 계십니다."

집무실 안으로 따라 들어간 김 상무는 어딘가와 열심히 통화하고 있는 신 부회장이 통화가 끝나기를 기다린다. 통화가 끝나자 반가운 듯 신 부회장이 미소를 짓는다.

"김 상무 잘 왔어. 빨리도 왔네. 역시 비즈니스맨이야."

김 상무는 자리에 앉으면서 신 부회장의 얼굴을 살펴본다.

"축하드립니다, 부회장님. 승승장구하시고 계십니다."

신 부회장의 표정이 매우 밝아 보인다.

"응, 요즘 같이 일이 술술 풀리면 얼마나 좋겠어. 계약서 가져왔나?"

신 부회장은 프로젝트를 빨리 진행하여 결과를 신속하게 보고 싶은 모양이다.

"선배님, 그게 문제가 아니라 지금 삼마와 DS 간에 문제가 좀 있는 것 같습니다. DS에서 프로젝트에 인력을 투입시키지 않아 개발 일정이 차질을 빚고 있습니다. 선배님 동생들이 DS를 장악하고 있는 상황에서 프로젝트를 방해하는 것 같기도 하고… 이 문제를 어떻게 해야 하겠습니까?"

신 부회장은 김 상무의 이야기에 적잖이 놀라는 표정이다. 표정으로 봐서는 이 일에 대해서 어떠한 보고도 받지 않은 것이 틀림없어 보인다.

"그래? 신 상무는 이런 것을 왜 보고조차 안 하는 거야. 일단 이 문제는 천천히 방법을 찾아보고 계약부터 하자. 그리고 컨설팅 프로젝트부터 빨리 진행시키자고."

전화를 들어 여비서에게 관리부 윤 부장에게 계약체결 한다고 올라오라 하고 신 상무에게도 연락해 들어오라고 지시한다. 프로젝트와 관련한 이야기를 나누면서 두 사람이 올라오기를 기다린다.

"부회장님, 신 상무와 윤 부장 오셨습니다."

"들어오라고 해. 그리고 이리와 봐. 이 계약서 내가 내용 확인했으니까 윤 부장보고 도장 찍어오라고 하고 윤 부장은 들어올 필요 없다고 해."

얼굴도 보기 싫은지 윤 부장은 신 부회장의 집무실에 아예 들어오지도 못하게 한다. 잠시 후 신 상무가 들어오자 신 부회장은 밝은 표정으로 김호석 상무가 이야기한 인력 관련 건은 빼고 컨설팅 프로젝트와 관련하여 지원을 잘해야 한다고 지시를 한다. 윤 부장을 만난 비서가 도장이 찍힌 계약서를 가지고 들어온다.

"신 상무께서 부태인 이사하고 협의해서 내 옆 공간에 프로젝트 룸을 빨리 만들어 주세요. 공간을 13명 들어갈 정도로 하되 좀 여유롭게 잡고 회의실도 몇 개 필요할 거니까 협의 잘하세요. 내가 직접 보고받고 챙길 것이니까요."

오늘 이사회에서 컨설팅 프로젝트 관련하여 의결할 것이 있다고 위임장을 받아 갔는데 신 상무는 부회장이 직접 관리하는 프로젝트라는 말에 깜짝 놀란다. 더군다나 자기의 옆에 프로젝트 룸을 만든다는 소리에 무엇인가 중대한 일을 하는 것이 아닌가 생각해 본다.

"여기 사람이 많이 상주하면 번잡스러울 텐데요."

신 상무는 부회장의 사무실 근처가 혼잡스러울 거라는 핑계로 자기 쪽으로 가지고 내려가려는 의지를 나타낸다. 그러나 신 부회장도 그러한 신 상무의 잔머리가 눈에 훤하게 들어오는 모양이다.

"아, 걱정하지 말아요. 인력이 13명 정도밖에 안 되고 나하고 하는 인터뷰도 많고 하니까 다 감안한 거예요. 또 이 넓은 공간을 놔두고 다른 공간을 찾아 한다는 것은 비용 낭비가 심한 거 아닌가? 이야기 끝났으니 내려가 보세요."

부회장이 더 이상 이유를 달지 말라는 듯이 자리에서 일어나 책상 쪽으로 간다. 신 상무는 뭔가 불길한 마음을 가지고 부회장실을 나와 1층에서 기다리고 있을 윤 부장이 있는 곳으로 내려간다. 김호석 상무는 신 부회장과 마주 앉아 삼마 컨설팅 프로젝트의 진행 방향에 대하여 조율한다.

"김 상무, 김 상무가 이곳에 자주 와서 나와 전체적인 흐름에 대하여 협의를 해야 할 것 같아."

사실 김 상무는 컨설팅 건보다 삼마DS 인력투입이 늦어지는 것과 관련하여 부회장과 동생들 간의 힘겨루기가 벌어지고 있는 상황에 대한 이야기를 하고 싶었다.

"선배님, 그것보다도 인력투입이 늦어지고 있는 부분에 대한 정리가 신속하게 필요할 것 같습니다. 저한테 안이 있긴 있습니다만."

삼마 신전략정보시스템 구축 프로젝트가 마냥 늘어지는 것은 후렉스코리아에 결코 좋은 일이 아니다. 놀고 있는 인력의 공수가 하루 250명인데 쌓이면 감당을 못할 수도 있다는 판단에서다.

"이야기해 봐. 저놈들이 삼마DS 인력을 잡고 있으니 어떻게 할 수도 없고 참 답답하다. 사실 너네도 이러지도 저러지도 못하고 골치 아플 거 아니냐."

비록 그룹 부회장이지만 아직 그 위치가 완벽하지 못한 상황에서 밀어붙인다는 것이 용이하지 않을 것이다.

"선배님, 삼마DS 쪽에 삼마그룹 정보시스템 관련해서 전체 관리를 아웃소싱Outsourcing: 운영조직을 외부 전문기업에 용역을 주는 것한다는 정보를 흘리는 것입니다. 요즘 일부 기업들이 정보시스템 관련 업무를 다국적 정보기술 전문기업인 후렉스, IBM과 국내 삼태 정보시스템 같은 회사에 위탁하여 운영을 많이 하거든요. 삼마DS 같은 회사는 아직 정보기술 분야에 걸음마 수준이니까 실제 아웃소싱해서 운영을 하지 않는다 할지라도 회사의 존폐와 맞물려있으니 놀랄 것이고 조직이 많이 흔들릴 것입니다. 그래서 무릎 꿇고 오면 못 이기는 척하고 받아주는 것이고, 그렇지 않고 방해가 지속될 것 같으면 이 기회에 아웃소싱을 주는 것입니다. 통계적으로도 아웃소싱 주는 게 비용이 적게 든다고 나와 있습니다. 그 대신 그룹의 정보시스템 관련 사업은 없어질 수도 있습니다."

김 상무는 여러 가지 예상되는 상황을 들어가며 삼마DS를 압박할 전략을 이야기한다. 신 부회장은 김 상무의 이야기를 들으며 고개를 끄덕이면서도 고민이 많은 것 같아 보인다.

"김 상무, 내 걱정은 삼마DS 하나 정도야 날려 보내면 그만이고 일도 아니지만, 오늘 이사회 끝나고 아버지가 동생들 너무 몰아붙이지 말고 잘 보듬어 주라는 이야기가 생각이 난다. 회사를 위해서는 지금도 비협조적인 놈들 다 날리고 싶지만 좀 부드러운 방법이 없을까? 컨설팅할 때 필요할 것 같아서 그룹 내 동생들 인맥이라고 분류되는 사람들 포함한 전체 인맥 구성도를 가져오라고 했어. 봉급쟁이들이야 자기를 더 이상 케어해주지 못하는 끈이라 판단되면 바로 돌아서니까 중심세력을 몇 명 날려 보내는 전략으로 조직 컨설팅을 몰고 가면 될 거 같다고 김 상무가 이야기한 것이고. 내가 말을 너무 많이 하나? 하하."

사실 신 부회장은 요즘 와서 만나면 말이 부쩍 늘어 있다. 자신감의 표현이기도 하지만 걱정이 그만큼 많다는 것이기도 한 것이다.

"선배님, 일단 소문만 내도 쓰러질 것 같은데요. 무혈전쟁이 최고 아닙니까. 제 생각에는 4주 이내에 인력 들어올 것이고 한번 머리 숙이고 들어오면 두세 번 숙이는 것은 어려운 일이 아니니까요. 일단 윤 부장 쪽에다 소문을 슬쩍 흘리겠습니다."

신 부회장은 자신의 일처럼 도와주는 후배가 고맙기도 하고 능력도 출중하니 어떻게 자기 밑에서 일하게 할 수 없을까 늘 고민한다. 그러나 김호석 상무가 후렉스코리아에서 잘 나가고 있고 차기 대표이사라는 소문도 나돌고 있으니 감히 제안조차 못 하고 있는 것이 사실이다.

"그럼 나는 어떻게 해야 하냐? 신 상무 같은 경우는 바로 확인하려고 할 텐데."

"선배님, 선배님은 제가 정보를 흘리고 나서 누가 확인하려고 하면 고민은 하고 있다고 이야기하십시오. 그리고 저도 선배님 만나러 오면 윤 부장이나 신 상무를 꼭 만나 외주와 관련된 이야기를 몇 번 하면 자연스럽게 소문이 사실이구나 생각할 겁니다. 그렇게 읽어주면 생각보다 결론이 빨리 날 것입니다."

신 부회장은 김호석 상무의 전략대로 한번 움직여 보기로 결정하고 컨설팅 인력은 언제부터 들어올 거냐고 확인한다.

"여기 환경이 갖춰지면 바로 시작하겠습니다. 저도 일주일에 두세 번 이곳으로 출근하여 선배님과 미팅을 하도록 하겠습니다. 온종일 있지는 못하지만 말입니다."

일주일에 두세 번이라는 소리에 얼굴이 환해지는 것을 보면서 김호석 상무는 신 선배가 측은한 생각마저 든다. 미국에서 자유분방하게 살다가 국내에 들어와 낯선 환경에서 그룹 운영을 위한 복잡한 일에 골머리를 썩이고 있는 모습에서 여유가 많이 사라진 것을 찾을 수 있었다.

"그래, 호석아. 네가 당분간 나 좀 도와주라. 필요하면 이쪽에 방 하나 만들어 놓으라고 할 테니까."

신 부회장은 미안한 마음에 너털웃음을 지어 보이지만 김호석은 가능하면 도움을 주어야겠다는 생각을 한다.

"그리고 선배님. 컨설팅팀에 윤 부장 쪽과 가까운 김병기 쪽 협력업체 직원이 1명 투입됩니다. 이이제이라고 그쪽 라인을 이용해서 스스로 덫에 걸리게 한 다음에 자연스럽게 정리하는 형태로 진행하려고 집어넣은 것이니까 이 인력이 모일 때는 별다른 이야기하지 마십시오."

"그러냐? 알았다. 팀 구성되면 식사자리 한번 만들고. 나는 약속이 있어 나가봐야 한다."

김호석도 퇴근을 하기 위하여 같이 자리에서 일어났다.

"선배님, 가능하면 1층에 내려가셔서 둘러보시다가 부 이사나 저에게 한마디 하고 가시죠. 다들 퇴근 안 하고 있고 DS 쪽 인력이 채워지지 않아 빈자리가 많이 보일 건데 빈자리는 뭐냐고요."

짧은 시간 두 사람은 엘리베이터를 타고 내려오면서 전략적인 요소가 가미된 프로젝트가 쉽지 않다고 이야기한다. 1층 프로젝트 룸으로 들어가자 아무도 퇴근하지 않고 분주하게 움직이고 있다. 부회장이 내려온 것을 발견하고 신 상무가 윤 부장하고 같이 있다가 놀란 듯이 다가와서 인사한다.

"DS 인력이 아직까지도 투입이 안 되었다며? 왜 나한테 보고조차도 되지 않는 거야?"

부회장의 갑작스러운 지적에 당황스러운 듯이 신 상무가 말을 더듬는다.

"네, 부회장님. 협의하고 있습니다. 곧 해결되지 않을까 판단하고 있습니다."

"금방 해결될 것 같은 것들이 협의를 하고 있다고 말을 해? 강 부장 DS 인력은 왜 안 들어오는 거야? 부장 혼자면 개발이 다 되는 거야?"

얼굴이 벌겋게 달아오른 강 부장은 신 상무와 똑같은 이유를 대며 더듬거린다.

"요구된 투입인력이 너무 많습니다. 현재 DS도 다른 사이트에서 일하고 있는 인력을 무리하게 뺄 수 없는 상황입니다."

뻔히 알고 있는 이야기를 하는 강 부장의 말을 중간에서 끊어 버린다. 고개를 돌려 굳은 얼굴을 하고 있는 부태인 이사에게 신 부회장은 목소리를 약간 높여 말한다.

"부태인 이사, 총괄 PM으로 이 문제를 빨리 해소해야지요. 우리도 문제지만 후렉스코리아도 인력운용에 문제가 되면 결국 부 이사가 책임져야 하는 것 아닌가? 그런데도 어떠한 보고도 안 되고 말입니다."

신 부회장은 김호석 상무와 이야기한 내용을 가지고 벌써 나름대로 상황 분석이 되어 있는 것처럼 최고 경영자다운 능수능란한 임기응변으로 이야기한다.

"네, 부회장님. DS나 그룹 쪽에 지속적으로 이야기하고 있지만, 예상보다 조치가 늦어지고 있습니다. 죄송합니다."

눈치 빠른 부태인 이사의 계획된 변명에 김호석 상무에게까지 잔소리한다.

"김 상무님, 내가 이야기한 방안에 대해 직극적인 검토를 하세요. 이런 이유로 프로젝트가 틀어지면 되겠습니까? 신속하게 검토해서 보고해 주세요."

신 부회장은 김호석 상무와 약속한 대로 이야기만 툭 던져놓고 퇴근을 위해 밖으로 나간다. 김호석 상무는 실내에서 인사하고 부태인 이사의 방으로 들어오자 밖으로 나갔다 온 신 상무와 윤 부장이 급하게 들어온다. 신 부회장이 검토하라고 한 것이 무엇인가 궁금해서 들어왔을 것이다.

"김 상무님, 차나 한 잔 주시죠. 퇴근 시간이 다 되었지만 말입니다."

여우 같은 윤 부장은 책상 위에 펼쳐져 있는 서류들을 눈을 굴려가며 건질 것이 없는지 훑어본다.

"상무님, 부회장님이 말씀하시는 것은 무엇입니까? 인력 관련하여 말씀하시는 것 같던데요."

신 상무가 궁금한 듯이 단도직입적으로 물어본다.

"아, 별거 아닙니다. 부회장님께서 그룹 정보시스템 관리를 아웃소싱하려고 하시는 것 같아요. 미국에 있을 때부터 생각하고 계셨던 것 같아요."

윤 부장이나 신 상무는 약간 놀라는 듯이 관심을 보인다.

"그럼 정보시스템 관련 사업을 하지 않을 수도 있다는 것을 의미합니까? 지금도 하드웨어는 유지보수 계약을 하고 움직이고 있지만 말입니다."

이들은 아웃소싱에 대한 개념조차도 가지고 있지 않은 듯 너무 앞서 나가 이런저런 이야기를 꺼내 놓는다.

"모르겠어요. 미국이나 국내 사례에 대하여 보고서를 제출해 달라고 하니 검토하려고 하고 있습니다."

차를 한잔 하며 부회장의 관심사를 물어보면서도 각자의 입장에서 숨어있는 생각들을 탐색해 내려고 애를 쓴다. 두 사람이 나가자 부태인 이사는 김호석 상무에게 다가와 웃으면서 물어본다.

"상무님, 가짜 정보 흘리는 것이죠? 그동안 아무 말씀도 없으셨잖아요."

부태인 이사는 대강은 알고 있다는 듯 물어본다.

"눈치챘나? 그냥 알아보고 있는 것처럼 행동해라."

김 상무는 컨설팅 계약서를 가방에서 꺼내주며 한 비서를 불러 복사를 해 오라고 시킨다.

"이제 계약되었으니까 B&K와 협의해서 인력들 상세 프로파일하고 미국 본사에서 오는 애들 언제 투입하는지 정확하게 일정 달라고 해."

프로젝트 룸이 완성되면 바로 투입되어야 할 상태가 되어야 한다.

"그리고 계약서에 있는 인력들이 쓸 수 있는 프로젝트 룸을 신 부회장 집무실과 같은 층에 만들 거야. 투입되는 컨설턴트들 모두 독립된 룸에서 근무하게 방을 만들어야 해. 신 부회장님이 이미 신 상무에게 지시한 것이니까 당당하게 요구해. 처음부터 제대로 인테리어도 해달라고 해야 할 거야."

부태인에게 삼마 컨설팅과 관련된 내용을 지시하고 한 비서가 가져다주는 계약서 원본을 챙겨 가방에 넣는다.

"약속 있으십니까?"

저녁이나 하자고 하려는지 부 이사가 물어본다.

"아니. 집에 일찍 들어가 좀 쉬려고. 저번 주에 무리했더니 많이 피곤하네."

사실 계약 건과 접대, 거기다가 서 사장과 같이 아들 방문 등으로 일주일 내내 쉬지를 못해서 피곤이 밀려온다. 그래서 아무 약속도 잡지 않고 가려고 하는 것이다.

"네, 무리하셨지요. 집사람이 언제 한 번 집으로 초대해서 식사 한 번 하자고 하던데요. 상무님."

부 이사 와이프는 김 상무가 잘 알고 오빠처럼 챙겨줄 정도로 친하게 지낸다.

"저번에 가져다준 초밥 맛있다고 하더냐?"

일전에 서 사장 가게에서 식사하고 포장해서 가져다준 초밥을 이야기하는 것이다.

"네, 그 초밥 맛있다고 이야기했어요."

"그럼 다음에 내가 밥 한번 산다고 서 사장 집으로 오라고 해. 애들 데리고 집에서 음식 준비가 쉽냐?"

부 이사 가족과 식사 약속을 하고 삼마를 나와서 집으로 향한다. 집 근처에 가까이 가자 윤 기사가 식사를 안 하시고 들어가시냐고 물어본다.

"윤 기사는 식사했나?"

"네, 저는 구내식당에서 미리 했습니다. 언제 밥 먹을 기회가 날지 몰라서요."

"나 그럼 일출에 내려주고 차는 지하에 대놓고 가."

서 사장의 일출에서 식사하고 가려고 가게 앞에 차를 세우자 김 상무는 차에서 내려 식당으로 들어간다. 서 사장이 김 상무를 발견하고 방으로 안내한다.

"오늘 일찍 퇴근하셨네요. 식사 안 하셨죠?"

주문을 받지도 않고 밖으로 나가 주방장에게 이것저것 지시하고 다시 들어와 앉는다.

"피곤해 보여요. 주말을 푹 쉬지 못해 그런가 봐요."

그것이 사실이기도 하지만 이번 주는 아니더라도 겨울이 오기 전에 3~4일 푹 쉬고 싶은 생각을 하곤 했다.

"하루 저녁 푹 쉬면 될 텐데 쉬어야지 하는 생각은 있는데 바쁘니 맘대로 안 되네. 당신이 준 보약 먹어서 그래도 버티고 있는 거야."

사시미와 간장게장까지 다양하게 준비해서 나온 식사를 보고 역시 피곤을 푸는 데는 먹는 게 최고라며 생각하며 열심히 젓가락을 움직인다. 옆에는 서 사장이 조용히 바라보며 이것저것 챙겨준다.

"일찍 올라가서 목욕하고 쉬고 계세요. 특별히 오늘은 공짜로 특급 마사지 해줄게요."

식사를 마치고 나와 걸어서 집으로 들어온 김호석은 욕조에 뜨거운 물을 받아 몸을 담그고 긴장을 풀고 있다. 땀이 배어 나오기 직전에 욕조를 나와 미지근한 물에 몸을 헹구고 나와 침대에 눕자 금방 잠이 든다.

"호석 씨, 일어나요."

서 사장이 언제 들어 왔는지 호석을 흔들어 깨운다.

"몇 시야?"

얼마 잔 것 같지 않았으나 몸이 가볍고 개운하다.

"9시가 넘었어요. 깊게 잠들었었나 봐요? 사람이 들어오는 것도 모르고."

거실에는 요가 판과 타월이 깔려있고 허브오일이 준비되어 있다.

"여기 누우세요. 오늘은 진짜 특급 마사지예요."

서 사장이 공짜라고 되게 강조하는 허브 마사지는 긴장과 스트레스가 확 풀리는 최고의 서비스다.

"당신이 해주는 마사지는 진짜 좋은 것 같아. 피곤이 확 사라지는 것 같아서."

김호석은 서 사장의 가슴을 툭툭 건드리자 몸을 비꼬는 서 사장이 귀여워 보인다. 호석의 벌거벗은 몸 구석구석에 정성스럽게 오일을 발라가며 서비스를 하고 있다. 속 깊은 곳에서 욕망이 솟구쳐 증거가 나타남에도 호석은 눈을 지그시 감고 온몸을 내어 맡기며 또 잠이 든다.

"호석 씨, 이제 샤워 한번 하시고 편하게 주무세요."

욕실로 따라온 서 사장은 샤워겔을 타월에 문척 잠에서 덜 깬 비몽사몽의 김호석을 정성을 다해 씻겨준다.

구조조정의 단초

상쾌한 기분으로 아침을 맞은 김호석은 사무실에 도착하여 활기찬 모습으로 업무를 챙긴다. 강 비서는 김호석의 일정표를 가지고 들어와 스케줄을 챙기며 삼마 방문이 중요한 약속이라고 이야기해 준다. 신 부회장과 약속대로 DS를 압박하려고 일부러 방문하는 것이라 꼭 챙기라고 지시한 사항이다.

"강 비서. 나 점심은 삼마에서 먹을 거야. 그리고 이거 삼마 컨설팅 별도 수주한 것이야. 계약서는 관리팀에 가져다주고 추가 계약이라고 해."

강 비서는 놀란 듯이 되묻는다.

"어머, 상무님. 또 추가 계약이에요? 삼마 쪽에서 넘쳐나오네요."

이렇게 지속적으로 큰 금액의 오더가 터지는 예는 거의 없는지라 놀랄만한 일이기도 한 것이다.

"그래, 선배 잘 만난 덕분이지. 또 사람들이 잘 도와줘서 그런 것이고."

삼마에 일찍 출근한 부태인 이사는 아무도 출근하지 않은 사무실에 커피를 뽑아 옆에 두고 업무를 시작한다. B&K에서 온 메일에는 컨설팅 투입인력과 미국 본사에서 투입되는 인력의 프로파일이 첨부돼서 왔다. 일단 김 상무에게 포워딩하고 나자 정규직 비서답게 한 비서가 가장 먼저 출근했다.

"이사님, 일찍 나오셨네요. 커피 더 드릴까요?"

부 이사는 한 비서에게 한잔 가져다 달라고 하고 메일 확인을 계속한다. 삼마 경영 컨설팅 관련하여 후렉스코리아 비즈니스 컨설팅 사업부에서도 부장급 1명과 시니어 레벨의 컨설턴트 명단들을 통보해 왔다. 인원의 면면을 보니 무리 없이 컨설팅 프로젝트를 끌고 갈 수 있을 것 같다는 판단이 들었다. 영업으로부터 프로젝트를 위한 비용코드를 보내왔는데 시스템에 들어가 확인해보니 잔액이 12억 정도 잡혀 있는 것을 보고 예상보다 여유 있게 보냈다는 생각이 든다. 물론 영업의 입장에서는 하드웨어 설치는 큰돈이 안 드니까 문제는 아니지만 빅데이터 시스템 프로젝트 규모는 반드시 줄여야 하는 것이기 때문에 김호석 상무를 이용하기 위해서라도 당연하게 지원해야 하는 것이다.

밖이 조금 소란스러워지는 것을 보니 모두들 출근하고 있는 것 같다. 활기찬 프로젝트 룸의 분위기를 보면 사실은 서로의 이익에 따라 각각 다른 생각들을 하며 전략적으로 움직이는 것이지만 프로젝트의 성공으로 가야 한다는 공통된 목표는 똑같을 것이란 생각을 한다.

B&K 사장에게 프로젝트 승인이 떨어졌고 오전 중으로 계약서에 도장 찍으러 들어오라고 메일을 보낸다.

"한 비서 잠깐 들어와 봐."

한 비서가 들어오자 부 이사는 오전에 손님이 오신다는 것과 본사 원 비서와 연락해서 상무님 일정을 체크하라고 지시한다.

"상무님이 당분간 자주 오실 거야. 다들 근무할 때 신경들 쓰라고 이야기해."

컨설팅 프로젝트도 있고 신 부회장과 무언가 준비하는 일 때문에 자주 들어올 것이라 생각하고 말을 하는 것이다.

"네, 잘 알겠습니다. 그리고 오늘 약속은 유효하신 것이지요?"

한 비서는 부 이사가 자신과 저녁 약속을 잊지 말라고 다시 상기시키고 나간다.

"이사님, 신 상무님 전화인데 연결할까요?"

내심 연락 올 때가 되었다고 생각은 했지만, 아침 일찍부터 찾는다.

"부태인입니다. 상무님."

어떤 내용인지 알고 있지만 모른척하고 전화를 받는다.

"부 이사님, 일전에 이야기한 시스템 관련하여 이야기 좀 합시다. 윤 부장, 강 부장도 같이 내 방에서 볼까요?"

오늘은 삼마 쪽에 결론을 이야기해주어야 시스템 설치와 관련된 스트레스에서 풀려날 것이다. 후렉스코리아의 시스템 컨설팅 담당자를 데리고 신 상무의 방으로 들어간다.

"윤 부장님은 아직 안 올라오셨네요."

비서가 가져다주는 차를 몇 모금 마시자 윤 부장과 강 비서가 자료를 옆구리에 끼고 들어온다.

"늦었습니다. 아침에 자금 미팅이 있어서요."

관리팀 윤 부장은 그룹의 자금을 담당하고 있다. 물론 재무담당 상무이사가 있으나 윤 부장과는 같은 신 부회장 동생들 라인이니 실부를 윤 부장이 틀어잡고 있는 셈이고 신 부회장은 이들의 자금 라인을 완벽하게 장악하지 못하고 있는 것이다. 기업도 정치와 마찬가지로 자금이 움직이는 곳에서 권력이 나오기 때문에 이들에게 힘이 집중되어 있는 것이다.

"자, 오늘은 시스템 설치와 관련하여 이야기를 끝냅시다. 부 이사님, 어떻게 되어가고 있습니까?"

따지고 보면 시스템은 설치하면 되는 일이고 지금 단계에서 개발과는 큰 연관이 없는데도 불구하고 삼마 쪽에서 달려드는 것은 자신들의 내부문제를 후렉스코리아에 전가하여 책임을 회피하려는 목적이 큰 것이다. 그렇다고 수십 년의 프로젝트 경험을 가지고 있는 후렉스코리아 인력들이 모를 리가 없는 일인데도 참 뻔뻔하다.

"일단 이 문제는 후렉스코리아 내부에서 심각한 미팅이 있었는데 아시다시피 후렉스코리아의 업무처리 구조상 계약서로 만들어지지 않은 사항을 PM이 마음대로 실행할 수는 없다는 것이 지금까지 확답을 못 드린 이유입니다. 지금부터 이 문제는 여기 시스템팀장이 회의록으로 작성해서 근거로 남기도록 하겠습니다."

부 이사는 시스템 다음에 협상해야 할 빅데이터 시스템 쪽을 염두에 두고 계약서에 없는 사항을 협상하는 것이 쉬운 일이 아니라고 하면서 삼마의 추가요구를 원천봉쇄하기 위한 복선을 깔아 놓는다.

"먼저 시스템은 개발 프로젝트를 위한 것으로 개발 인력들이 자유로 접근이 가능토록 개발팀 근처에 공간을 만들어서 설치하는 것이 좋겠습니다. 이 내용 또한 계약서에 명시되어 있지 않은 것인데도 불구하고 영업이 구두로 이야기했다 하니까 저희 쪽 인력을 통해서 설치 및 교육이 진행될 것입니다. 앞으로 프로젝트팀에서 업무를 개발하고 실제 시스템에서 운용하는 것과 똑같이 시스템을 운용할 예정인데 결국은 DS에서 하게 되니까 DS에서 인력을 넣고 운용하다가 문제가 발생하면 후렉스코리아가 A/S를 지원하는 형태의 정상적 절차를 따라 진행하겠습니다."

부 이사가 이렇게 이야기하자 아직까지 인력투입 협상이 완료되지 않아 프로젝트에 DS 인력 파견이 불투명한 상태에서 시스템 운용을 위한 인력 문제가 나오자 당황스러운지 강 부장의 얼굴이 찌그러지며 말을 꺼낸다.

"시스템 설치가 너무 빠른 거 아닙니까. 아직 개발 초기고 시스템을 사용할 일이 많지 않기 때문에 그렇습니다."

이러한 삼마와 DS의 상황을 누구보다도 잘 알고 있는 부 이사는 조금 더 밀어붙여도 되겠다는 생각을 한다.

"시스템이라는 것이 하루아침에 설치가 완성되는 것도 아니고 상당한 시간이 걸리는 일입니다. 초기 설치부터 참여해야 운용기술을 습득할 수 있는 것입니다. 그러기 때문에 지금이 적당한 시점이고 신 상무님께서도 그런 이유에서 요청하신 것이고요."

신 상무가 시스템과 관련된 업무에 문외한인데 강 부장의 빠르니 늦니 하는 이야기가 귀에 들어올 리가 없다. 인력투입의 지연 이유를 개발시스템 미설치를 핑계로 어물쩍 넘어가려 했던 신 상무와 강 부장은 도리어 머리가 아프게 될 것이다. 그러나 신 상무는 부 이사의 이러한 수장에 강 부장의 속도 모르고 선뜻 동조한다.

"그렇지. 빨리 설치해야 작업도 하고 경험도 미리미리 하고 그런 것이지. 윤 부장이 시스템이 설치될 공간을 만들어 주고 일할 수 있도록 조치해주세요. 그런데 시스템은 언제 설치가 가능하다는 것이오?"

시스템 설치 문제가 이렇게 빨리 결론이 날 것이라는 생각은 전혀 안 한 것 같다. 보통 시스템을 발주하면 최소 60일 이상 걸리는데 오랫동안 하지시스템과 거래를 했으니 잘 알고 있을 것이다. 직접 영업하는 하지시스템 입장에서는 주문이 있은 후 본사에 발주하여 시스템이 항공을 이용해 들어오거나 선편으로 들어오게 되니까 그 기간이 최소한 60일은 넘어가야 하는 것이다. 그러나 후렉스코리아에서는 VAR^{Value Added Reseller 서비스를 포함한 영업회사}를 통해서 영업을 하기 때문에 매출을 확보하기 위해서 사전에 VAR 쪽에 선출고를 하는 경우가 많다. 한국에서는 여전히 매출이 중요한 평가요소이기 때문에 필요에 의해 상호 협조를 유지하며 상생하는 것이다. 이번 건도 VAR에 시스템 재고가 있었기 때문에 즉시 지원이 가능해진 것이다.

"네, 설치공간이 확보되는 대로 설치에 들어가겠습니다. 이번 건이 비록 계약서상에 없었지만 삼마 프로젝트의 큰 비중에 후렉스 코리아 경영진이 전향적으로 대응하여 가능해진 것입니다. 금일 이후부터는 철저하게 계약서에 따라 움직일 것이라고 다시 한 번 말씀드립니다. 설치되는 시스템은 업무 전체를 개발하여 테스트하는 데 전혀 문제가 없을 정도로 충분한 리소스를 제공하게 되며 프로젝트가 끝나면 회수되는 장비입니다."

부 이사는 개발용 시스템을 주지 않기로 생각하고 회수되는 장비라고 명확하게 이야기한다. 시스템 컨설팅팀장은 열심히 회의 내용을 기록한다. 이제 공은 다시 신 상무에게 넘어갔다. 또한 김호석 상무와 신 부회장이 함께 추진할 거라고 생각되는 시스템관리 아웃소싱 프로젝트와 맞물려 윤 부장은 신 부회장의 동생들에게 연락하게 될 것이다.

"우리 쪽 인력도 빨리 투입되어야 하는 것 아닌가? 부회장님이 아시면 인력 때문에 또 난리가 날 거고 가뜩이나 프로젝트에 문제가 생길 수 있다고 생각해서서 아웃소싱 이야기가 나온 것인데 DS와 인력투입 협상을 하시겠어? 안 그래, 강 부장?"

신 상무나 강 부장, 윤 부장은 부회장의 외주 검토 발언에 상당한 압박감이 온다. 거기에다 아직까지도 내용 파악도 못 한 경영 컨설팅인가 하는 것도 시작한다고 하니 머리가 혼란스럽다. 윤 부장이나 강 부장은 신 부회장보다 동생들 쪽에서 서서 일을 보고 있는데 살얼음을 밟고 있는 기분일 것이다.

"비상상황이라고 DS 쪽에 연락해보겠습니다. 그런데 여의치는 않을 것입니다."

삼마와 DS의 현재 관계를 누구보다도 잘 알고 있는 강 부장은 오히려 자신들과 어떤 협의도 없이 개발시스템 설치 요구를 하며 자충수를 둔 신 상무와 윤 부장이 이해가 되지 않고 있다.

"후렉스코리아에서는 준비가 다 되었습니다. 준비되는 대로 작업에 들어가도록 하겠습니다. 그럼 회의는 마치는 것으로 하겠습니다."

회의를 마치고 사무실로 내려오면서 시스템 팀장에게 설치와 관련한 필요인력이 있으면 요청하라고 이야기한다. 1층에 가니 한 비서가 김호석 상무님이 와 계신다고 전한다.

"상무님, 오셨습니까?"

김 상무는 B&K의 투입인력 자료를 들고 이야기를 한다.

"B&K 인력 중에 미국에서 오는 애들은 언제부터 투입이 가능하다냐?"

신 부회장의 간곡한 당부도 있었고 먼 미래를 위해서도 삼마의 내부를 들여다볼 필요가 있다고 판단한 김 상무는 전과 달리 적극적으로 프로젝트를 챙긴다.

"메일은 보내 왔는데 투입 시기와 관련해서는 아직 연락이 없습니다. 늦어도 다음 주까지는 투입되지 않겠습니까. 그런데 아직 프로젝트 룸이 만들어지지 않아서 투입 시기에 대한 여유는 있을 것 같습니다."

김호석 상무의 입장에서 보면 삼마그룹에서 실제로 조직의 역할이나 미래에 나갈 방향에 대하여 큰 그림을 그리는 컨설팅이다 보니 이 결과물을 상세하게 머리에 담고 있다는 것은 신 부회장과 삼마그룹의 미래를 놓고 논의할 수 있는 기회가 그만큼 많아진다는 것을 의미하고 있기 때문이다.

"내가 신 부회장의 부탁으로 일주일에 2~3회 정도는 컨설팅 프로젝트에 나타날 거야. 신 상무가 프로젝트 룸 공사와 관련하여 부 이사하고 협의할 거니까 그때 내 방도 만들라고 해라."

부태인 이사는 자신의 바람막이 역할을 많이 해주는 김호석 상무가 일주일에 2~3일 이곳에 온다는 이야기에 얼굴에 화색이 돈다.

"네, 알겠습니다. 그렇게 협의하겠습니다. 부회장실 맞은편 공간이 넓고 아직 비어 있으니까 빨리 공사 들어가겠네요."

롤모델인 김호석 상무가 자주 들어온다는 이야기에 여러모로 안정이 많이 되는 표정이다.

"아, 그리고 시스템 설치와 관련한 미팅을 했는데요. 지금 문제가 심각한가 봐요. DS와 협력이 전혀 안 되고 있는데 우리가 시스템 설치하게 공간 달라고 요구하니까 당황스러운가 봐요. 하지시스템 애들이 시스템 가져다주는 것만 생각하고 이렇게 빨리 시작할 줄은 몰랐나 봅니다."

부 이사는 방금 끝난 미팅 내용들을 상세하게 전달하고 향후 프로젝트는 제안 범위에서만 가능하다고 못을 박았다고 이야기한다.

"잘했다. 일단 그렇게 연막을 쳐야 돼. 그렇지 않으면 요구사항은 계속 늘어나 분쟁의 원인이 되는 거야. 회의록은 작성했지?"

김 상무는 거의 병적으로 회의록 작성여부를 확인한다. 회의록이 강제적인 사항은 아니지만 그래도 이야기를 풀어나가고 우위를 선점하기 위해서는 유용하게 사용될 수 있는 것이기 때문이기도 하다.

"네, 지금 작성하고 있습니다. 곧 보내드리겠습니다."

반족해하는 심 상부는 참석한 사람만 아니라 관련 담당자를 참조로 해서 보내라고 지시한다.

"한 비서, 부회장님 비서에게 전화해서 점심 스케줄이 어떻게 되나 확인해 봐라."

김 상무는 온 김에 부 이사와 함께 부회장하고 식사하려고 연락을 해본다.

"상무님, 부회장님 아직 출근 전이시고 외부 일정이 있다고 하십니다."

신 부회장과의 식사는 포기하고 부 이사와 밖으로 나와서 식당가가 늘어서 있는 정문 쪽으로 걸어간다.

"요즘은 특별하게 야근 같은 것은 안 하지? 다음 주에 식사 약속한 거 알지? 일식으로 맛있는 거 사줄게. 애들도 데리고 나와."

김호석 상무는 이미 약속한 대로 부 이사 가족과 식사 야속을 기정사실화한다. 두 사람은 식사를 마치고 다시 사무실로 들어와 B&K부터 온 투입일정에 대하여 논의한다.

"그럼 2~3주 후에는 업무를 볼 수 있겠군. 신 부회장이 프로젝트하기 전에 다 같이 식사 한번 하자고 하니까 B&K 대표도 참석하라고 요청해놔. 정확한 일정은 신 부회장 일정보고 알려줄게."

신 상무를 만나고 갈까 하다가 신 부회장을 먼저 만나지 않은 상태에서라면 전략상 좋지 않다고 판단하여 사무실로 들어간다. 김호석 상무가 돌아간 후에 부태인 이사는 B&K가 보내준 컨설팅 계획서를 다시 한 번 살펴본 다음 어떻게 협력을 하면서 원하는 결과를 도출할 수 있을까를 고민한다. 이번 주에 하려고 했던 시스템 설치와 컨설팅 업무는 자연스럽게 다음 주로 연기가 되고 목요일 수요예측 관련해서 아성대 교수들과 미팅이 남아 있는 것을 확인한다. 수요예측은 일단 데모나 개발 계획을 먼저 들어보고 움직여도 늦지 않을 것이라 판단하고 미리 협의 내용들을 정리해본다.

한 비서와 저녁 약속에 나가려면 업무를 슬슬 정리해야 할 것 같아 프로젝트 진척관리 툴을 열고 금일의 상황을 입력한다. 시스템 설치와 관련된 오전 미팅의 회의록이 작성되었나 확인을 하니 메일로 전송했다고 한다. 회의록을 열어 누락된 것을 추가하고 김호석 상무를 포함하여 신 상무, 윤 부장, 강 부장에게 메일을 전송한다. 이렇게 해서 시스템 설치와 관련해서는 삼마와 DS 쪽에 분란의 공을 던져 버린다. 영업에서 보내온 비용코드로 내부 소요비용에 대한 여유가 생겼기 때문에 당분간 비용 관련 처리는 이 코드를 쓰라고 한 비서에게 지시한다.

"한 비서, 내일 PM 미팅에 협력사 PM들도 같이 참석하라고 전달해. 오전 10시 30분. 회의실 제일 큰 거 잡아주고 팀별 문제점과 해결해야 할 현안 위주로 발표하라고 해."

지금은 삼마DS 인력이 투입되지 않았지만 결국 프로젝트의 종료 시점은 변동이 없을 것이기 때문에 진척도 관리가 매우 중요하다. 대외적으로는 하루에 10명이 한 달 동안 일하는 인건비, 즉 장부가격으로 하루에 약 3억 정도의 손실이 발생하는 것이다.

"네, 알겠습니다."

한 비서는 오늘 부 이사와의 저녁 약속이 기대가 되는 것인지 기분이 무척 좋아 보인다. 뭔가 정보라도 알아볼 생각인지 김병기 대표가 부태인 이사의 사무실로 들어왔다.

"어쩐 일이십니까? 감리께서."

부태인이 농담하듯이 이야기한다.

"어제 계약을 하려고 들어오다가 접촉사고가 나서 못 들어 왔다고 하더라고요. 목요일 오전에 꼭 들어오겠다고 합니다. 윤 부장님이 그러는데 컨설팅 프로젝트 시작한다고 하던데 그 프로젝트에 쓸 인력이지요?"

이제야 컨설팅 프로젝트가 시작되는 소식을 윤 부장에게서 들은 모양이다. 그곳에 투입될 인력이라고 판단하고 윤 부장과 프로젝트 성격을 두고 협의를 했을 것이다. 그러나 윤 부장 쪽에서는 프로젝트 진행사항에 대하여 기만 정보를 받고 정확한 사태파악은 끝나고 나서야 알게 될 것이다.

"네, 연락은 받았어요. 할 수 없는 일이지요."

김병기 감리의 표정을 보면 속마음을 들키지 않고 물어볼 수 있을까 고민하는 모습이 역력하다.

"컨설팅은 어떤 목적으로 합니까? 지금 프로세스 도출된 거하고 부딪치면 기간이 늘어 날 수도 있을 것 같은데요."

일반적으로 경영 컨설팅이라 하면 가장 상단의 조직을 놓고 밑에 달려 있는 업무 프로세스를 분석하여 새롭게 하단의 개선되고 혁신적인 업무 프로세스를 도출하는 것인데 이미 업무 개발이 시작된 상태에서 그것을 하기는 순서가 안 맞고 그런 컨설팅이 아니라면 도대체 무엇인가 하는 의문점이 많은 모양이다.

"제가 한 것이 아니고 부회장님과 김 상무님이 하신 것 같은데 저도 감을 잘 못 잡겠어요. 기존 프로세스를 정리해서 자연스러운 연결을 하려고 하는 것인지 아니면 선진 업무를 접목하려는 것인지. 어떤 것이든 전사 업무를 처음부터 끝까지 재정립하는 것이니까 나름 명분은 있을 것 같은데 모르겠어요."

부 이사는 김병기 사장이 의도하는 상황 파악을 위한 노력에 도움이 되는 어떠한 이야기도 해주지를 않는다. 김병기 대표도 답답한 모양인지 인상이 찌그러지고 머릿속에서 끙끙거리는 소리가 들리는 듯하다.

"몇 명이 수행하죠?"

투입인력 규모를 보면 그 분야의 전문가들은 작업의 규모라든가 범위를 예측할 수가 있는 것이기 때문에 물어보는 것이지만 부 이사도 쉽게 말려들지 않는다.

"한 5~6명 정도 할 것 같던데 모르겠어요. 일부는 후선 지원 업무도 있고 아직 자료를 못 봐서. 그쪽에서 계약하시는 분이 박덕순 씨인가요? 박덕순 씨 그분도 후선 지원 업무입니다. 제가 김 사장님이 삼마 프로젝트에 많이 도와주시니 보답 차원에서 용역을 챙겨드린 겁니다."

부태인 이사는 김병기가 용역비에서 일부 챙겨갈 것이라는 것을 알고 있기 때문에 한껏 생색을 낸다.

"고맙습니다. 요즘같이 어려운 시기에 도와주셔서. 그 친구 성실한 사람이니까 잘할 겁니다."

사람은 겪어봐야 한다고 속으로 생각하며 이제 심심하지 않겠다고 빈정대듯이 이야기를 해본다.

"이제 두 사람이나 투입이 되었으니 프로젝트 성공에 책임감도 많이 느끼시겠어요?"

책임감 운운하자 부담이 가는지 한동안 말이 없다가 퇴근하려는지 찻잔을 비우더니 자기 자리로 돌아간다. 규모나 기간으로 봐서는 별 중요한 프로젝트는 아닌 것 같다며 윤 부장에게 보고할 것이다. 물론 부 이사가 받아본 이사회 승인 자료는 몇 줄 안 되는 간단한 내용이었고 컨설팅의 규모나 업무 내용, 범위에 관한 것은 전혀 없었기 때문에 더욱 궁금해할 것이다. 겨울이 깊어져 가고 있어 그런지 요즘은 유나히 해가 짧다. 자리를 정리하고 있노라니 AA 둘은 퇴근한다고 인사하고 나간다. 잠시 후 한 비서가 어디로 가는 게 좋을지 물어본다.

"승진 축하 파티라 해야 하나 아니면 뭐라 해야 하나? 일단 내 차로 나가지."

퇴근 준비한다고 하면서 한 비서도 나가고 부 이사는 자신의 컴퓨터를 완전히 꺼버리고 자리에서 일어선다. 김호석 상무는 오늘도 저녁에 약속을 잡지 않고 여섯 시 정각에 퇴근해서 집으로 간다. 가장 큰 이유라 하면 서 사장이 해주는 집밥의 매력에 빠져서 저녁이 기다려진다는 것이다. 덕분에 윤 기사가 많이 편해졌고 오늘도 집으로 가면서 서 사장에게 문자를 보낸다.

"나 지금 퇴근해."

"집으로 오세요."

화요일은 보통 식당이 한가하기 때문에 늦게 나가거나 아예 직원에게 맡기고 나가지 않을 때도 있다. 지금쯤 서 사장은 열심히 저녁을 준비하고 있을 것이다. 차를 현관 앞에 세우자 서 사장 아파트로 자연스럽게 가려면 지하가 좋기 때문에 김 상무가 지하로 내려가자고 이야기한다. 아파트의 문을 열고 들어가자 얼큰한 김치찌개 냄새가 코를 자극한다.

"나 왔어. 뭘 이렇게 맛있게 만드는 거야?"

김 상무는 맛있는 음식 냄새에 기분이 좋아져서 약간 들떠 말을 건넨다.

"호호, 빨리 오셨네요. 뭐 별거 안 했어요. 요즘 힘도 없이 다니시는 것 같아서 갈비찜을 했어요. 먼저 씻고 나오세요."

김 상무는 요즘 이런 재미에 저녁 약속은 잘 하지 않는다. 밖에서 아무리 맛있는 것을 사 먹어도 집에서 해주는 맛에 비하면 길거리 파는 음식처럼 느껴진다. 옷을 벗어 걸어놓고 욕실로 얼른 들어가 간단하게 샤워를 하는데 어제 한 오일 마사지 덕분에 피부가 좋아진 것을 스스로 느낀다.

"요즘 가게 너무 자주 비우는 거 아니야? 나 때문에."

호석은 서 사장의 뒤에서 허리를 껴안으며 목덜미에 키스한다.

"어머. 기분 좋은 일이 있나 봐요."

싫시 않은 듯 허리를 꼬는 서 사장은 김 상무의 행동에 무슨 좋은 일이 있는가 생각을 한다.

"아니야. 이렇게 집에 와서 맛있는 저녁을 먹을 수 있으니 당연히 기분이 좋아서 그렇지."

김 상무는 사실을 이야기하고 있는 것이다.

"호호, 이런 거야 평생 해드릴 수 있지요. 이참에 식당도 그만둘까?"

식당을 운영하는 것도 이제는 지겨운 모양이다. 그러나 김 상무 자신이 아직은 서 사장과 결혼할 생각을 안 해봤고 하는 일이 없이 집에만 있다면 이런 관계도 금방 싫증 날 것이라 생각한다.

"아니야. 당신은 늘 일하던 사람인데 가능할까? 마이너스만 안 난다면 가겟세가 나가는 것도 아니니 계속해야 하지 않겠어? 캠핑 장비 챙겨서 겨울 오기 전에 놀러 갈까? 내가 일정을 보니까 다음 주는 안 될 거 같고 날씨도 곧 추워질 것 같고."

토요일에는 아들 명근이 오기도 한다는 생각에 서 사장은 잠시 생각해 본다. 김 상무의 말처럼 조금 있으면 깊은 겨울로 접어든다는 점도 있고 놀러 간다면 등을 떠밀 아들이지만 부담은 간다.

"그럼 언제 갈까요. 금, 토, 일로 갈까요? 그 대신 일요일은 아침에 올라오든가."

3일 내내 가게 비우는 것에 부담이 가는 모양이다.

"월요일은 가게에 안 나가도 되잖아. 그럼 토요일 오후에 출발해서 월요일 아침에 오는 것으로. 아님 월요일 오후에 들어오던가. 토요일은 명근이가 올 수도 있으니까."

서 사장은 호석이 아들을 챙기자 기분이 좋아진다.

"하루 그냥 학교에 있으라고 하든가 아님 토요일 같이 가자고 한번 해보지요. 그곳에서 학교로 가는 버스 태워 보내면 되니까."

일단 식사하고 구체적으로 이야기하기로 하고 두 사람은 식탁에 앉는다.

"당신 하는 요리는 진짜 맛있어. 이거 길들여지면 다른 데 못 가겠는데?"

김호석의 요리 칭찬에 서 사장은 겸손을 떤다.

"집에서 하면 다들 이런 수준은 돼요. 너무 띄우지 마세요. 그렇게 이야기 안 해도 제가 정성을 다해 모실게요."

맛있게 식사를 마친 두 사람은 소파에서 차를 마시며 어떻게 놀러 갈까 이야기한다.

"우리 일단 아들에게 전화해 봐요. 명근이가 간다면 일정이 틀려질 수도 있으니까."

바로 아들에게 전화를 건다.

"아들, 엄마야. 너 토요일 집에 올 거야? 아저씨가 캠핑 가자고 하는데."

명근은 진짜 가고 싶다는 이야기와 기말고사가 있어서 집에도 못 간다고 이야기한다.

　"엄마, 어디로 갈 건데? 오늘 경제학 선생님이 아저씨보고 특강 한번 해줄 수 있냐고 물어보더라고. 진짜 우리 아빠인지 아나 봐."

　전화를 잠깐 막더니 아들이 한 이야기를 전한다. 호석은 어떤 것인지 모르지만 해줄 수 있다고 이야기하라고 한다. 그러자 서 사장은 호석에게 전화를 넘겨준다.

　"명근이냐? 나다. 어떤 특강인데?"

　명근의 목소리가 밝아졌다.

　"대략 이야기는 들었는데 아저씨 대학생활도 포함해서 서너 시간 정도면 좋겠다고 하더라고요. 승낙하시면 전화드리겠다고 하던데요."

　"그래, 내가 한번 준비해 볼게."

　"정말이세요? 고맙습니다. 그렇게 전하겠습니다. 그리고 캠핑은 꼭 가고 싶은데 기말고사가 다가와서 기숙사에 있어야 해요. 안타깝습니다."

　명근의 말투에서 진짜 아쉬워함이 느껴진다. 한 번도 그런 기회를 얻어보지 못했으니 당연할 것이다. 명근과 통화하는 내내 호석을 바라보며 통화하는 것을 지켜본 서 사장은 호석에게 너무 고맙고 감사함을 느낀다. 한 번도 따뜻하게 아버지의 정을 느껴보지 못한 아들에게 아버지 같은 사랑을 주는 호석이 그저 감사한 것이다. 두 사람은 안방에 들어가 TV를 켜놓고 명근이와 관계된 이야기와 캠핑은 토요일 오후에 출발하는 것으로 결정하고 오랜만에 만난 연인처럼 격렬한 사랑을 나눈다.

부 이사의 차에 올라탄 한 비서와 부 이사는 일산 방향으로 차를 몰고 가지만 무거운 공기에 분위기가 사뭇 어색하기까지 하다. 부 이사의 마음가짐 때문에 그런지 한 비서도 쉽게 입을 열지 못하고 김 상무가 에둘러 말한 것도 있고 같이 데리고 있는 부하직원이라는 부담이 더욱 어색하게 만든다.

"한 비서, 뭐 먹으러 갈까? 난 일산 쪽은 잘 모르는데."

아주 모르는 것은 아니지만, 일부러 지리에 어두운 것처럼 이야기한다.

"이사님, 일산에서 파주 쪽으로 넘어가는 길로 가면 분위기 좋은 카페도 있고 식당도 많이 있어요."

이곳의 지리를 잘 안다는 듯이 가는 방향을 정해 준다. 기어 손잡이에 올린 부 이사의 손에 한 비서가 손을 올리지만 태연한 척한다.

"이사님, 진짜 고마워요. 정규사원 채용이 쉬운 결정은 아니었을 텐데."

한 비서는 감사한 마음과 애정이 듬뿍 담긴 표정으로 부 이사에게 말을 건넨다.

"아니야, 부담 갖지 마. 한 비서가 그동안 열심히 일한 결과니까."

부 이사가 보기에 한 비서는 괜한 부담감을 가지고 있는 것 같고 뭔가 보답을 해야 한다는 강박감이 있는 모양이다. 부 이사는 이번 정규직 전환에 어떠한 사심도 없었고 규정에 부합했기 때문에 진행한 것이었다.

"제가 3년간 진짜 열심히 일하고 매니저들의 마음에 들게 온갖 착한 짓을 다 했는데도 정규직원 채용의 기회를 안 줬었거든요. 그렇다고 제가 다른 이상한 일을 했다는 것은 아니고 그래서 이사님 쪽으로 오면서도 아무 생각 없었어요. 새로운 매니저 밑으로 들어왔는데 관심도 없으실 것이 당연할 것이라 생각했죠."

한 비서는 그간 자신이 유명 사립대를 졸업하고 후렉스코리아에서 성실하게 일하면서 비정규직 사원으로 온갖 설움당한 것과 이것저것 상처가 많았던 것을 이야기한다.

"그래, 그런 고생을 많이 했고 그래서 오늘 이런 결과가 나온 것이니까 나에게 너무 감사할 것 없어. 이건 진짜 내 객관적 판단이야. 부담 가면 오늘 저녁이나 맛있는 거 사줘."

둘은 조용한 곳에 자리 잡은 카페에 들어가 식사를 주문하고 맥주도 몇 병을 시킨다. 부 이사는 속으로 조용히 밥만 먹고 돌아가기를 기대한다. 돌아가는 운전이 부담스럽고 순간적인 실수를 반복할까 봐 입만 살짝 축이고 만다. 기분이 좋은 한 비서는 많은 이야기와 이것저것 궁금한 것을 물어보기도 하며 귀엽게 재잘거린다.

"이사님, 미국에서는 오래 사셨나요?"

미국에서 대학을 다닌 줄 아는 한 비서는 가족과 부 이사의 청년 시절이 궁금한 모양이다.

"나도 유학 시절 고생 많이 했지. 한 비서야 부유하신 부모님 밑에서 다들 부러워하는 학창시절을 보냈지만, 직장생활 겨우 몇 년 손해 보며 살았다고 생각하잖아? 반대로 미국사회에서 동양인이 자리 잡고 살기 위해 어떻게 살았겠는가 생각해 봐."

대화가 많아지다 보니 두 사람의 경계가 서서히 무너진다. 분위기에 부 이사도 술잔을 잡게 되고 한잔씩 들어가니까 시간이 흘러가는지도 모른다.

"이사님, 저 여자로는 어때요? 하긴 저번에는 술이 너무 취해서 모르셨을 것이고."

취기가 돌자 대화가 약간 끈적거린다. 요즘 젊은 애들은 당돌하고 거침이 없다. 부 이사는 미국에 있을 때 여자친구들이 있었고 같이 잠도 자봤지만 이렇게 노골적이지 않았다고 생각한다.

"호호호, 당황하지 마세요. 전 발목 잡는 그런 여자가 아녜요. 그렇다고 가벼운 여자는 더욱 아니고요."

부 이사가 한 비서의 말에 대꾸가 없자 자신을 오해하지 말라는 듯이 이야기한다. 술을 마신 부 이사는 당장 운전을 하기는 불가능할 것 같아 좀 걷기로 하고 밖으로 나온다. 밖으로 나오자 기다렸다는 듯이 한 비서는 팔짱을 낀다.

"놀라지 마세요. 추워서 그래요. 술을 좀 어설프게 마신 것 같아요. 호호호."

부 이사도 한 비서가 싫지는 않지만, 술을 먹고 무의식 속에서 사고를 쳤다는 사실이 싫었다. 부 이사도 팔을 들어 한 비서의 어깨를 감싼다.

"차에 들어가 있을까? 밤이 되니까 꽤 쌀쌀한데."

두 사람은 이 북쪽 지역의 찬 기운을 피하기 위해 주차장에 세워

둔 차 안으로 들어간다. 시동을 켜고 조금 기다리자 따뜻한 바람이 나온다. 의자를 뒤로 빼서 침대처럼 뒤로 젖히고 누웠는데 한 비서는 그것을 못 하고 있다. 부 이사가 창문 밑에 있는 버튼을 누르려 몸을 기울이자 갑자기 한 비서가 얼굴에 입술을 갖다 대고 껴안는다. 동시에 의자가 뒤로 넘어간 채 피할 틈도 없이 두 사람의 몸이 포개져 입술이 닿는다. 한 비서의 향기로운 채취가 부 이사의 머리를 혼란스럽게 만들고 손은 무의식적으로 가슴을 만지고 있다.

차량은 자연스럽게 성에가 낀 것처럼 뿌옇게 바뀌고 어둠과 함께 둘만의 공간으로 변한다. 한참의 격정적인 시간이 지나가자 이들은 서로의 자리에 돌아와 있고 부 이사는 술을 깨기 위하여 잠을 청하고 한 비서는 옆자리에서 흐트러진 옷가지를 주섬주섬 챙겨 입는다. 한참을 잠들었는지 부 이사는 한 비서가 흔드는 손짓에 놀라 일어난다.

"우리 이제 가야지? 시간이 벌써 이렇게 되었나?"

한 비서를 집 앞에 내려주고 집으로 돌아온 부 이사는 저녁 사건을 지우려는 듯이 화장실로 들어가 샤워하고 일 때문에 피곤하다고 남편을 이해하는 착한 아내 곁에서 잠이 든다. 다른 날과 다름없이 일찍 출근한 부 이사는 하루를 시작하기 전에 오늘 처리해야 할 업무를 챙기고 있다. 한 비서가 출근하자 커피를 가져다준다.

"출근하셨어요, 이사님? 잘 들어가셨어요?"

"응. 난 잘 들어갔지. 잘 잤나?"

어제는 술이 그렇게 취하지 않았고 부담 없이 즐긴 탓에 기분이 좋았다. 핸드폰으로 문자가 들어왔는데 B&K코리아 사장이 다른 곳에 급한 일이 있어 오전에 못 들어온다는 내용이다. 부 이사는 오후에 들어와도 된다고 문자를 보낸다.

"오후에 B&K 사장 들어온다니까 기억해놔."

"네, 알겠습니다."

한 비서가 나가자 부 이사는 B&K와 체결할 계약서를 다시 한 번 챙겨본다. 서로 합의된 컨설팅 범위를 계약서 뒤에 첨부하여 2부를 준비한다. 컨설팅 룸이 다음 주에는 완성이 되어 있어야 한다. 미국에서 오는 인력은 일별로 컨설팅 비용을 청구할 것이기 때문에 B&K 입장에서는 일정을 타이트하게 짜서 진행하려고 할 것이다.

어제는 늦게 들어간 죄로 아내에게 김호석 상무가 저녁 한번 먹자고 했다는 것을 써먹었다. 아내는 미국으로 가족이 건너가 있지만, 김호석 상무 와이프와 김 상무 사이가 이혼한 것과 같은 사이라는 것을 모르고 있고 김 상무와 그 가족을 무척 좋아하고 신뢰한다.

약간은 눈치를 챈 것도 같은데 속으로는 설마 하고 있을 것이다. 다음 주 목요일 저녁에 하자고 아내에게 말했고 틀어지면 골치 아프니까 김호석 상무에게도 확정된 날짜를 이야기해야 한다. 평소에도 아내의 과도한 관심을 벗어나는 가장 좋은 핑계는 김 상무와 같이 있다고 하는 것이었다.

"상무님 계십니까? 부태인입니다."

부태인은 강 비서에게 전화를 걸어 김호석의 위치를 물어본다.

"네, 부 이사님. 바로 연결해 드릴게요."

다행히 자리에 계시는지 전화가 연결된다.

"부 이사, 아침부터 웬일이냐?"

아침에 B&K로부터 받은 컨설팅 투입 일정과 관련된 내용을 보고하고 아내와의 식사 약속을 이야기하려 한다.

"상무님, B&K 미국 쪽에서 2주 뒤 월요일부터 투입이 가능하다고 연락이 왔습니다. 다음 주 토요일 입국한다고 B&K에서 급하게 연락이 왔더라고요."

삼마 쪽에서 요구해서 들어오는 케이스니까 일정이 이렇게 빨리 정해진 것도 고마운 일이다.

"그래, 내가 신 부회장님께 오늘이나 내일 이야기할게. 그거 메일로 하나 보내주고 별다른 사항 없지? 그리고 사무실 공사 들어가게 되면 나한테 알려줘."

김호석 상무가 특별히 관심이 많은 삼마 컨설팅 프로젝트를 위하여 세세하게 챙기는 것이 눈에 띌 정도다.

"그리고 상무님, 영업에서 코드를 받았는데 12억 정도 남은 거 보내왔는데 예상보다 큰 게 와서 기분은 좋지만 불안한 점도 있습니다."

영업의 속성상 절대 돈이 남아돌게 주지 않기 때문에 예상보다 많이 준 것에 대해서는 또 다른 문제점이 숨어 있지 않을까에 대해 의심스러운 것이다.

"음, 그래. 빅데이터 쪽 잘 커버해달라고 하는 의미가 있지 않겠냐. 다른 건 나중에 생각하고 들여온 거니까 잘 써. 아무튼, 잘되었네. 당분간 비용 같은 것은 그걸로 써도 충분하겠어."

김호석 상무의 이야기대로 나중 발생할 일은 그때 가서 생각하기로 한다. 영업의 비용코드가 컨설팅 사업부 쪽에 넘어오면 비용을 쓸 때 코드를 입력하면 되지만 프로젝트 발주도 줄 수 있기 때문에 부 이사는 50%는 KAT 쪽으로 용역을 주는 것으로 처리하기로 한다.

"네, 상무님. 그리고 저녁 한번 먹자고 하신 거 다음 주 목요일 저녁으로 하면 안 되겠습니까? 집사람하고 이야기했어요."

김 상무는 다음 주에 하기로 했지만 특별한 일정이 목요일에 없는가 확인해보니 다행히 비어 있다.

"그래, 목요일 6시 30분으로 하자. 일찍 집에 들어갈 수 있고. 그럼 목요일로 컨펌한다."

부 이사는 약속을 지킬 수 있어 다행이다 싶었다. 다른 약속이 있어 미뤄졌다면 부 이사는 위기를 피하기 위해 공수표를 남발하는 상황이 될 뻔했다.

"감사합니다. 그렇게 알고 있겠습니다."

중요한 사항에 대하여 보고를 마친 부 이사는 오전에 잡혀 있는 PM 전체 미팅을 참석하기 위해 한 비서와 함께 회의실로 향한다. 협력업체 PM들과 후렉스코리아 PM들을 모아 놓으니 30명 가까이 된다. 부 이사가 회의실에 들어서자 반갑게 인사한다.

"오늘 미팅은 다른 게 아니라 업무가 정상적으로 진행되지 못하는 것에 대한 사전 설명과 우리가 어떻게 대응해야 할 것인가를 논의하기 위하여 만든 자리예요."

프로젝트의 현상에 대한 정확한 이해와 대응책이 나오지 않으면 시간이 돈인 협력사나 후렉스코리아에게는 큰 문제로 다가올 수 있기 때문이다. 부 이사의 회의 소집 목적에 대한 이야기가 끝나자 안 응모 관리팀장이 프로젝트의 지연 이유가 되고 있는 투입인력 현황 등에 대하여 프레젠테이션 자료를 가지고 상세하게 설명한다. 시스템 관련해서는 개발팀들을 위해서 대형 기종으로 설치된다는 것을 알려준다.

"그럼 장비는 우리 협력사에서도 이용할 수 있습니까?"

협력사 PM들이 이런 기회가 있나 싶어 물어본다. 대형시스템을 마음 놓고 만질 수 있는 기회가 별로 없는 것이 협력사들의 현실이기 때문이다. 시스템에 접근할 수 있는 유일한 기회는 많은 교육비를 들여서 정상적인 교육을 받을 때나 가능한 것이다.

"물론입니다. 그리고 필요하다면 1~2주 정도 교육 일정을 잡고 전체 협력사 직원들을 대상으로 저희 센터에서 교육 수강의 기회를 제공할 계획도 가지고 있습니다."

부 이사는 삼마DS 인력의 투입이 늦어지는 것이 최소한 2~3주 정도는 될 것 같은 생각에 협력사의 불만도 잠재우면서 대신 그들이 필요로 하는 것을 해결해 주는 형태로 몰고 가려는 것이다. 부 이사는 즉석에서 시스템 컨설팅팀장에게 교육 일정을 잡아서 협력사에 통보하라고 지시한다.

"빅데이터 시스템 팀장입니다. 저희는 대규모 저장용량이 필요하고 미국에서 들여온 데모용 데이터를 설치하는데도 대략 1TB(테라바이트) 이상이 소요됩니다. 이 부분도 지원이 가능한지요?"

빅데이터 시스템을 구축하기 위하여 많은 시스템 리소스가 필요할 것이라 예상은 했지만 데모용 데이터에 1TB라니 참 놀랄 일이다. 그러나 부 이사는 제안서에 명시된 범위를 넘겨서는 안 된다고 판단하고 소극적으로 말한다.

"아, 그래요. 리소스가 너무 많이 들어가는군요. 일단 이번에 설치되는 시스템은 리소스를 최대한 지원하기로 했으니까 한번 확인해보세요."

영업에서 약속하기는 최대한의 리소스를 제공한다고 했으니 두고 볼 수밖에 없다. 빅데이터 시스템의 개발 범위가 심히 우려되는 부 이사는 삼마의 요구를 좀 더 지켜봐야 할 것 같은 판단을 한다.

"이사님, 빅데이터 시스템은 어차피 삼마 인력이 없어도 진행이 가능하기 때문에 독자적으로 진행을 하겠습니다. 그런데 문제는 빅데이터팀은 프로젝트를 수행할 장소가 없습니다. 이사님께서도 잘 아시다시피 삼마 쪽에다 영업에서 해주겠다고 한 것이고 제안서상에도 중요한 자리를 차지하고 있지 않습니다. 그래서 그런지 삼마에서는 장소 문제는 '니들이 알아서 해라' 하는 식입니다."

원래 포함되지 않았던 것을 영업이 프로젝트를 수주하겠다는 의지로 구두로 제공하는 프로젝트고 이번 제안서에 비용으로는 포함되어 있지 않지만 간단한 주제영역을 잡아서 진행하는 것으로 되어 있다. 그러니 장소도 그렇고 관심도 주목도 받지 못하고 있으니 마치 '니들이 알아서 해라' 하는 느낌을 받고 있을 것이다. 신 부회장에게 이야기하기 전에 이 문제를 심각하게 신 상무와 먼저 협의를 해야 할 것 같다.

"낮습니다. 그 문제는 조만간 해결하여 드리겠습니다. 영업 쪽에서 이번 프로젝트와 관계없이 해주겠다고 한 것이니까 진행이 될 수 있도록 신속하게 정리하겠습니다."

해결해야 할 문제들이 서서히 쌓이기 시작하는 것 같다. 매일매일 문제를 풀지 않으면 프로젝트의 발목을 잡을 수도 있다는 우려가 점점 커질 것이라 느낄 수 있다. 일단 협력사의 인력을 놀리지 않고 운용을 효율적으로 하는 방안은 일차적으로 하드웨어 관련 교육을 지원하는 것으로 결정한다.

이이제이 以夷制夷

회의를 마치고 점심시간이 다 되어서야 내려온다. 회의록은 한 비서가 작성할 것이고 부 이사는 사무실에 들어와 핸드폰의 문자들을 확인한다. 회의하는 중에 전화기를 꺼 놓았기 때문에 문자 연락이 많을 것이라 예상했기 때문이다. B&K 사장이 오후에 들어온다고 문자가 왔기 때문에 시간이 부족할 것 같아 구내식당으로 내려가 대충 식사하고 한 비서가 도장을 찍어온 계약서를 다시 검토해본다. 커피를 마시며 업무를 정리하는 사이에 B&K 사장이 들어왔다.

"어서 오십시오. 사장님."

"죄송합니다. 오전에 급한 일이 있어서 약속을 못 지켰습니다."

"아닙니다. 계약이야 그리 급한 일도 아닌데요."

부태인 이사는 B&K 사장과 함께 계약서를 검토한다.

"아침에 메일은 잘 받아보았습니다. 다음 주 토요일에 입국한다고요?"

B&K 사장은 부태인이 준 컨설팅 계약서를 꼼꼼하게 챙기며 대답한다.

"네, 뭐 준비해서 들어오는데 시간이 좀 더 필요한가 봐요. 프로젝트 장소는 어디입니까? 여기는 공간이 없을 것 같은데요."

"네, 여기가 아니고 부회장님 계시는 층에 한쪽을 우리가 쓰기로 했고 지금 공사를 하고 있습니다. 요번 주까지는 집기와 필요한 장비들도 모두 갖출 것입니다."

컨설팅 프로젝트와 관련하여 준비되고 있는 프로젝트 진행 상황을 상세하게 이야기해준다. 부 이사는 아직 B&K에서 들어와 컨설팅을 수행하는 것이 알려지는 시점이 아니라는 것을 알고 있기에 누가 알아볼까 걱정한다. 다행히 미국에서 생활했고 한국에 들어온 지 얼마 안 되어 삼마에 아는 사람이 없다는 것이 다행이다 싶다. 두 사람은 똑같은 문화권에서 공부했던 사람이라 다른 사람이 보기에는 친구로 착각이 들 정도로 편안한 관계로 보인다.

"부 이사님, 저를 미국에서 사용하던 제임스라고 불러주세요. 나이도 저와 비슷한 것 같은데 우리 친구 하시죠."

부 이사가 파악한 바로는 한 대표가 한 살 위고 뉴욕대를 졸업하고 미국에서 생활하다가 들어온 것으로 알고 있다. 결혼하지 않아 가족도 없다.

"제임스, 좋습니다. 비슷한 연배 맞습니다. 차라리 제가 형님으로 부르겠습니다. 하하하."

두 사람은 사적인 이야기며, 유학 중에 있었던 일들을 가지고 이야기하며 새로운 인맥을 엮어가고 있다.

"편안하게 사적인 자리에서는 형님이라 부르겠습니다. 형님 한 분 생겨서 기분 좋습니다. 그런데 한국에서는 장가가지 않고, 자식이 없으면 어린 애라고 하는데 이거 손해 보는 것 같습니다."

장가를 가지 않아 그런지 옷이며 헤어스타일, 모든 것이 젊게 보인다.

"하하하. 동생이 오작교 역할 좀 해 봐. 안 그럴 거면 조용히 하고. 창피하니까."

"눈이 높으신 거 아닙니까? 아니면 너무 젊은 애들만 찾는 거 아닙니까? 하하하."

"하하하, 요즘 젊은 여자들이 좋은 사람을 볼 줄 모르는 것이지."

프로젝트 멤버들이 일하고 있는 곳을 보여 주기 위해 밖으로 안내하며 팀장들만 간단하게 소개한다. 부태인 이사의 사무실로 다시 돌아온 두 사람은 또 이야기에 빠져든다.

"형님. 아까 봤던 좌측 코너의 사람이 삼마 윤 부장이라는 사람입니다. 이 컨설팅과 관련된 사람들이고 아직은 저 사람들에게 B&K의 실체를 알리면 안 될 것 같습니다. 그 사람들은 경영 컨설팅이라는 것조차 모르기 때문에도 그렇고 조직 진단이 들어있다면 판을 흔들 수도 있어서 그렇습니다."

제임스, 아니 B&K 한 대표는 알겠다는 듯이 더 이상 물어보지 않는다. 두 사람은 한 비서가 또 가져다주는 커피를 마시면서 삼마 컨설팅 프로젝트 관련하여 협의를 시작한다.

"컨설팅 프로젝트의 가장 큰 목적은 조직 정비인 거는 아실 것이고 이제 중심에 있는 사람이 아까 이야기했던 윤 부장과 부회장님 동생들 라인인 것도 말입니다. 물론 말씀드렸다시피 오너는 부회장님입니다."

고개를 끄덕이면서도 B&K 한 대표는 단순하게 순수한 경영 컨설팅의 범주라고 생각하는 모양이다.

"조직을 건드려 하인즈의 업무시스템에 삼마의 업무를 맞추는 것이 도입의 큰 목적이 아니었나? 그때 이야기도 그렇게 하였고."

B&K 한 대표는 업무 미팅 때 협의했던 이야기가 다인 줄 아는 모양이다.

"네, 그것은 맞습니다. 하인즈의 조직과 생산 시스템을 일부 가져와 지금 도출한 프로세스와 자연스럽게 연계하는 것입니다. 그런데 숨겨져 있는 핵심적인 것은 오너인 신 부회장의 의지가 아까 이야기한 것처럼 동생들과 재무 쪽 윤 부장 라인을 쳐내려고 하는 것입니다. 윤 부장 같은 경우는 신 부회장 동생 라인이고 그들이 그룹의 자금을 맡고 있으니까 더더욱 그런 것입니다. 이 부분에 형님과 제가 머리를 써서 무리하지 않고 자연스럽게 정리하는 형태의 컨설팅 결과를 가져가야 하는 것입니다. 물론 이미 나와 있는 그룹 전체의 비전과 그에 따른 조직 구조를 절묘하게 맞추어 진행해야 한다는 것은 또 다른 숙제기도 하고요."

구체적으로 이야기를 해주어도 왜 이리 복잡하게 진행해야 하는지 이해를 다 하지 못했다는 표정이다.

"다들 가족이 아닌가? 싸울 이유가 없을 것 같은데."

미국사회에서는 거의 발생할 수 없는 케이스가 눈앞에서 일어나고 있으니 이해가 되지 않는 것이 오히려 당연하다.

"형님. 다음에 시간을 내서 식사하면서 자세하게 이야기하시자고요. 한국적인 문화가 익숙하지 않아서."

국내에 어떠한 인맥도 없이 들어와 있으니 B&K 한 대표는 사실 이런 것들이 필요했다. 저번에 만나서 눈여겨봐 뒀지만 오늘 부태인 이사를 보니 더 친밀감이 든다. 앞으로 이해관계를 떠나서 인간적인 관계로 친해져야겠다는 생각을 한다.

"그래, 우리 시간 한번 내서 이야기하자고. 좀 편안한 자리에서. 하하하."

한 대표의 솔직한 의도는 김호석 상무의 후렉스코리아 인맥을 통해 국내시장 확대 의지를 가지고 있었다. 미국은 오랫동안 살아왔던 지역이고 인맥도 잘 구성되어 있으니 업계 전반적인 흐름과 영업구조를 잘 알고 있었기 때문에 시장에서 활발하게 움직일 수 있었다. 그러나 한국 내에서는 인간관계나 학맥 등이 없으면 시장에 파고들기가 어렵고 IT 기업들과 협력이 안 되면 늘 계약 전 단계에서 실패할 수밖에 없는 구조이기 때문에 후렉스코리아의 컨설팅 사업부를 책임지는 김호석 상무의 영향력이나 능력이 절실하고 이번에 부 이사를 통해서 김 상무와 자연스럽게 연결되기를 기대하는 것이다.

그런 한 대표의 의도를 아는지 처음 미팅에서 김 상무가 전략적 제휴를 일언지하에 거절하는 것을 보고 쉽지는 않을 것이라는 판단은 하고 있다. 계약서를 챙겨본 B&K 한 대표는 사전에 이야기한 것과 별 차이가 없자 계약서에 사인한다.

"대표님, 조금 있으면 컨설턴트 한 사람이 올 텐데 한번 이야기나 하시고 가시죠."

한 대표는 컨설팅 멤버로 참여할 사람이 계약 때문에 온다고 하니 같이 일할 사람이라 한번 보고 가는 것이 좋을 것 같아 만나보기로 한다. 부 이사는 아직 B&K에서 이 프로젝트에 참여하는지 모르니까 신분은 후렉스코리아 사람이라 하라고 하며 그 인력은 상단의 조직 부분은 참여하지 않고 하단의 프로세스와 새롭게 도출된 상단의 프로세스를 연결하는 역할을 하며 조직 컨설팅 결과가 나온 후에야 본격적으로 참여하게 될 것이라 이야기한다.

"그럼 이 사람은 우리하고 별 부딪히지 않겠네. 알았어. 무슨 의미인지."

부 이사는 향후 나올 결과물을 어떻게 낼 것인지에 대하여 협의를 하다가 김호석 상무가 이야기한 말을 전한다.

"아, 신 부회장이 프로젝트 투입 전에 식사 한번 하자고 하는데 형님도 참석하시죠. 김호석 상무님두 참석하십니다."

삼마 컨설팅 프로젝트로 한국에서의 업무가 본격적으로 시작되었다고 판단한 한 대표는 당연하게 참석하겠다고 한다.

"저번에 신문에도 공식적으로 삼마 후계자라고 발표했던 데 아직 조직을 완벽하게 장악 못 했나 봐."

그렇게 설명을 해주어도 이해가 아직 안 되는 모양이다.

"신 부회장은 미국에서 공부하고 계속 미주법인 책임자로만 있었 잖아요. 그래서 국내 기반이 약한 것도 있고 동생들의 국내 실적 이 상당히 좋아서 기반이 단단한 면도 있지요."

부 이사의 추가적인 설명에 조금은 이해가 된다는 듯이 고개를 끄덕인다.

"하여튼 한국 회사들은 너무 복잡해. 인맥 없으면 영업하기도 힘 들고."

한 대표도 한국에 들어와서 마음고생을 많이 했고 향후 비즈니 스 전개에 걱정을 많이 한 모양이다.

"오히려 인맥이 없는 것을 잘 활용하면 마음 편하게 갈 수 있잖 아요. 친구 사귀기도 쉽고 적극적으로 부딪혀 봐도 되고."

부 이사는 한 대표에게 후렉스코리아에서 자신을 만난 것은 행 운이라는 것을 이야기한다.

"이사님, 손님 오셨습니다. 김병기 감리께서도 같이 왔습니다."

김병기 감리가 자기 쪽 사람이라고 알리려고 직접 데리고 온 모 양이다. 자신이 프로젝트에 많은 영향을 끼치는 사람이라는 것을 데려온 컨설턴트에게 과시라도 하려는 모양이다.

"어서 오십시오, 젊은 분이시네요."

부 이사는 의외라는 듯이 인사한다.

"네, 저희 회사 인력입니다. 이번 컨설팅 프로젝트에 투입될 컨설 턴트입니다."

어떤 의미에서 보면 컨설팅 부분에서 역할이 단순 업무니 경력이 그리 많지 않아도 괜찮겠다고 생각이 되었다.

"회의 중이신데 온 거 아닙니까?"

김병기 감리가 B&K 한 대표가 신경이 쓰이는 모양이다.

"이분은 우리 회사 컨설팅팀하고 관련돼서 일하시는 분입니다. 나중에 만나게 될지도 모르겠지만, 그때 만나게 되면 공식적으로 소개하겠습니다."

부 이사는 김병기 감리에게 대충 얼버무리고 넘어간다.

"박덕순입니다. 잘 부탁드리겠습니다."

이야기를 나누고 있는 사이 자신이 소외되고 있다고 느꼈는지 바로 업무를 보겠다는 듯이 대화에 끼어든다. 여자인 줄은 알았지만 의외로 젊다는 것에 관심이 가는 부 이사는 이력서를 보고 이것저것 물어본다.

"IBM에 있다가 나오셨군요. 어디 부서에 있었어요?"

IBM에서 3년 정도의 근무경력이 있다고 기록돼 있는데 어떤 부서에서 근무하였는지는 적혀있지 않았다.

"네, 저는 프로세스 리모델링하는 Biz컨설팅 부서에 있었습니다."

겨우 3년 정도의 경력을 가지고 프로젝트 컨설팅을 하겠다고 오다니 김병기가 자신이 여기 감리라는 위치로 뭐든지 다 된다고 생각하는 모양이다. 그 판단도 몇 개월 후면 다 깨질 것이라 생각하며 부 이사는 계약서를 꺼내 놓으면서 검토해보라고 한다.

"네, 보내주신 계약서는 읽어 보았고 제가 충분히 할 수 있는 역할이라 생각해서 온 것입니다. 경력은 많지 않지만, 열심히 하겠습니다."

부 이사의 의중을 알고 있다는 듯이 여자치고는 꽤 강단 있게 자신의 역할을 적극적으로 이야기한다. 당당하게 이야기하는 것을 보면 김병기보다는 성장 가능성이나 대화가 협조적으로 될 것 같다는 생각을 한다.

"계약서에는 도장을 찍어도 되고 사인해도 됩니다. 무엇으로?"

계약하기 위해 개인 법인을 급조해서 만들었을 것이라 생각하며 박덕순의 말에 관심을 보여 준다.

"자, 한 부는 박덕순 씨가 받고, 한 부는 우리가 가지고. 호칭은 어떻게 부를까요? IBM에 있을 때 사용하던 이름이 없습니까?"

이름이 촌스러운 여자들은 다국적 기업에 입사하면 미국식 이름을 사용하는 경우가 많은 것을 알기 때문에 물어본 것이다.

"제 명함입니다. 엘리자베스입니다. 이름이 촌스러워서요. 하하하."

부 이사가 물어보는 의도를 알았는지 남자처럼 너털웃음을 짓는다. 한 비서가 가져다준 차를 마시면서 일정과 주로 해야 할 일 등에 대하여 꼼꼼하게 확인한다.

"저는 언제부터 투입되어야 합니까?"

엘리자베스의 질문에 부 이사는 부 이사가 간결하게 말한다.

"바로 출근해서 이미 도출되어 있는 프로세스를 분석해 봐야 경영 컨설팅에서 도출되는 것들을 자연스럽게 연결하는 작업을 할 수 있을 것 같은데요. 그런데 아직 프로젝트 룸이 공사 중이라 다음 주부터 출근하시면 될 것 같습니다."

자신이 챙겨야 할 준비사항을 메모하고 더 이상 특별한 이야기가 나오지 않자 자리에서 일어나려고 한다.

"그리고 엘리자베스, 이 비밀유지 계약서에 서명하시고 가셔야 합니다."

상당히 고지식해 보여 계약서를 충실히 이행할 것 같은 생각이 들지만 그래도 형식은 준수해야 하니까 받아두려고 하는 것이다.

"네, 기업의 비밀을 다루는 것이니까 서명해야죠."

부 이사는 역시 IBM 같은 회사에서 프로젝트를 해본 경험이 있으니 말하기가 수월하다는 생각이 든다.

"역시 IBM의 물을 드셔서 이야기가 쉽습니다. 하하하."

김병기 일행이 나간 뒤 부 이사는 B&K 한 대표에게 어떠냐고 물어본다.

"어떻습니까. 괜찮은 것 같아요?"

B&K 한 대표는 어차피 개발 부분의 업무를 연결하는 단순작업이니까 이정도 경험이면 충분하지 않겠냐는 듯이 이야기한다.

"그럼 언제 한번 만나 한잔하시죠. 연락 주십시오."

B&K 한 대표가 나가자 신 상무가 찾았다는 메모를 한 비서기 전달해준다. 틀림없이 인테리어공사 관련해서 찾았을 것이라 예상하지만 이미 퇴근 시간이 다 되었고 미팅 끝나고 저녁 술자리에 끌려갈까 걱정되어 일부러 연락하지 않는다. 온종일 미팅으로 피곤함을 느끼며 소파에 앉아 하루를 정리해 본다.

김호석 상무는 오늘 특별한 일정이 없이 사무실에서 그간 밀린 개인 업무를 정리하며 미국에 있는 연희로부터 온 메일을 열어보고 있다. 인테리어 공사와 관련한 이야기와 와이프와 연락이 되어 금요일 만나기로 했다는 것 등 여러 가지 이야기를 적어 보내왔다. 김호석 상무는 답신에 인테리어 진행 상황과 보안시스템 공사가 들어간 것 등 호석이 본 것을 그대로 적어서 보낸다. 강 비서가 돌려준 전화를 받았더니 서 사장 아들 명근이 학교 선생이다.

"명근이 아버님이시죠? 저는 진학담당 제임스 리입니다. 강의가 가능하다고 허락하셨다 해서 전화했습니다."

저번에 명근이와의 통화에서 호석과 이야기했던 강의와 관련해서 진학담당 선생에게 전달된 모양이다.

"네, 안녕하십니까. 제가 명근에게 연락을 받았습니다."

명근의 진학담당 선생은 일정이 언제가 좋겠냐고 물어보며 기말고사 끝나는 다음 날을 이야기한다. 김호석은 강의 일자는 문제가 없다고 말하고 몇 명 정도 참석하느냐고 물어보았다.

"한 90명 정도 참석할 것 같은데 국내반 애들도 참석을 열어 둘 거니까 많게는 120명 정도 참석할 것입니다."

물어본 이유는 마케팅팀에 연락해서 아이들에게 나누어 줄 기념품이나 선물을 준비하려고 하는 것이다. 보통 특강 같은 세미나에 나갈 때 회사 홍보를 위해서 적극적으로 지원하는 것이기도 하다.

"네, 알겠습니다. 전체 시간은 3시간으로 하고 강의는 60분, 진학과 관련하여 70분하고 나머진 Q&A를 하기로 하겠습니다."

워낙 강의 경험이 많은 김호석 상무는 알아서 타임스케줄을 정해 버린다.

"명근이는 요즘 어떻습니까? 잘하고 있나요?"

서 사장 아들이지만 관심을 보여 주어야 할 사이가 아닌가 싶어 아버지가 아들 근황을 살피듯이 물어본다.

"네, 요즘 들어 밝아지고 매우 적극적이 되었습니다. 아빠가 학교에 오시고 나서 많이 바뀌었습니다."

이야기를 끝내고 강 비서를 부른다.

"강 비서, 나 경기도의 용인외고에 가서 특강하기로 했는데 한 120명 정도 참석한다더라. 고 1~2학년 학생들인데 마케팅팀에 연락해서 뭐 지원해줄 선물들 없나 확인해 봐."

일정을 알려주고 가져갈 기념품을 챙길 것을 부탁하고 무엇을 주제로 경제학 강의를 할까 고민해본다. 수많은 특강과 세미나를 해봤지만, 아들 같은 학생들은 처음이라 약간 떨리는 것은 사실이다.

핸드폰이 울려 액정을 보니 신 부회장이다.

"네, 선배님. 어쩐 일이십니까?"

요즘 바쁘다는 핑계로 전화를 안 했더니 호석이 뭐 하고 있나 궁금한 모양이다.

"김 상무, 오랜만에 운동이나 하지. 오늘 바쁜가?"

중요한 일은 그곳에서 만나기로 했으니 할 이야기가 있는 것이 틀림없을 것이다.

"네, 괜찮습니다. 몇 시에 가실 겁니까?"

"지금 와라. 나 그쪽으로 이동하는 중인데 아주 특별한 일은 아니니까 겁먹지 말고 빨리 와봐. 저녁이나 먹자."

저녁에 약속이 많은 사람이고 시간 또한 예측할 수가 없지만, 비즈니스 하는 입장에서는 이해하는 일이기도 하다. 중요한 일이 아니라고 하지만 뭔가 있을 것이라 생각하며 윤 기사에게 연락해서 차를 대기시킨다. W호텔에 도착하여 피트니스 클럽에 들어가 찾아보니 운동을 하는 것이 아니라 마사지를 받고 있다.

"운동은 무슨, 마사지나 받자. 옆자리 비워뒀어."

김호석 상무도 반바지만 입은 채로 옆에 누워 마사지를 받는다.

"김 상무, 동생한테서 연락이 왔더라. 정보시스템 부분을 어떻게 처리하려고 하냐고 엄청 고분고분해졌더라. 김 상무 전략이 주효한 것 같아."

김호석 상무도 반응이 예상보다 빨랐지만 반응을 보일 줄 알고 있었다.

"너무 빨리 왔네요. 그래도 선배님은 당분간 모른척하고 앞으로 계속 추진하는 것처럼 이야기하셨죠?"

김호석 상무가 이야기한 대로 신 부회장이 말을 잘했는지 물어본다.

"물론이지. 내가 바보냐? 비용 측면에서 검토하고 있다고 했어."

마사지하는 아가씨들은 두 사람이 무슨 이야기를 하는지 관심도 없는 듯 혈을 눌러가며 피로를 풀어주고 있다. 신 부회장은 어디가 안 좋은지 혈을 누를 때마다 조그맣게 신음을 낸다.

"잘하셨습니다. 선배님. 일단 선배님이 아무 말 없이 있으시면 그쪽에서 더 답답하게 생각할 것입니다. 나머진 제가 부 이사를 이용해서 윤 부장과 동생들이 계속 관심을 끌게 할 테니까요."

신 부회장 동생들이 반응을 보였으니 이제는 군불만 계속 지피면 될 것이다.

"다 너 덕분이지. 진짜 피 안 흘리고 전쟁이 끝났으면 좋겠다."

사실 만리장성이 어떻게 무너졌는가를 물어본다면 한 사람에 의해서 열리면서 시작된 것이다. 이번 건도 충분히 그럴 수 있다. 윤부장 라인 하나가 흔들리면서 죄수의 딜레마처럼 갈등이 커지고 항복할 수밖에 없기 때문이다.

"잘될 겁니다. 거기다가 지금 윤 부장이 후렉스코리아 영업에다가 프로젝트를 위해서 개발용 장비 설치해주겠다고 약속한 거 빨리 설치해달라고 해서 부 이사가 설치하게 공간 만들어 달라고 하면서 운용할 인력도 넣으라고 했는데 그것 때문에 내부에서 머리가 아픈가 봐요."

그간의 개발시스템 설치와 관련하여 일어난 일들을 상세하게 설명한다. 신 부회장은 이참에 김호석에게 아예 그룹 운영에 참여하면 어떻겠냐고 진담 반 농담 반 추켜세운다. 두 시간이나 마사지를 받고 나서 사우나를 하고 식사하고 나와 두 사람은 기사들이 대기하는 정문으로 나왔다.

"선배님, 프로젝트 룸 인테리어 할 때 제 방도 만들라고 하시고 빨리 만들어 놓으라고 해 주십시오. 진척이 너무 느리다는 보고가 들어왔습니다."

배웅하면서 사무 공간 확보 건을 다시 이야기한다. 윤 기사가 뒤에서 차를 갖다 대놓고 문을 열어 준다. 차에 올라 집으로 가며 내일은 삼마에 들어가 전체 프로젝트의 문제점과 진행 상황을 꼼꼼하게 점검해 봐야겠다고 마음먹고 노곤한 몸을 소파에 묻고 잠깐 잠이 든다.

"상무님, 댁에 도착했습니다. 지하로 갈까요?"

윤 기사가 김 상무를 깨워 놀라 일어나니 밖이 벌써 어둑해져 있다.

"그래, 지하로 내려가 줄래?"

서 사장의 집으로 올라갈 생각으로 지하주차장으로 내려가 서 사장의 Q7이 먼지를 덮어쓰고 주차되어 있다. 아파트에서 소파에 앉아 쉬고 있는데 9시가 조금 넘자 서 사장이 들어온다. 한잔 했는지 벌게진 얼굴로 술 냄새를 풍기며 들어왔다.

"빨리 왔네. 술도 마신 것 같고, 하하."

서 사장은 단골손님이 와서 억지로 한 잔 줘서 마셨다고 한다.

"정종 한 잔 받아 마셨는데 술이 오르네요. 오늘 바빴어요?"

문자 한 통 없어서 섭섭했다는 표현을 일이 많아 바빴냐고 투정을 부린다.

"신 부회장하고 W호텔에서 마사지 받았지. 당신도 거기 가 봐. 잘하던데. 업무 하나 같이 추진하고 있는 게 있어서 바빴어."

주절주절 핑계를 대는 호석의 모습이 바가지 긁어대는 와이프

앞에 여느 남편과 다름없는 그런 모습이다. 김호석은 자신이 서 사장의 편안함에 기대어가는 것 같아 스스로 경계를 한다.

"오늘 명근이 학교 선생한테 전화 받았어."

호석은 오늘 있었던 이야기를 해주고 일정도 잡았다고 이야기해준다. 물론 명근이의 학교생활에 대해서도 물어본 것과 변화된 명근의 생활도 이야기해준다.

"학교 애들이 당신이 명근이 아빠인지 알겠다. 호호호."

서 사장은 그렇게 생각하는 줄 뻔히 알면서도 넌지시 떠보는 말한다.

"하하, 오해들 좀 하고 있으라고 하지, 뭐."

둘은 서로의 다른 속내로 껄껄거리며 웃고 아무것도 아니라는 듯이 받아들인다.

"당신 씻고 나와야지. 난 다 끝났어. 나와서 캠핑을 어떻게 갈 건가 이야기해보자."

서 사장은 명근이가 자신에게 이야기해준 호석에 대한 감정과 생각을 기억하며 속으로 웃음을 짓는다. 어머니에게 결혼해도 좋은데 친구처럼 사는 게 더 좋지 않겠냐고 이야기한 것을 말하지는 않는다.

서 사장이 방으로 들어와 침대 속으로 들어오자 가능하면 낮에라도 시간을 내서 운동하라고 이야기한다. 회원권의 가치가 2억정도 한다는 이야기도 빼먹지 않고 한다. 사람들은 가치가 높은 것에 대한 관심은 커지기 때문이다.

"어머, 그게 그렇게 비싼 거였어요? 하긴 시설이 고급스럽고 직원들이 보통 수준이 아니라 꽤 비싸겠다는 생각은 했는데 그 정도까지 가는 줄 몰랐어요. 제가 자주 이용할게요."

"그래 차도 사고 회원권도 생겼는데 뭐가 문제인지. 바빠도 일부러 시간 내어서 자주 이용해야지."

김호석은 다음 주 목요일 저녁에 부 이사 가족과 같이 일출에서 먹기로 했다고 이야기하면서 여자 만난 것을 내색하면 안 된다고 이야기한다.

"그럼 모두 3명이에요. 부 이사 와이프가 뭘 좋아하나?"

앞으로 자주 만나게 될 사람일지도 모른다고 생각이 드는지 관심을 가진다.

"애들도 데리고 나올지는 잘 모르겠고 알아보고 문자 줄게."

두 사람은 이번 주 캠핑을 토요일 오후에 홍천강 쪽으로 가기로 했다. 월요일은 아예 가게 문을 하루 닫기로 했다고 한다. 화요일은 오후에 출근하면 되니까 가게를 비우는 날은 일요일 하루가 되는 것이다. 들떠있는 것 같은 서 사장을 보면서 김호석은 큰 차량이 생겨 장비를 다 챙겨갈 수 있겠다는 판단에 머릿속으로 챙겨갈 장비를 그려본다.

마사지로 풀린 긴장감이 숙면을 유도한 탓인지 개운하게 침대에서 일어났다. 아침 식사를 하고 차를 마시고 있는데 윤 기사가 아파트에 차를 대었다고 문자가 왔다. 여느 날과 마찬가지로 출근길 바쁜 표정의 사람들 속에서 호석 자신도 덩달아 기운이 넘치는 것을 발견한다. 회사에 출근하니 분위기가 어수선한 느낌이다.

"강 비서, 무슨 일이 있나? 냄새가 좀 어수선해 보여."

강 비서를 불러 무슨 일인가 확인을 한 김호석은 자리에서 벌떡 일어나 연구소장이 들어 왔다는 조사위원회 사무실로 빠른 걸음으로 걸어간다. 강 비서의 말인즉슨 부사장이 연구소장이 있는 위원회 사무실에 와서 난리 치고 갔다는 이야기다. 자신이 추천해서 자리를 맡아준 연구소장이 걱정스럽고 미안해서 급히 가는 것이다. 인맥도 연고도 없는 연구소장이 마음에 상처나 받지 않았기를 바라면서 가보니 위원장 비서가 자리에 앉아 있다.

"연구소장님 계신가?"

김호석 상무가 나타나자 어딘가 모르게 부자연스럽게 깜짝 놀라는 모양새다.

"네, 상무님 안에 계십니다. 잠깐 기다리십시오."

연구소장에게 보고하고 집무실 문을 열어 안내한다. 표정은 괜찮은 것 같은데 조금은 굳어 있는 느낌이다. 부사장 입장에서는 아무 연고도 없는 연구소장이 조사위원회를 맡았으니 더 골치 아팠을 것이다. 국내에 있던 사람들이야 다 부사장 영향권의 사람들이고 도움을 받던 인물들이니 조정도 가능하고 진행 상황에 대하여 정보도 받을 수 있었겠으나 연구소장은 틀리다. 자신과 어떤 인간관계도 없고 국내에 그렇다 할 인맥도 없으니 좌고우면 없이 흔들리지 않고 일을 수행하기 때문에 더욱 그랬을 것이다.

"부임을 축하드립니다. 위원장님."

김호석 상무는 일부러 크게 웃으며 환영 인사를 건넨다.

"감사합니다. 김 상무님. 와주셔서."

와줘서 고맙다고 이야기하는 것을 보니 연구소장은 아침의 일에 자신의 편이 전혀 없다는 생각을 한 모양이다.

"아침의 이야기는 들었습니다. 미리 예상하고 말씀드려야 했었는데 미안합니다."

호석은 미안한 마음에 진심으로 사과한다.

"양 대표와 미팅하면서 어느 정도 각오는 했었어요. 걱정하지 마시고 많이 도와주십시오."

어설픈 한국말에서 호석은 더욱 미안한 마음이 든다. 규정상 위원회에는 피조사자 입장에서는 출입을 못 하게 되어 있는 것이 원칙인데도 부사장이 연구소장의 기선을 제압하려고 일부러 왔을 것이다.

"그렇다면 다행입니다만 너무 신경 쓰지 마십시오. 저도 많이 돕겠습니다."

가져다주는 커피를 드는 손이 약간 떨리는 것을 볼 때 많이 놀라긴 놀란 모양이다. 연구소장을 위로한 호석은 자리로 돌아오면서 부사장이 위원회 사무실에 들어갔다는 사실을 양 대표가 알아야 한다고 판단한다. 양 대표에게 전화를 걸어 위원회의 운영에 있어서 이와 유사한 문제가 발생하면 어떻게 연구소장이 온전한 보고서를 낼 수 있겠냐고 반문하며 조치를 취해 달라고 요구한다. 김호석 상무의 요구사항을 양 대표가 무시하지 못할 것이라는 계산에서다.

"강 비서."

어떤 일이 발생할지 모르기 때문에 임원들의 휴가는 제한되지는 않지만, 항상 연락이 유지되는 상태에 있어야 하기 때문에 비서에게 미리 통보를 해두어야 한다.

"나 다음 수 월요일, 화요일 시골에 좀 갔다 와야 하니까 그렇게 알고 있어."

어디 놀러 간다고 하면 강 비서의 눈치가 이상해질 것이기 때문에 시골 형님에게 다녀올 거라고 이야기한다.

오늘 출근길이 너무 막혀 조금 늦게 도착한 부태인 이사는 어제 신 상무가 미팅 좀 하자고 연락이 왔었다는 사실을 알고 한 비서에게 신 상무가 자리에 있는지 확인하라고 지시한다.

"이사님, 신 상무님 자리에 계신다고 합니다. 연결할까요?"

오늘 출근해서 알았다고 하기에는 낯 뜨거우니까 조용히 통화한다.

"상무님, 부태인입니다. 지금 시간이 되십니까? 제가 오늘 좀 늦었습니다."

신 상무는 자기 사무실에서 미팅하자고 한다. 부 이사는 컨설팅 관련하여 하는 미팅일 거라고 생각하고 자신이 그린 사무실 개념도를 가지고 올라간다. 신 상무의 집무실은 최고참 임원답게 전망이 좋은 모퉁이를 끼고 자리하고 있다.

"상무님, 무슨 일이십니까? 어제저녁에 찾으셨다고요."

예상대로 신 상무는 컨설팅을 위한 프로젝트 룸을 어떻게 구성해야 하는지를 물어본다. 어제 오후에 부회장으로부터 왜 프로젝트 룸을 만드는 일에 진척이 더디냐고 한 소리를 들었기 때문에 부 이사에게 연락한 것인데 이제야 미팅을 하게 된 것이다.

"부회장님이 지시한 삼마 경영 컨설팅 인력들이 일할 공간 때문에 그렇습니다."

이번 프로젝트를 부회장이 얼마나 의욕적으로 끌고 가려고 하는 일인지 아직도 잘 모르는 모양인 것 같다.

"아, 네. 전체 프로젝트 인력이 13명 정도 됩니다. 제가 필요한 공간을 대략 그려서 왔습니다."

부태인 이사는 간단하게 그려진 사무실 배치도를 넘겨주고 설명한다.

"컨설턴트 13명은 개인 룸이 필요하고 김호석 상무의 방도 필요합니다. 부회장님이 이번 프로젝트는 김호석 상무가 직접 관리를 하도록 요구하셨다고 합니다."

부태인은 이번 프로젝트의 오너가 부회장이고 그 관리는 김호석 상무라고 이야기하면서 부태인 자신도 이 업무에 PM일 뿐이고 잘 모른다는 뉘앙스로 이야기한다.

"회의실이나 다른 부속 사무실은 기존의 있는 것을 쓰면 안 되는 거요?"

부 이사가 그려온 개념도에는 사무 공간과 회의실, 각종 기기의 종류가 표시되어 있다.

"모든 사무실은 외부에서 작업자가 보이지 않게 하시고 회의실도 마찬가지입니다. 사무실의 집기류도 이곳에서 다 해결할 수 있도록 해 달라는 것입니다. 그리고 네트워크는 외부와 연결하지 않으셔도 됩니다. 후렉스코리아 네트워크 보안 팀에서 와서 작업하게 될 것입니다. 목록의 장비만 구입해 주시면 나머지는 우리가 알아서 설치하겠습니다."

해킹이나 도난 등의 보안에 문제가 발생하면 골치 아프다는 판단에서 김 상무가 네트워크 관련해서는 후렉스코리아 보안팀에서 하도록 조치를 하였다.

"알았습니다. 그건 그렇고 시스템 설치공간은 어디에 해야 되나 고민하고 있어요. 삼마DS 쪽에 알아보니 추가 설비가 꽤 많이 들어가기 때문에 시간이 좀 필요하다고 하더군요. 시스템 룸은 다음 주나 가능할 것 같아요."

신 상무는 자기들이 내놓은 요구에 오히려 쫓기는 상황이 되었으니 난감한 모양이다.

"네, 그래도 설치공간이 어디인지 알려주십시오. 장비를 옮겨와야 하는데 영업에서 벌써 무진동 차량을 예약해 놓아서 이번 주에는 옮겨야 한답니다."

컴퓨터가 작은 PC가 아니고 대형 메인 프레임 급이기 때문에 특수한 포장도 하고 장비들이 필요하기 때문에 큰 비용이 들어간다. 운송 수단도 무진동 차량을 써야 하고 사전에 도로 상황을 체크하여 충격이 있을 만한 곳을 찾아 대비해야 하기 때문이다.

"그것은 오늘 중으로 통보해 줄게요. 하여튼 다른 방화 장비나

냉방 공조 설비는 다음 주 중에 설치하는 것으로 합시다."

이야기를 끝내자 구내식당에서 식사나 같이하자고 한다. 비서에게 연락해서 손님 내려간다고 미리 식당에 준비를 시킨다. 신 상무는 컨설팅 프로젝트에 신 부회장과 김호석 상무 두 사람이 포함된 것도 의아하고 도대체 어떤 규모의, 어떤 형태의 프로젝트가 되는 것인지 궁금한 모양이다. 직접적인 질문은 하지 않고 있지만 말하는 분위기에서 느낄 수가 있었다.

식당으로 내려가 영양사가 준비해준 식사를 맛있게 먹고 자신의 사무실로 돌아온 부태인 이사는 본사로부터 온 원 비서의 메모를 본다. 김호석 상무가 오늘 오후에 삼마로 간다는 이야기다. 원 비서로부터 온 메일을 열어봤더니 전화 연락이 안 되어서 보낸 메일이고 조사위원회 사무실에 부사장이 뛰어들어 와서 분위기가 이상해졌다는 내부 동향을 전해왔다.

한 비서는 오늘 수요예측 관련 데모시스템 시연과 미팅이 있기 때문에 준비에 한창이다. 부 이사가 수요예측모델 시스템의 개발 사례에 대한 자료를 조사하라고 지시해 놓았기 때문이다. 대학교수들이라 말들을 워낙 잘하고 미꾸라지들같이 잘 빠져나가기 때문에 현업인 삼마 인력도 참석하라고 했으니 삼마의 요구사항에 대해서는 지들끼리 논의할 것이라 판단하고 그 논의 결과에 후렉스코리아는 결과만 챙기면 된다고 판단한다.

김호석 상무는 두 시가 다 되어서야 삼마에 나타나 부태인 이사의 사무실에서 차를 마시고 있다.

"상무님. B&K 한 대표와는 형님 동생 하기로 했습니다. 결혼은 안 했는데 저보다 한 살 많더라고요."

"어쩐지 옷 입은 것이 애들 같더라니까. 총각이었어."

두 사람은 B&K 한 대표를 화제 삼아 이야기하며 그간 봐왔던 한 대표의 모습을 떠올리며 그런 것 같다고 한다. 부태인은 김호석과 함께 식사 한번 같이하자고 한다고 했다고 전한다.

"오늘 신 상무와 컨설팅 프로젝트 룸 공사와 관련한 미팅을 했습니다. 상무님. 오늘 저녁 B&K 사장 불러 같이 하실래요? 어차피 이번 프로젝트 우리 입맛에 맞게 끌고 가려면 확실하게 우리 쪽 사람으로 만들어 두는 것도 괜찮을 것 같고 B&K 입장에서도 상무님의 도움이 절실할 것 같고요."

부 이사도 정확하게 분위기를 파악하고 있는 것이다.

"그래, 한번 부를까? 괜찮을까?"

"한국에 들어온 지 얼마 안 되어 친구들도 없는 것 같던데 좋아할 것 같습니다."

호석이나 부태인 두 사람 모두 외국생활을 많이 했으니 그 사정은 누구보다도 잘 알고 있다.

"그럼 그렇게 하자. 내가 일출에 전화해 놓을게. 3명 예약해 놓으면 되지?"

부태인은 즉석에서 B&K 대표에게 전화를 걸어 오늘 김 상무와 저녁 같이하겠냐고 물어본다.

"좋습니다. 난 저녁에 약속이 없어요. 아는 사람도 없는데 잘되었습니다."

B&K 한우영 대표는 매우 솔직하고 구김이 없어 보인다. 비즈니스를 하려면 허풍도 좀 있어야 하고 속마음을 감추는 것도 알아야 하는데 걱정되는 부분이다.

"그럼 약속된 걸고 알고 약도는 없고 주소를 문자로 보 내 드리겠습니다."

저녁 약속이 정리되자 오후에 있는 수요예측시스템 데모 시연을 이야기한다.

"상무님. 오후에 수요예측시스템을 개발하는 아성대 교수들이 들어와 시연합니다. 참석 하시면 어떻겠습니까?"

오늘 일정에 대하여 보고를 하면서 김호석의 의사를 묻는다.

"그래. 내가 부회장실에 있을 테니까 시작하기 전에 연락 주면 신 부회장도 참석하라고 할 테니까. 우리 경영학에서도 수요예측이 나오지만, 이거 눈 가리고 아웅하는 거 아니냐? 수요예측은 가능한데 미래에 발생할 변수는 예측이 안 되는 것을 어찌하겠느냐? 그 사건에 웨이트$^{Weight: 가중치}$를 줘서 생산이나 수요에 가감을 일으키는 변수로 쓰자는 거 아니냐?"

다들 우려만 하고 있는 프로젝트가 수요예측시스템이다. 부 이사는 시작부터 말썽이 많은 프로젝트는 항상 결과가 안 좋다는 것을 안다. 다른 업무시스템은 문제될 것이 없는데 수요예측시스템은 진짜 머리 아픈 프로젝트고 실제 가동이 되어 생산 쪽에서 사용해야 하며 결과가 하루 정도 시차를 두고 확인되기 때문에 흉내만 내서는 안 되는 프로젝트다. 한 비서를 불러 부회장실에 연락해서 계시면 전화 연결해 달라고 한다.

"네, 알겠습니다. 부회장실로 연락드리겠습니다."

"상무님, 부회장실입니다."

사무실에 있는 모양인지 비서가 부회장을 연결해 준다.

"네, 부회장님. 김호석입니다. 시간 괜찮으십니까?"

신 부회장은 올라오라고 이야기한다. 김호석은 오늘 일정이 나온 문서를 들고 신 부회장 방으로 올라가는 엘리베이터에 올라탄다.

"김 상무, 들어와. 웬일이야? 사무실도 없는 곳에."

신 부회장은 김호석 상무가 자주 들어오는 것이 미안한지 괜스레 농담조의 이야기를 한다.

"시간 좀 있으세요? 오늘 수요예측시스템 데모 시연이 있다고 합니다. 그래서 교수 애들이 뭘 가지고 하려는지 보려고 왔는데 선배님도 같이 보셨으면 해서요."

김 상무는 삼마 쪽 인력이 참석하기 때문에 실무자들이 요구한 사항을 가지고 개발자들과 난상토론을 시키려 한다고 이야기한다.

"그거 우리 학교 다닐 때 생산관리 이런 거 관련해서 들었던 거하고 똑같은 것이지?"

신 부회장도 경영학을 전공했기 때문에 어느 정도 알고 있는 분야이기도 하다.

"네, 맞습니다. 부회장님. 그런데 수요가 늘어난 것은 과거 수요유발 변수를 가지고 정확하게 잡아낼 수 있는데 그건 그냥 과거의 변수에 불과한 자료입니다. 그걸 현재에 그대로 적용하기는 리스크가 너무 크다는 데 있습니다. 과거 수요 변동이 생긴 시점의 사건이 가장 큰 요인인데 예측이 불가능한 돌출변수들이라는 것입니다."

신 부회장도 기억은 가물가물 하지만 수요예측의 개념은 잘 알고 있는 것이다. 김 상무가 이야기하는 내용이 신 부회장이 공부한 그 당시에도 논쟁거리였으니 말이다.

"그런데 왜 이걸 개발하려는 거야?"

신 부회장의 성격으로는 이 말이 나올 줄 알았다. 어떤 외부 영향력이 뜬구름 잡는 기대치를 심어주고 무식한 경영진이 맞장구를 친 것일 것이다.

"하하. 수요예측 잘 아시잖아요. 잘 모르는 사람들은 대단한 예측시스템으로 비칠 수 있는데 아마도 생산관리 같은 현업에서 요구했을 것입니다."

김호석은 부회장과 이야기를 하면서 내린 결론은 조직의 비합리적인 부분이 이번 작업을 통해서 많이 제거되어야 한다는 것이다.

"김호석 상무님. 부태인 이사 연락인데 지금 지하 1층에 준비가 다 되었다고 합니다."

부회장 비서의 연락을 받은 두 사람은 엘리베이터로 지하의 발표실로 내려간다. 이번 프로젝트 최초의 데모 시연회다 보니 삼마 인력들과 후렉스코리아 프로젝트 관련 인력이 거의 참석했다. 신 부회장과 김호석 상무가 내려가자 기다렸다는 듯이 시연이 바로 시작된다. 아성대 조일상 교수가 직접 화면에 나온 내용을 가지고 수요예측의 데모 시연을 하고 있다. 실제 사례를 가지고 시연을 하는 것 같으나 저것들 역시 과거에 발생하였던 수요와 그 당시의 사건 변수를 가지고 억지로 꿰맞춘 인위적 결과에 불과했다. 20분간의 데모가 끝나자 삼마 현업 인력들이 기다렸다는 듯이 질문을 퍼부어 댄다.

"조일상 교수님. 지금 보여준 사례라는 것은 결국 발생된 수요를 가지고 사건을 변수화해서 가중치를 역으로 계산한 것인 것 같은데 그렇다면 실제 미래에 일어날 수요 변동에 대한 변수들의 가중치는 어떻게 계산하지요?"

평소에 부태인하고 후렉스코리아 수요예측 개발팀장 이기찬 과장은 많은 논의를 해왔고 그 문제점을 파악하며 삼마 실무자들에게 교육을 왔기 때문에 이제는 삼마 인력이 직접 개발자들과 이야기할 수 있도록 기회를 줘버리는 것이다.

"네, 정확하게 보셨습니다. 그런데 시스템에서 사건에 대한 가중치와 변수지정은 과거 몇 년간의 수요에 영향을 준 요소를 찾아내어 반복성이라든가 수요에 미친 충격도를 감안하여 수학적인 모델을 만든 다음 예측하는 것입니다."

조일상 교수는 일반인들이 알아먹기 어려운 용어를 써 가면서 쉬운 것을 어렵게 설명을 한다. 삼마 생산관리 쪽에서는 이것이 어느 정도의 신뢰도가 있는가에 대한 의문을 중심으로 질문하고 조일상 교수 쪽은 수학적 모델은 일일이 설명할 수 없지만 감안 요소들이 복잡한 검증을 거쳐 완성된다는 논리로 접근한다. 이들이 변수와 가중치를 수학적 모델링을 통해서 산출한다고 하니 지금은 확인할 방법이 없다. 논쟁이 치열해지는 사이 부회장과 김 상무는 자리에서 일어나 부회장의 사무실로 올라간다.

"김 상무, 저거 어떻게 하나 잘 챙겨보라고 해라. 틀림없이 완성이다 실패다로 싸움 날 거야."

조일상 교수팀들은 오늘 시연한 것과 다름없는 시스템을 가지고 완성되었다고 올 것으로 예상이 된다. 결국 삼마 쪽에서도 사건이 발생하고 나서야 그 변수의 영향 정도를 수요의 증가 차원에서 확인할 수는 있으나 그 사건이 일어나기 직전의 말 그대로 예측치는 그저 예상한 것으로 신뢰도는 정확하게 확인할 수는 없는 것이다.

"특별하게 관심을 가지고 지켜보라고 지시하겠습니다."

김호석은 B&K 한우영 대표가 부 이사하고 관계가 좋아졌다는 것과 시스템은 이번 주에 들어오고 설치는 다음 주에 시작한다는 이야기를 하고 자신이 월요일 화요일 시골에 내려가기 때문에 출근하지 못한다는 말도 같이 한다.

"혹시 여자 생겨 어디 여행하는 거 아니냐? 재미있는 일 있으면 같이 놀자, 하하."

신 부회장은 농담 삼아 이야기하지만 듣는 김 상무 입장에서는 가슴이 뜨끔하다.

"선배님은 왜 그러십니까? 어디 좋은 처자 있으면 소개나 해주세요. 하하하."

김 상무는 들키기 싫은 속마음을 웃음으로 넘겨버리며 컨설팅을 화제로 향후 진행될 내용과 발생 가능한 일들을 협의하고 1층 부 이사의 사무실로 내려간다. 한참 만에 시연회가 끝났는지 부 이사가 상기된 얼굴로 사무실로 들어온다.

"뭐 이렇게 오래 걸렸냐? 들으나 마나 한 이야기들을."

삼마가 요구한 것이고 개발 방향에 대해서도 삼마가 책임을 지는 것이라 개발업체가 요구사항만 잘 충족시킨다면 후렉스코리아로서는 거부할 명분도 이유도 없는 것이다.

"삼마 애들은 뇌가 없는 것 같아요. 설득이 안 되니 참 답답합니다. 하하."

여러 사람이 볼 때 전혀 아닌 것에도 불구하고 현업이나 엔지니어들은 끝까지 자신의 고집을 꺾지 않는다. 그러면서 별 이상한 논리를 다 들이민다. 우리의 이익이 침해되면 머리 터지게 싸우겠지만, 이것을 하면 이익이니까 지금은 그럴 이유가 전혀 없는 것이다.

"일단 부회장님의 의견은 결과를 잘 지켜봐 달라는 거야. 원하는 결과를 절대 만들어 내지 못할 거라는 거야. 그 이야기는 나도 동감하는 것이니까 지켜보자고."

미팅 하나 참석하면 반나절이 날아간다.

"여섯 시 반이니까 조금 있다가 나가도 되겠다. 여기서 나가면 30분이 안 걸리더라고."

잠시 후 직원들과 AA들이 먼저 퇴근인사를 한다. 컨설턴트들이야 자기 시간들 쓰는 거니까 누가 와 있는지조차 관심 없이 일하고 인사하는 직원이라야 한 비서와 AA 두 명이 포함된 관리팀 직원들뿐이다.

"B&K 한 대표는 술 좀 하는 것 같더냐?"

이야기는 오늘 처음 식사 자리에 참석하는 한우영 대표에게로 옮겨간다.

"술은 같이 먹어보지 못했는데 붙임성도 있고 뉴욕대 나왔더라고요."

뉴욕대라고 하면 아이비리그에 속하는 명문 대학이다. 머리가 잘 돌아간다는 이야기이기도 한데 후렉스코리아 특히 김호석 상무에게 아쉬운 점이 많을 것이다.

"너무 가까워지는 거 아니냐? 우리야 별 아쉬울 게 없다만 나중에 프로젝트 관련하여 부담으로 오는 거 아니냐? 친분 때문에."

비즈니스 업계에서는 친분으로 일을 나누기도 하지만 때론 냉정하게 경쟁이 붙는 경우가 많기 때문에 고객들이 중첩되는 상태에서 너무 가까이 지내는 것은 때론 입장을 난처하게 만들기도 한다.

"비즈니스로 엮이기보다는 친분 관계로 가려고 합니다. 혼자 사는 게 안 돼 보이기도 해서요. 하하."

두 사람은 저녁 식사 약속을 위해서 일출로 움직인다. 차를 가지고 약속 장소에 도착하자 서 사장이 반갑게 맞이한다.

"오랜만이에요. 부 이사님."

일전에 미사리의 카페에서 본 기억이 나서 그런지 서 사장은 부이사가 반가운 모양이다.

"우리 손님 오셨나?"

밖에 외제차들이 몇 대 있는 거로 봐서 온 건가 하고 물어본다.

"아뇨, 아직 안 오셨어요. 세 분이라고 하셨지요?"

김호석의 손님이니 제일 아늑한 방으로 안내한다.

"우리 손님들 다 오면 음식 주고 술이나 먼저 주라. 부 이사 우리 오늘 히레로 할까?"

일본에 근무한 경력이 있는 김 상무는 따뜻한 정종을 무척 좋아하고 부 이사는 별로 좋아하지도 싫어하지도 않는다.

"아니지, 오늘은 내가 접대하는 거니까 한 대표가 원하는 걸로 하고. 그래도 난 히레 한 잔 줘, 먼저."

젊은 애들처럼 청바지에 재킷을 걸친 한 대표가 들어오자 서로 일어나 인사를 하고 자리에 앉는다.

"이거 이런 모임에 불러주셔서 감사드립니다. 김호석 상무님."

말투는 조금 이상하지만 예의를 갖춘 것이라 생각하고 김 상무는 잘 오셨다고 이야기하며 농담을 던진다.

"내가 제일 나이가 많으니 나한테는 형님이라 불러야 하는 거 아닙니까? 하하."

서 사장이 정성스럽게 준비한 음식을 가져오고 시원한 정종을 곁들여 맛있게 먹는다.

"한 대표는 왜 결혼 안 하는 거야?"

호석이 형님 동생 하기로 했으니 편안하게 묻는다.

"하하, 혼자 사는 거 의외로 편합니다. 간섭받을 일도 없고."

어떤 속사정이 있든 서로가 알 필요는 없으니까 웃자고 다들 한

마디씩 한다. 무려 3시간을 웃으며 떠들며 마셔대고 서 사장도 들어와 술을 몇 잔 받아 마신다. 서빙을 하는 조선족 아가씨는 음식이 떨어질까 부지런히 왔다 갔다 한다.

술자리가 끝나가자 이들은 2차를 가려고 한다. 김호석은 서 사장도 데리고 근처의 와인 바로 간다. 오랫동안 사귀어 왔던 사람들처럼 이들은 장난도 치고 쓸데없는 소리도 하며 한껏 가까워지는 것을 볼 수 있다. 윤 기사와 대리기사를 이용해 부 이사와 한 대표를 보내고 서 사장과 호석은 걸어서 아파트로 걸어간다.

"참 재미있어요. 같이 오신 분들이 아주 점잖으시네요."

서 사장의 입장에서 이렇게 사회적으로 위치를 잡은 분들을 자주 만나는 것은 쉬운 일이 아니기 때문이기도 했다.

"그렇지."

호석도 이들이 컨설팅이나 정보기술 분야에서는 한몫을 할 사람들로 평가한다. 두 사람은 조용한 밤거리를 걸어 집으로 간다. 김호석은 서 사장과 같이 걸으면서 자신이 의외로 순수하고 다정다감한 점이 있다는 것을 발견하고 스스로도 의아하게 생각한다.

금요일 출근길은 월요일 아침과 유사하다. 오늘은 출근해야 토요일을 쉴 수 있다는 생각으로 의욕적으로 출근을 하기 때문에 월요일. 금요일의 교통 체증은 거의 비슷하다. 혹시나 무슨 일이 생기지나 않았을까 걱정이 되어서 김호석 상무는 사무실로 가면서 일부러 연구소장이 있는 방을 지나온다. 임원들 간에는 실적이나 능력을 가지고 보이지 않는 알력이 심한 편이기 때문에 다른 임원들의 집무실 근처에는 잘 나타나지 않는 것이 보통이기 때문이다. 자리로 돌아오니 강 비서는 아직 근무시간이 안 되었다고 이어폰을 귀에 꽂고 음악을 듣고 있다. 호석이 나타나자 자리에서 일어나 인사를 한다.

"나오셨어요, 상무님?"

인사를 받아주고 김 상무는 방으로 들어간다. 다음 주 이틀간의 휴가를 위해서 미리 할 일들을 챙겨본다.

삼마 프로젝트 룸은 시끌벅적 언제나 활기에 차 있다. 항상 새로운 일이 발생하기도 하지만 조직이라는 큰 틀 속에 들어와 있기 때문에 긍정적으로 살아지는 것 같다.

"오늘 데모시스템이 이곳으로 이동한다고 하니까 장비 목록 잘 챙겨서 접수하도록 하세요."

오늘은 사전 PM 미팅을 통하여 보고할 내용들을 챙겨야 하는 진척 미팅이 있는 금요일이라 아침부터 분주하다.

"시스템은 다음 주로 설치작업을 완료하고 교육 일정을 잡도록 하겠습니다."

시스템컨설팅팀장을 시작으로 돌아가며 보고를 한다. 데모시스템이 들어오면 삼마DS의 인력투입을 압박하고 조금은 당길 수 있는 효과를 볼 수도 있을 것이다.

"빅데이터 시스템은 어떻게 할까요? 여전히 개발 공간 확보가 안 되고 있습니다."

빅데이터 시스템 개발팀도 작업 공간 문제로 아우성이다. 오늘은 신 상무와 빅데이터 시스템 문제를 매듭지어야겠다는 생각을 하고 조금 더 기다리라 이야기한다.

"오늘까지 진도 나간 것에 대하여 있는 그대로 보고해 주기 바라고 관리팀에서 취합하여 보고자료 만들어 주세요. 삼마DS가 빠진 상태에서 보고회가 될까 걱정은 되지만 우리 것만이라도 충실하게 준비하시기 바랍니다."

수요예측시스템 관련하여 개발해야 하는지 말아야 하는지 의사결정을 해달라고 한다.

"수요예측시스템 개발은 정상적으로 진행하고 주의 깊게 관리해 주세요. 삼마의 요구사항에 충실했느냐가 관건이고 나중에 딴소리 할 가능성이 크고 특히 삼마 부회장님도 관심을 많이 가지고 있는 분야이니까요."

고객에게 주간 업무 보고를 위한 미팅이 끝나고 자리에 돌아온 부 이사는 신 상무의 비서실에 전화하여 미팅이 가능한지 물어본다. 오전 일정이 비었다고 이야기하여 자료를 챙겨서 올라간다.

"어쩐 일이십니까. 오후 주간 진척 미팅에서 볼 텐데요."

신 상무가 자리를 권하며 무슨 일이냐는 듯이 물어본다.

"네, 다름이 아니오라 빅데이터 시스템 프로젝트 건 때문에 그렇습니다."

여우 같은 신 상무는 뻔히 알면서 프로젝트에 무슨 문제 있냐고 물어본다.

"삼마에서 협조가 안 되는 것이 있습니까? 아니면 삼마DS가요?"

삼마나 삼마DS의 요구와 관계없이 순순하게 서비스로 후렉스코리아에서 돈을 들여 제공하는 프로젝트임에도 불구하고 자기들과 전혀 관계가 없다는 듯이 이야기한다.

"다른 게 아니라 프로젝트 장소가 없어서 그렇습니다. 프로젝트를 시작해야 하는데 아직 자리를 못 만들고 있는데 조치가 필요합니다."

일하겠다고 하는데도 장소를 만들어 주지 않는 고객사는 이곳에서 처음 본다. 아무리 경영진들이 이해관계로 인해 관련자들이 힘겨루기한다고 하지만 그룹 입장에서 보면 결국은 하나인데 어떤 때는 이해가 전혀 되지 않는다.

"그건 이야기 듣긴 했는데 지금 이 건물에서는 공간을 낼 곳이 없어요. 그래서 우리가 생각한 곳이 창고 옆에 있는 부속 건물인데 그곳에는 사무 환경이 갖춰진 것이 없어요. 그래도 급하게 쓰겠다면 후렉스코리아에서 환경을 만들어 써도 되는데 생각해보세요. 사실 그 건물은 철거가 예정되어 있어서 뭘 갖추기가 어렵거든요."

아무리 후렉스코리아에서 해주기로 한 프로젝트이지만 완전 나 몰라라 하는 모습에 부 이사는 짜증이 좀 난다. 후렉스코리아보고 직접 만들어라 하니 아쉬운 대로 일단 공간을 한번 보기로 했다.

"알겠습니다. 제가 본사 총무팀과 한번 협의해보겠습니다. 그런데 나중에 이것이 가장 중요한 프로젝트가 될 수도 있는데 안타깝습니다."

미팅을 마치고 내려와 빅데이터 시스템 팀장과 같이 부속 건물을 가보니 도로 옆이라 조금 시끄럽지만, 방음 설비만 조금 하면 공간이 넓어 쓸 만해 보였다.

"괜찮겠어. 공간은?"

부 이사가 이홍용 빅데이터 팀장에게 물어본다.

"네, 공간은 괜찮은데요. 한 열 명은 넉넉하게 쓸 수 있을 것 같습니다."

담당 팀장이 좋다 하니까 사무실로 돌아온다. 사무 환경을 어떻게 갖출까 고민하다가 본사 사무실과 같은 장비를 설치해도 되겠다 싶어 총무부로 연락해본다. 마침 사무 환경을 구축하기 위한 자재들이 있다 하여 엔지니어를 보내 살펴봐 달라고 이야기한다. 후렉스코리아를 포함하여 전 세계 사무 환경은 미국 본사에서 쓰는 것하고 똑같은 것이 설치되어 있다. 이곳에 설치했다가 철수할 때 다시 가져가는 것이니 문제가 없을 것이다. 빅데이터 시스템 공간이 쉽게 확보되어 다행이다 싶다.

김호석 상무는 일흥증권 빌딩에 있는 연희의 골드만삭스 한국법인 작업현장에 와보니 보안회사에서 작업을 끝내고 마무리 작업이 한창이다. 집기들이 쌓여 있고 서서히 모양을 갖춰가는 작업현장은 최고의 전문가들이 한 것답게 거의 완벽해 보인다. 문제가 있으면 연락을 달라고 이야기하고 나와서 부사장이 만나자고 한 식당으로 점심을 먹으러 간다.

유명 정치인들이 많이 온다는 요정과 비슷한 여의도 63빌딩 쪽에 위치한 고급 한정식집이다. 안내되어서 들어가니 부사장이 먼저 와서 자리를 잡은 것을 보고 나이는 어리지만 깍듯하게 인사한다.

"부사장님, 조금 늦었습니다."

무엇을 이야기하려는지 뻔히 알고 왔지만, 웬일인지 모르게 기분이 별로 좋지 않다.

"괜찮습니다. 어서 앉으시죠."

두 사람은 식사를 시켜놓고 회사의 경영과 관련하여 깊이 있는 이야기를 나눈다. 부사장이 여비서 때문에 문제가 되기 전에는 매주 월요일이면 양 대표 주재하에 조찬미팅을 정기적으로 가져 왔다. 그러나 이번 사건으로 그것도 뜸해졌으니 만날 일이 별로 없었던 것이다.

"김범진 이사에게서 이야기는 듣고 있습니다만 삼마 프로젝트에서 큰 역할을 하셨다고 하더군요. 미국에서 근무하셔서 그쪽 라인이 좋으니까 좋은 평가를 받으시겠습니다."

부사장은 은근히 미국 본사 출신인 김호석 상무에 비해서 자신은 미국 인맥이 없어 이번 사건이 크게 부각되었다고 이야기하는 것 같았다.

"하하, 그곳 떠난 지 10년이 넘었습니다. 이젠 한국계라고 이야기해 주십시오. 이 집 식사가 요즘은 맛이 조금 변한 것 같아요. 조금 짜지고."

김 상무는 괜한 화제를 음식 맛에 돌린다. 조사위원회 구성에 깊이 관여한 김호석 상무의 입장에서 김 부사장과 마주하는 것이 솔직히 부담이 없다고 하면 거짓일 것이다. 식사를 마치고 두 사람이 차를 마시는 자리는 어두운 침묵이 흐르고 있다. 본격적인 오늘의 핵심 주제를 이야기하려고 뜸을 지금까지 들인 것이다.

"김 상무님은 이번 진상조사위원회 구성을 어떻게 생각하십니까? 여비서 문제로 창피하기도 하고 한편으로는 지금까지 충성 또 충성했는데 말입니다."

부사장은 위원회를 구성하여 자신이 조사를 받은 것 자체가 불쾌하고 억울한 모양이다.

"저야 위원회 구성 사실을 양 대표님의 이야기를 듣고 알았고 저보고 위원회를 맡아 달라고 하시기에 제가 거절을 했지요. 아시다시피 후렉스코리아에서 부사장님과 같이 일해 본 사람들은 절대 못 맡는 것이 당연한 것일 겁니다. 그거야 부사장님께서 더 잘 아시는 것 아닙니까?"

호석도 자신이 위원회를 어떻게 알게 되었는가를 먼저 설명하고 있지만 속으로는 기분이 불쾌해지기 시작했다. 호석 자신이 이런 자리에서 부사장에게 설명할 이유가 없었던 것이다. 그러나 아직은 부사장의 인맥과 영향력이 완전하게 죽지 않았고 위원회의 조사보고서가 어떤 결론을 내놓을지 모르기 때문에 대놓고 무시할 수는 없다. 또한, 보고서를 미국 쪽에서 어떻게 볼지 모르기 때문이다.

"김 상무님이 연구소장에게 위원회를 맡게 했다고 해서 물어본 것인데 누가 맡은들 상관있겠습니까? 한국 내의 사정을 전혀 모르는 사람이 맡았으니 좀 불편한 것은 있습니다. 양 대표의 속마음도 모르겠고 말입니다."

양 대표와 부사장은 처음에는 사이가 아주 좋았다. 그런데 부사장의 회사 기여도가 커지고 영업조직을 중심으로 움직이는 회사이다 보니 양 대표의 영향력이 갈수록 작아진 것이 문제의 시작이었다. 그렇다 보니 회사의 조직이 두 편으로 갈라진 것이다. 양 대표는 부사장을 견제하고 부사장은 양 대표 자리를 넘보는 모양새가 되니 좋아질 수가 없었던 것이다.

"네, 고육지책이었습니다. 말씀드렸다시피 양 대표가 모든 사람에게 이야기했고 다들 같이 근무한다는 이유로 거절되자 결국은 삼마 프로젝트를 하고 있는 저에게까지 오게 된 것입니다. 저는 프로젝트 때문에 안 된다고 했더니 추천을 하라고 해서 제가 단순하게 연구소장을 추천한 것입니다."

부사장은 그렇게 할 수밖에 없었을 거라는 예상은 하고 있었다는 듯이 고개를 끄덕인다.

"그럼 김 상무께서는 연구소장하고 친분은 있었습니까? 그 양반 누구하고 아는 사람도 없고 만나는 사람도 없고 참 답답합니다."

하긴 호석도 연구소장 설득하기 전에 이것저것 정보를 찾느라 노력했고 결국 강 비서를 통해서 연구소장 비서인 김 혜진하고 거우 연결되었던 것이다.

"네, 저도 위원회 맡아달라고 갔을 때 막막하더라고요. 한국 사람이라도 완전한 미국인이라 깐깐하기도 하고 사고방식도 미국식이고. 저도 답답했는데."

호석은 부사장에게 과정을 이야기하며 속으로는 '당신도 고생 좀 할 거요'라는 뉘앙스가 들도록 이야기한다.

"김 상무께서는 미국 쪽에 인맥이 많은 것으로 알고 있는데 저를 좀 도와주시죠. 연구소장도 설득하셨으니 이번에는 조사보고서를 제 쪽에 좀 유리하게 작성할 수 있도록 해주시고 미국 본사 인맥도 좀 활용해 주시는 것으로 말입니다."

이제야 부사장은 자신이 김호석 상무에게 이야기하고 싶었던 핵심을 드러낸다. 호석은 이 자리에서 거절할 것인가 시간을 두고 고민하는 모습을 보일 것인가를 판단해야 한다. 후렉스코리아에서 이렇게 대놓고 상대방에게 이야기할 수 있는 사람이 부사장 빼고 누가 있겠는가? 그러나 호석이 미국 본사에 확인한 바로는 이번 건이 본보기로 처리 될 것이고 여비서가 공개적인 말은 하지 않았지만 부적절한 관계로 인해서 본사의 책임 부분이 부각되는 것을 우려하고 있다고 했다.

"네, 부사장님. 제가 미국 본사 라인에 부탁해서 국내의 특수한 상황을 설명하는 것은 가능합니다. 그러나 연구소장의 보고서를 내는데 영향을 끼치는 것은 불가능할 것 같은데요. 엔지니어 출신이라 앞뒤가 막혀 있고, 저와는 딱 20분 면담한 것 외에는 양 대표와 협의하여 일은 진행했는데 지금은 양 대표도 일절 관여하지 못하고 있는 것으로 알고 있습니다."

호석은 위원장을 제외하고 모든 인력이 양 대표 사람으로 구성되었다는 것을 이야기하려다가 이미 눈치채고 있을 것이라 생각하고 요구한 두 가지 중에 부사장이 알 수 없는 미국 쪽 인맥을 움직여 주겠노라고 이야기한다. 미국 쪽의 대부분의 핵심 인력은 김호석의 동문이고 한국 같지는 않지만, 선후배 간이라고 할 수 있다. 또한, 호석이 대학원을 졸업하고 몇 년간 근무한 곳이기도 하니까 고위직에 많은 인맥이 있는 것은 사실이다.

"김 상무님, 나는 양 대표가 조사위원회를 장악하고 있어서 조사 보고서를 자기 입맛대로 쓸 가능성이 있기 때문에 우려하고 있습니다. 미국 쪽에 김 상무께서 아무리 힘써준들 뭐하겠습니까. 여기서 올리는 보고서가 엉망이면 한국적 상황을 이야기한다 할지라도 아무 소용이 없는 것입니다."

부사장은 조사보고서의 내용이 심각하게 걱정이 되는 모양인데 호석이 알지 못하는 공개되지 못한 또 다른 문제가 있을 것 같은 생각이 든다. 그것이 공개되면 어떠한 것도, 어떤 설득도 무익하게 되는 중대한 것이 아닐까 추측이 된다.

"보고서에 별다른 내용이 있겠습니까. 그 보고서에 따라 부사장님께서는 소명자료를 내실 수도 있고 말입니다. 지금 상태에서는 너무 걱정하지 마시고 연구소장이 조사하는 내용에 대한 준비를 철저히 하시는 것이 좋을 듯싶습니다. 회사 내부의 문제아 회계처리가 잘되어 있을 것이고 여비서 건만 잘 방어하면 될 것 같은데요."

여비서가 미국 본사 쪽에 진정했고 미국에 있다는 것도 다 알고는 있지만, 아무것도 모른척하고 부사장을 걱정하는 말을 한다. 부사장은 자신에게 불리한 핵심적인 사항에 대해서는 철저하게 감춘 채로 김호석 상무에게 부탁만 한다. 이야기를 끝내고 식당을 빠져나온 두 사람은 자주 만나 친분이나 쌓자고 하면서 헤어진다. 사무실로 돌아온 김호석 상무는 연구소장을 연결해 달라고 강 비서에게 부탁한다.

"자리에 계십니까? 김호석입니다."

연구소장이 반갑게 이야기한다.

"차 한잔 하러 오시죠. 같은 층에서 얼굴 뵙기가 어렵습니다."

가려고 했는데 연구소장이 먼저 차 한잔 하자고 하니 자연스럽게 연구소장 방으로 가서 조사위원회 관련 이야기를 하면서 오늘 부사장 만난 것은 이야기하지 않는다.

"양 대표가 불러서 갔더니 부사장 건으로 대신 사과한다고 하면서 부사장에게 앞으로 이런 일이 발생하지 않게 주의시키겠다고요."

김 상무는 연구소장에게 부사장을 만났던 것은 하지 않고 자신이 느꼈던 것을 이야기해준다.

"내가 미국 본사에 이야기 들어보고 또 내 감으로 느끼기에는 또 다른 중대한 사항이 있는 것 같아요. 여자 문제가 아닌가 싶습니다."

김호석 상무는 넌지시 여비서를 인터뷰하면 무엇인가 더 나올 것이라는 뉘앙스를 보낸다.

"물론입니다. 양 대표도 똑같은 이야기를 했어요. 저는 이번 보고서는 제가 판단한 그대로 제출할 것이며 어느 누구의 영향도 받지 않을 것입니다. 그 영향을 주려고 하는 사람이 양 대표라고 할지라도 그렇게 할 것입니다."

단호한 연구소장의 각오에 김 상무는 내심 제대로 선택하였다고 판단한다. 연구소장의 의지로 봐서 일단은 보고서의 결과는 대충 알 것 같은 느낌이다.

"어디를 가든지 기사를 꼭 데리고 다니시고 공개된 장소에서 사람들을 만나세요. 혹 잘 모르는 조직의 사람이 만나자고 하면 저에게 물어봐도 됩니다. 그러면 별 무리 없이 일할 수 있을 것입니다. 자, 그럼 저는 가보겠습니다."

인사하고 자리에 돌아온 김호석은 강 비서에게 위원회에 나와 있는 연구소장 비서에 대해서 은밀하게 알아보라고 지시한다.

무너진 원칙

주간 진척 보고회가 대회의실에서 열리고 있다. 신 상무를 포함해서 윤 부장, 감리 등 모든 간부직원과 후렉스코리아와 협력사 PM들이 모두 참석한 보고회다. 물론 삼마DS에서는 어느 누구도 오지 않은 상태로 오직 강 부장만 참석했다. 부 이사가 직접 취합한 자료를 프로젝터로 띄워 놓고 주간 결산 업무를 보고한다.

기존의 삼마DS 인력 미투입으로 인하여 프로젝트 투입된 후렉스코리아 인력만의 반쪽짜리 보고서에 불과해서 그런지, 보고회를 마치자 별다른 질문이 없다. 삼마 쪽에서도 지금 문제를 제시하면 자기들 문제를 스스로 노출하는 꼴이니 그럴 수가 없는 것이다. 삼마와 삼마DS와의 관계가 아직 정리가 안 된 모양인지 삼마DS 쪽 강 부장도 별다른 이야기가 없다. 보고회가 끝나고 사무실로 돌아오니 김호석 상무가 있다.

"언제 오셨습니까? 상무님."

반갑게 인사하자 김호석은 부태인에게 컨설팅 사무실이 어떻게 되어 가고 있냐고 묻는다.

"공사 중인가. 같이 한번 가볼까?"

두 사람은 삼마 경영 컨설팅 수행 장소를 둘러보기 위해서 올라가 보니 장소는 꽤 넓은 곳이고 방을 만드는 칸막이 공사를 하고 있다.

"월요일에 나와서 네트워크 공사하라고 해. 네트워크 보안 컨설턴트에게 기존 라인 쓰지 말고 별도로 설치하라고 해. 이번에는 무엇보다도 보안이 중요하니까."

예전에 없이 김호석 상무는 보안을 특별히 강조한다.

"네, 상무님. 월요일 작업하도록 지시하겠습니다. 그리고 감리 쪽 애들은 처음부터 같이 투입할까요? 아니면 계획대로 어느 정도 기간이 지나면 할까요?"

김병기 감리가 추천한 박덕순 컨설턴트의 투입 시점을 말하는 것이다. 감리를 움직여서 윤 부장과 재무라인을 무너뜨리려는 전략을 쓰는 것인데 투입 시점이 매우 중요한 것이다.

"초반부터 투입시켜도 상관없어. 그리고 특별하게 관여할 일도 없으니까 바로 투입시켜. 이미 계약했잖아."

두 사람은 공사현장을 둘러보고 삼마DS 업무의 외주용역 부분을 흘리기 위해서 신 상무의 방으로 간다.

"상무님 안녕하십니까? 차 한잔 주십시오."

아직 퇴근을 안 하고 있으나 퇴근을 준비하는지 겉옷을 입고 있다.

"어서 오세요, 김 상무님. 바쁘신데 이렇게 자주 오시니 든든합니다."

"제가 관심을 많이 가져야지요. 부회장님 지시로 그룹의 정보시스템을 외주용역으로 처리하는 문제에 대한 보고서도 내야 할 때가 되었고. 혹시 상무님, 삼마DS의 1년 예산 관련 자료 좀 받을 수 있나요? 부회장님께 부탁하려니 번거롭게 하는 것 같아서요."

김호석은 삼마DS의 신 부회장 동생들을 압박하기 위하여 그리고 투입 예정 인력의 조속한 투입을 압박하기 위하여 좀 더 구체적인 자료를 요구한다.

"부회장님 지시사항인데 도와드려야지요. 내가 강 부장에게 직접 지시하겠소."

바로 수화기를 들더니 신 상무는 강 부장을 부른다. 강 부장이 허겁지겁 올라온다.

"찾으셨습니까? 상무님."

신 상무는 상황설명을 해주고 부회장님 지시니까 삼마DS 결산자료와 그룹 내 정보시스템 비용 관련 서류를 후렉스코리아 김호석 상무에게 전달하라고 지시한다.

"네, 알겠습니다. 상무님. 빠른 시간 안에 전달하겠습니다."

프로젝트와 관련하여 이야기를 나누고 있던 호석은 너무 오래 신상무를 잡고 있다는 생각에 자리에서 일어난다. 사무실에 내려와 김호석은 부태인 이사에게 자신의 휴가 기간 동안 문제없이 잘 운영하고 호석이 결정해야 할 사항들은 미루어 놓으라고 지시한다.

사무실을 나온 김호석은 강남의 강 비서의 오피스텔로 저녁 식사를 하기 위해 가고 있다. 제일 부담 가는 식사자리라 생각이 들기 때문에 몇 번을 조르는 것을 오늘에야 약속을 한 것이다. 호석을 향해 날아오는 마음을 뻔히 알면서도 피하다가도 잡지 않으면 깨질 것 같이 불안한 접시 같은 강 비서였다. 오늘 부사장을 만나고 나서 더욱 깨지지 않게 관리를 잘해야 하는 존재임을 느끼고 있다. 초인종을 누르자 강 비서가 문을 열어 준다.

"어머, 늦으셨네요. 차가 많이 막혔나 봐요?"

옅은 블라우스에 하늘하늘 후레아 치마를 입은 강 비서는 오늘따라 화장기 없는 얼굴로 김 상무를 맞는다.

"웅. 삼마에서 미팅이 좀 길어졌어."

집으로 들어가자 김 상무가 좋아하는 청국장과 생선구이 냄새가 가득하다.

"강 비서, 너 신경 많이 쓴 거 같은데 빨리 주라."

김 상무는 얼른 먹고 집에 가려는 생각이 앞선다. 강 비서의 옷차림이나 분위기에서 강 비서가 의도한 대로 김호석의 은밀한 감정을 자극하고 있지만 결국은 김 상무 자신의 마음먹기 문제라고 생각한다.

"조금만 기다리세요. 기다린 만큼 맛있는 거니까요. 호호호."

어찌 보면 강 비서는 이렇게 스스럼없는 사이기도 하지만 회사에서는 엄격한 상하관계를 유지해 갈 수 있는 현명한 여자다. 어떻게 보면 속에 무엇이 들었는지 몰라 더 주저하게 만들고, 자신의 감정을 함부로 드러내지 않은 여자기도 하다.

"하하. 알았어. 나 손 좀 씻을게."

욕실로 들어가 손을 씻고 나오니 상을 차리기 시작했다.

"야, 이거 맛있겠는데. 와인도 준비했네."

운전하려면 술도 마시지 말아야 하는데 할 수 없이 몇 잔을 받아 마신다. 식사를 끝내자 조그만 거실 겸 다목적 룸에서 커피를 한잔 마신다. 술이 깨기를 기다리는 김 상무 앞에 강 비서는 약간 흐트러진 모습으로 요염하게 앉아 있다. 김 상무는 시선을 어디에다 두어야 할 줄을 몰라 당황해한다.

"너 이사할 거냐? 여긴 너무 오래되지 않았냐?"

화제를 다른 곳으로 돌리자 강 비서가 옆자리에 와서 앉으며 팔짱을 끼더니 슬쩍 안긴다. 김 상무는 안 되겠다 싶어 한쪽 팔을 살짝 밀치자 더 과감하게 호석의 품으로 달려든다.

"상무님. 오늘은 그냥 못 가세요. 제가 단단히 각오하였거니와 저를 창피하게 만들면 안 되는 거 아시죠?"

김호석 상무는 강 비서에게 자신은 아무것도 책임을 져 줄 수 없고 또 사내에서 그럴 수 없다고 이야기하지만, 강 비서는 그런 뜻에서 그러는 게 아니고 김 상무를 관심 있게 봐왔고 너무 좋아하기 때문에 그렇다고 한다. 더 이상의 실랑이는 의미가 없을 것 같아 김 상무는 오히려 적극적으로 이 자리를 벗어나려고 노력한다.

"강 비서, 우리 나중에. 나도 각오하고 시작할 기회를 줘야지. 아직이야."

그러나 강 비서는 이번에도 그냥 넘어가지 않겠다는 듯이 호석의 와이셔츠 단추를 끌어 내리고 있다. 김 상무는 연희와 서 사장의 얼굴이 떠올라 부담이 가고 도저히 흥이 나지 않는다. 김 상무의 와이셔츠를 벗긴 강 비서는 자신의 노력으로 무엇인가 해보려고 애를 쓰고 있지만 김 상무의 비협조로 애를 먹고 있다. 순간 부사장 생각이 나서 강 비서를 안고 안방으로 들어간 호석은 오직 생존전략의 목적으로 강 비서를 달래는 것이라 명분을 마음에 담는다. 남자 경험이 많지 않은 강 비서를 달래가며 강 비서가 목적한 바를 만족시켜주고 있는 것이다.

시간이 얼마나 흘렀을까 김 상무는 욕실에서 흔적이 있을까 봐 씻고 또 씻는다. 깔끔하게 욕실을 정리하고 나와 누워있는 강 비서를 남겨두고 오피스텔을 나와 대리를 불러 집으로 향한다. 아파트에 도착하여 서 사장의 집에 들어가자 서 사장이 반갑게 맞는다.

"오늘은 좀 늦었네요. 저보다 늦게 들어오시고."

호석은 미안한 마음이 들었지만, 평소와 다름없이 대한다.

"응, 저녁 약속이 있어서 술도 가볍게 한잔했어. 나 좀 씻을게."

호석은 금방 씻고 왔지만 또다시 목욕을 하고 서 사장이 준비한 속옷으로 갈아입고 안방으로 들어간다.

"오늘 바빴어? 나 월요일 화요일 휴가 냈어. 언제 출발할까?"

캠핑을 가기로 했고 미안한 마음에 서 사장에게 시간을 정하라고 한다.

"우리 토요일 점심 먹고 출발해요. 그럼 가게에도 지장 없을 것 같고 어디로 가요?"

두 사람은 토요일 오후 강원도 홍천강 쪽으로 출발하기로 하고 잠을 청한다. 토요일 아침 오랜만에 늦잠을 잔 두 사람은 점심때가 다 되었는데도 이불 속에서 빠져나올 기미가 없이 사랑놀이에 빠져있다.

뉴욕에 있는 연희는 한국으로 들어가기 위한 준비를 하나하나 하면서 마지막 남은 스케줄인 오늘 오후 김호석 상무의 와이프를 만나기로 했다. 집 주소를 문자로 알려주고 운전해서 올 수 있냐고 물었더니 알아서 오겠다고 걱정하지 말라고 한다. 김호석 상무의 와이프를 한 번도 직접 만나보지는 않았지만, 연희의 마음속에는 늘 자리 잡고 있던 사람들 중의 하나이었고 나이도 비슷할 거라고 생각했다. 결혼한다는 이야기는 후배들을 통해서 들었지만, 처음에는 믿기 힘든 사실이었고 마음의 정리가 어느 정도 된 상태였기 때문에 연락조차도 하지 않았다. 신덕훈 부회장과 김호석의 관계에서 우왕좌왕하면서 자신을 보호하지 않은 김호석에게 배신감도 느꼈지만, 연희 자신의 판단력에도 실수가 있었다는 것을 스스로 인정했기 때문에 결혼을 적극적으로 만류하지 않았다.

그 후에 애를 키우며 어렵게 지낼 때 복수하고 싶은 마음이 생기기도 했지만 그렇다고 호석을 마음에서 지운 적은 한 번도 없었다. 그만큼 연희에게 있어 호석은 특별한 존재였다. 지금이야 호석이 스스로 오해를 풀며 모든 것이 정상으로 돌아갔다고는 하지만 아직 이혼하지 않은 호석의 와이프가 연희와 호석의 관계에 걸림돌로 남았다는 것이 연희의 생각이었다.

오후가 되자 조그만 소형차 도요타 프리우스가 집 앞에 주차를 한다. 맨해튼의 부자들 거주지라 집들이 무척 크고 정원이 넓다. 연희는 일부러 집 밖으로 나가 호석의 와이프를 맞는다.

"어서 오세요. 김호석 상무님 사모님이시죠?"

이혼을 앞둔 것은 알고 있었지만 처음 만나는 연희는 호석을 생각해서 예의를 갖추어서 대한다.

"네, 신 부회장님 사모님이시죠? 반갑습니다."

자신을 와이프에게는 신 부회장 와이프라고 한 것이 유쾌하지는 않았지만, 이참에 사실을 알려주어야겠다고 마음먹는다.

"어머, 사실 저는 신덕훈 부회장하고는 크게 관계가 없는 사람이랍니다."

호석의 와이프에게 자신의 상황을 상세하게 이야기할 필요는 없다고 판단하지만 부회장하고의 관계는 선을 긋고 입주한 후에 문제에 대하여 말하면서 집에 들어오게 되면 본인의 집처럼 이용해도 된다는 것과 지금 있는 가정부는 계속 써도 된다고 말해준다. 그리고 아들을 금요일 저녁에 데려오는 문제, 학교의 각종 모임에 참석하는 것 등 연희가 없을 때 해야 할 일에 대하여 상세하게 알려주며 필요하다면 연희가 있을 때 며칠간이라도 미리 들어와 있어도 된다고 이야기한다.

그러나 호석의 와이프는 한국에 잠깐 들어가 개인적인 일을 처리해야 한다고 하면서 어떤 일인지는 말하지 않는다. 연희가 이야기를 마치고 저녁을 같이 먹자고 말하자 집에 일이 있다며 돌아가겠다고 한다. 연희도 요즘 들어 쉽게 피곤해지고 회의 도중에도 하품이 무의식중에 나오는 등 몸의 상태가 변한 것을 느끼고 토요일 주치의에게 상담을 예약해 놓은 상황이라 속으로는 다행이다 싶은 생각이 든다.

"그럼 한국에 다녀와서 이곳에 바로 들어오는 것으로 알고 있겠습니다."

김호석 상무의 와이프가 돌아가자 연희는 컴퓨터를 켜서 호석에게 아내를 만나 나누었던 이야기를 적어서 메일로 보내면서 왜 신부회장 아내로 소개했냐고 한마디 던진다. 호석의 아내를 잠시 만났지만 그래도 꼼꼼하게 일처리를 할 것 같아 애를 맡기기에는 안성맞춤이라 생각한다.

김호석 상무가 이혼할 것이라는 말에 위로의 말은 했지만 속으로는 반기고 있는 자신이 놀랍기도 했다. 아들의 장래를 위해서도 필요하다고 생각했고 친아빠를 찾아주는 것이 당연하고 사실을 감추고 이대로 계속 간다는 것은 아들에게는 잔인한 것이라 판단했기 때문이기도 하다. 어차피 지금까지 아들에게도 한 번도 언급을 한 적이 없지만, 연희는 단지 아들이 상처가 되지 않고 자연스럽게 잘 받아들일 수 있기를 바랄 뿐이었다.

이렇게 연희는 김호석 상무의 이혼이 한 사람에게는 불행이 될 수도 있겠지만 자신에게나 아들에게는 새로운 삶의 시작이 될 수도 있다고 생각하며 고등학교를 졸업하기 전까지는 어떤 형태로는 아버지 이야기를 할 작정이다. 고등학교를 졸업하면 하버드나 예일을 두고 선택을 하겠지만, 걱정스러운 것은 한국인의 정체성을 성장하는 내내 자연스럽게 알려주기는 했지만, 이곳에서 나고 자란 미국인이라 사고가 어떨지는 연희도 예상할 수가 없다. 호석과의 사이에 또 다른 아기가 생길 것 같은 예감을 하며 일찍 잠자리에 든다.

토요일 오후 짐을 챙겨 홍천강 오토캠핑장에 텐트를 친 서 사장과 김호석 상무는 준비해온 재료로 음식을 만들어 먹으면서 따뜻한 햇볕을 만끽하고 있다. 한가로움의 극치를 조금의 낭비도 없이 보내겠다는 생각에 꼼꼼하게 할 일들을 기록한 스마트폰을 보면서 빼먹은 것이 혹 없는가 살펴본다. 깊은 산골은 아니지만, 저녁을 먹고 나자 금방 주변이 어두워지고 불빛이 없으면 사물을 구분하기도 어렵다.

운전과 야영지를 구축하는 일에 피곤한지 두 사람은 일찍 잠이 든다. 새벽같이 일어나 준비해온 재료로 식사하고 서 사장과 김 상무는 텐트를 나와서 가까운 읍내로 연료인 장작을 사러 나왔다. 쌀쌀한 늦가을 날씨라 계속해서 불을 지폈더니 불을 피울 장작이 부족할 것 같아 추가로 사고, 다른 부식거리도 조금 산다.

"오늘 저녁 뭐 해먹을까? 감자하고 고구마 좀 구워 먹을까?"

김호석의 제안에 서 사장이 애처럼 반응한다.

"좋아요. 그거 호일에 싸서 구워 먹으면 맛있을 거예요."

"그러자고. 그거에 가볍게 맥주 한잔 어때?"

두 사람은 연료와 부식을 챙겨 차에 실어두고 나온 김에 홍천 읍내를 구경하기로 한다. 장이 서 있는 것인지 읍내는 그런대로 많은 사람이 보였고 시골 장터답게 축제 분위기가 물씬 풍긴다. 토속 음식인 감자옹심이 국수로 점심을 때운 두 사람은 옥수수로 만든 효자손을 하나 사서 캠핑텐트가 설치되어 있는 장소로 돌아와 김 상무는 저녁준비를 한다.

"오늘은 간단하게 된장찌개에 두부전이야."

밖이 추우므로 서둘러 화로에 장작을 올리고 불을 피운다. 캠핑장의 이곳저곳에는 추운 날씨 탓에 캠핑 온 마니아들이 불을 환하게 피워 꼭 축제장 같은 생각도 든다.

호석은 저녁 식사를 마치고 피워 놓은 장작불에 감자와 고구마를 호일에 싸서 던져 넣으며 꺼두었던 스마트폰의 전원을 켠다. 꺼져있는 동안에 받지 못한 문자들이 수신되었다고 소리가 연속해서 울린다.

'상무님, B&K 한 사장과 미팅이 있어 나왔고 오늘 저녁 은하로 한잔하러 갑니다.'

부태인 이사의 문자인데 답신을 줄까 하다가 방해받기 싫어 다시 핸드폰의 전원을 꺼버린다. 오랜만에 공식적인 휴가인 데다 사전에 업무 처리에 대한 이야기를 하고 온 터라 어떤 것도 신경 쓰기가 싫었다. 내일 서울로 올라가 업무를 본다 해도 아무런 문제가 없을 것이라 예상하며 서 사장에게 집중하기로 한다.

"우리 오늘 마지막 밤인데 좀 화끈하게 놀아야지."

"어떻게 화끈하게 놀 건데요? 감자 드시고 힘이라도 생기셨나 봐, 호호호."

두 사람은 마치 오래된 친구처럼 다정하게 한때의 시간을 보내고 있다.

"오늘은 일찍 잠이나 자지? 목욕물을 데워줄 테니까. 간단하게 씻는 방법 알지?"

"그래요. 오늘은 목욕이나 해야겠어요. 아까 나갔을 때 읍내에서 목욕이나 하고 올걸."

야외에서의 색다른 분위기를 즐기며 마지막 밤을 격렬하게 보낸다.

아침 일찍 밖으로 나온 김호석 상무는 장작불을 피워 숯불을 만들고 텐트 안으로 가져와 따뜻하게 만든다. 서울로 올라가면서 W호텔로 가서 사우나도 하고 마사지를 받고 가기로 하고 서 사장은 식사 전에 짐을 정리하고 김호석은 아침을 준비한다. 돌아오는 길에 들른 W호텔에서의 사우나와 전신 마사지는 캠핑에서 받았던 피로감을 완벽하게 날려 보내기에 충분하였고 서 사장의 집으로 가는 시간은 날아갈 것 같은 컨디션이었다.

지하주차장에 도착한 호석은 짐을 풀어 자신의 집으로 가져가 정리하고 서 사장의 집으로 올라가니 가게로 나갈 준비를 다 하고 서 사장이 호석이 들어오기를 기다리고 있다. 서 사장은 소파에 누워 잠을 청하고 있는 호석을 남겨두고 가게로 출근한다.

일요일 저녁 B&K 한 대표와 가진 술자리의 후유증이 아직 가시지 않았지만 부태인 이사는 김호석 상무가 휴가로 출근하지 않아 본사로 출근하여 업무를 챙겨야 하기 때문에 사무실에 들어간다.

"원 비서, 오늘 오전에는 여기 있을 거니까 결재서류 있으면 가져다줘."

오랜만에 월요일에 회사로 출근한 부 이사의 자리는 원 비서가 깨끗하게 정리해서 그런지 항상 근무하고 있는 사람이 있던 자리 같다.

"이사님, 이것들이 오늘 결재할 경비 관련 서류입니다."

원 비서가 오늘 해야 할 결재서류를 잔뜩 가져온다. 강 비서에게도 전화하여 자신이 근무하고 있음을 알려주고 급한 서류 있으면 가져오라고 한다. 강 비서는 금요일 김호석 상무가 지시한 부사장 진상조사위원회 위원장 비서에 대하여 이곳저곳에 알아보고 있는 중이다. 양 대표 쪽 사람이라고 생각되었으나 입사하고 부사장의 해외 영업팀에서 AA로 근무한 경력이 있었다.

휴가 중인 김 상무에게 문자로 보내는 것은 괜한 방해를 하는 것 같아 메일로 조사 내용을 보내 놓는다. 강 비서는 김호석 상무가 메일을 받고 나면 반드시 비서업무 볼 사람을 준비하라고 할 것 같아 그 자리에 적당한 여직원을 찾아보기로 했다. 4개월 정도 근무하면 처음 위치로 돌아가야 하는 자리이다 보니 선뜻 자원하여 오기는 쉽지 않기 때문에 차라리 AA를 새로 뽑아 쓰는 것이 훨씬 좋지 않겠나 하는 생각이 든다. 보통 임원들은 한번 인연이 있는 여비서는 자신의 습관이나 업무스타일도 잘 알고 편하기 때문에 부서 이동 시에도 계속 데리고 다닌다. 김 상무가 자리에 없어 초보 이사인 부태인은 괜히 어색하기도 했지만, 점심시간이 다 되어 강 비서와 원 비서를 데리고 식사를 나간다.

어느 누구나 마찬가지지만 프로젝트에 나가 있는 것이 버릇이 되면 사무실에 앉아 있는 것이 부자연스럽고 외부에 있는 것이 더 편안하다고 느껴질 때가 많다.

"이젠 사무실에 들어오면 어색한 것 같아. 집 떠나면 고생이라고 들 하던데 나는 거기가 집 같아."

두 비서는 너무 장기 프로젝트에 투입되어서 그럴 것이라고 이야기하며 위로한다.

"그러니까 본사에 가능하면 자주 들어오세요. 상무님도 이사님도 요즘은 삼마에 자주 나가 계시니까 사무실이 적적해요."

세 사람은 식사하면서 회사 분위기가 어쩌니 하면서 부사장의 건으로 더욱 이상해졌다고 이야기하며 부사장의 일이 빨리 정리가 되어야 할 것이라고 직원들이 다들 말한다고 한다. 회사의 조직이 양쪽으로 나뉘어서 후유증도 심각해질 것 같은 예상들도 한다.

오전에 긴급한 결재와 업무를 김호석 상무 대신하여 처리하고 다시 삼마로 들어간다.

"이사님, 신 상무가 찾았고 B&K 한우영 대표가 전화했었습니다."

한 비서가 기다렸다는 듯 출근하자 메모를 전달해 준다. 먼저 B&K 한우영 대표에게 전화를 건다.

"부 이사입니다. 전화 주셨다고 해서요. 무슨 다른 일이라도?"

B&K 한 대표가 반갑게 전화를 받는다.

"미스터 부, 다름이 아니라 우리 컨설팅팀하고 저녁 한번 하자고 전화한 거야. 미국 애들이야 토요일 들어오니까 국내팀하고 미리 얼굴을 좀 트는 것도 괜찮겠다 싶어서 말이야. 오늘 저녁 어떤가? 연이틀 무리인가?"

"네, 괜찮습니다. 몇 명이 참석하시죠? 형님도 참석하실 거죠?"

한우영과 부 이사는 이제 자연스럽게 형님 동생 사이가 되어 버렸다.

"음, 여기에서 나까지 5명이야. 김 상무님도 계신가?"

부태인 이사는 한 대표에게 김 상무는 집안일 때문에 시골에 내려갔고 내일 오후에 출근한다고 이야기해준다.

"어디서 할까요? 강남에서요? 전 혼자니까 제가 이동하는 게 좋겠어요."

한 대표는 사무실 근처에서 저녁 먹고 술 한잔 하자고 하며 사무실로 빨리 오라고 한다. 전화 통화가 끝나자 부태인 이사는 신 상무가 왜 오전부터 찾았을까 궁금해하며 전화기를 집어 든다.

"한 비서, 신 상무 비서에게 연락해서 계시면 연결해줘."

대부분의 현안들은 일정 부분 소화가 되었다고 생각하고 있는데 무슨 일인가 예측이 안 된다.

"부태인 이사입니다. 찾으셨다고요?"

카운터파트너라 부 이사는 늘 예의를 다하여 말한다.

"네, 부 이사님. 지금 미팅이 가능한가요. 내가 내려갈까요? 아님…"

신 상무가 내려온다는 말이 어째 거꾸로 빨리 올라오라는 소리로 들린다.

"아니요, 제가 올라가겠습니다. 10분 후에 뵙겠습니다."

전화를 내려놓고 잠시 무엇 때문에 그럴까 생각해본다. 공사는 아직 하는 중이고 시스템실 설치는 아직 시작도 안 하고 있고 일단 다이어리를 챙겨 신 상무실로 올라간다.

"부태인입니다. 상무님하고 약속이 있어서 왔는데."

여비서는 기다렸다는 듯 안내한다. 그냥 문만 열어주고 인터폰으로 알려줘도 되는 것을 국내 기업의 임원 사무실은 항상 비서들의 안내를 받아 들어가야 하는 것이 불편하다.

"안녕하십니까, 상무님."

신 상무는 항상 분주하게 바삐 움직이는 사람처럼 보이려고 노력한다.

"어서 오세요. 앉으시죠. 조금만 기다리세요. 강 부장과 윤 부장도 오라고 했으니까."

중요한 문제를 두고 논의하려고 하나 생각하며 비서가 가져다준 차를 마시면서 올라오기를 기다린다.

"상무님, 중요한 문제라도 있습니까?"

궁금한 부 이사는 강 부장 일행이 조금 늦어지는 것 같아지자 직접 물어본다.

"그런 것은 아닌데 올라오면 같이 이야기하시죠. 곧 올라올 거예요."

이야기하는 사이 강 부장이 윤 부장과 함께 들어온다.

"여기들 앉지. 부 이사님이 오래 기다렸어."

두 사람이 자리에 앉아서 신 상무를 바라보자 기다렸다는 듯이 강 부장을 쳐다보며 말을 꺼낸다.

"강 부장, 이번 주에 인력투입 한다는 DS 본사 연락받았나요?"

강 부장은 알고 있고 대수롭지 않은 일이라고 생각하는지 덤덤하게 말한다.

"네, 연락받았습니다. 금주에 인력 전부를 이리로 보냈다고 하였습니다."

부 이사는 이들이 하는 이야기에 내심 김호석 상무의 전략이 효과가 있다고 생각은 드나 예상보다 일주일 정도 빠르게 진행되고 있다는 판단을 한다. 후렉스코리아 교육 팀에서 협력사 인원에 대한 시스템 관련 교육을 시행하고 있는데 시간적으로 일주일 정도 앞당겨지면 일정이 빡빡해질 것 같은 생각이 들어서다.

"그런데 부회장님께서 후렉스코리아에 의뢰해서 외주 업체에 용역을 주는 것을 검토하신다는 말씀을 하셨는데 그 이야기는 삼마 DS를 없앨 수도 있다는 말씀이고 그 말씀이 유효하다면 이곳에 파견되는 인력들의 소속감이 없어 업무에 악영향을 미칠 수도 있습니다."

이것은 강 부장이 업계의 속성을 모르고 하는 이야기다. 강 부장과 일부 기득권을 쥐고 있는 사람들은 자신들의 자리가 위태하니 그럴 수밖에 없지만 밑의 대부분의 직원들은 오히려 소속이 전문 대기업이나 후렉스코리아 같은 다국적기업으로 바뀌니 좋아할 수 있는 것이다.

"그거야 최고 경영자이신 부회장님의 의지라니 우리가 뭐라 할 수 없는 것 아닌가?"

신 상무는 강 부장의 이야기에 부회장의 동생들과의 권력다툼에 자신은 자유롭다 생각하는지 관심이 없어 보인다.

"윤 부장, 이번 일도 삼마DS 신덕수 대표가 부회장님께 직접 전화해서 결론이 난 것으로 알고 있는데 별도로 연락받은 거 없어?"

윤 부상과 신녁수 대표와의 관계를 잘 아는 신 상무는 윤 부장에게 인력투입 결정의 전후 관계를 물어본다.

"저는 연락을 받지 못했습니다."

실제 윤 부장은 신 대표와 정기적으로 연락을 유지하고 있고 그룹 내부에서 일어나는 일과 신 부회장의 일거수일투족을 보고하고 있었다. 일부 역할을 신 상무가 했었는데 신 부회장 쪽으로 돌아선 이후 신 부회장과 윤 부장의 사이도 자연스럽게 멀어지게 된 것이다. 과거 부회장과 같은 성이라 일가친척이 아닌가 하는 오해도 받았고 지금은 DS 신 대표의 냉대로 한동안 퇴직할까 하는 결심을 할 정도로 힘들었때도 있었지만, 지금처럼 형제간 권력투쟁의 중심에서 난처하고 힘들었던 적은 없었다.

"그래? 요즘 신 대표가 바쁘신가? 천하의 윤 부장에게 이런 중대한 일을 이야기하지 않았다니 말이야."

신 상무의 말에는 바늘도 있고 자신감도 있어 보인다. 부 이사는 속으로 이 인간들이 자신을 두고 집안싸움을 한다는 생각이 들었지만 내색하지 않고 듣고만 있다.

"상무님은, 삼마DS에서 인력을 넣어준다니 얼마나 다행입니까.

안 그렇습니까? 부 이사님."

분위기가 이상해지자 윤 부장은 부 이사에게 고개를 돌려 관심을 돌린다.

"네, 빨리 투입하면 좋지요. 지금 상황에서도 2주 이상 지연되어 있습니다. 이번 주에 투입된다면 약 1개월 지연 정도로 막을 수 있으니까요."

부 이사는 지금 당장 인력을 투입한다고 해도 시간적으로 1개월 정도의 지연은 어쩔 수 없는 것이라고 힘주어 이야기한다. 아울러 투입인력의 프로파일을 보고 개발에 투입될 수 있는 인력인지 파악해야 할 것이라는 말도 더 한다.

"이번 일로 삼마DS에서는 프로젝트에 영향이 최소화되도록 노력을 해야 할 겁니다. 물론 윤 부장과 강 부장이 잘 협의하겠지만, 후렉스코리아에서 지연에 따른 문제를 계속 제기하고 있기 때문에 분쟁이 될 수도 있다는 겁니다."

갑자기 신 상무의 발언에 놀란 것은 부 이사였다. 실제로 부 이사가 신 상무와 같이 심각하게 이야기한 적이 한 번도 없기 때문이다. 부 이사가 내심 무슨 영문인지 어리둥절하게 있는 사이 강 부장은 분쟁이라는 말에 부담을 느낀 모양이다.

"삼마DS 인력투입은 확실할 것 같은데 정확한 일정을 통보받지는 못했습니다. 수요일쯤 되어야 정확하게 알 것 같아 그때까지는 뭐라고 말씀드릴 수가 없습니다."

이제야 강 부장이 사실에 가깝게 냉정하게 이야기한다.

"신 상무님이 무엇 때문에 이 미팅에 저를 불러 말씀하시는 것인지 모르겠습니다. 말씀으로 봐서는 인력투입이 이번 주에 있을 것이라는 이야기 같은데 삼마DS 인력투입 전에 저희들에게 프로파일을 주셔서 개발에 투입이 가능한지 검증이 이루어져야 하는 것입니다. 투입 일정이 나오면 그때 이야기하시죠, 상무님."

미팅이 지지부진해지며 삼마 내부의 문제로 말을 이어가는 것이 지겹기도 했고 B&K 한 대표하고 약속을 지키려면 지금 정리하고 나가야 하기 때문이기도 했다.

"그래요, 부 이사. 자세한 이야기는 다시 자리를 만들어 이야기하도록 하고 문제없도록 프로젝트 잘 부탁합니다."

일행은 미팅을 끝내고 각자의 자리로 돌아가기 위해 신 상무의 방을 나선다. 내려오는 길에 강 부장과 윤 부장은 무엇이 잘 안 맞는지 목소리를 높이는데 살짝 들리는 이야기로 봐서는 비용 정산 문제와 필요인력의 수급이 약속된 대로 잘되지 않는 모양이다. 부 이사는 못 들은 척하고 그들과 달리 계단을 이용해서 1층 자신의 사무실로 내려간다.

"이사님, 상무님께서 전화하셨었어요. 전화는 다시 안 하셔도 된다고 하셨고요. 문제 있으시면 문자나 메일을 보내라고 하시던데요. 아주 기분이 좋으신 목소리셨어요."

한 비서가 김호석 상무에게서 온 전화 내용을 전달해 주면서 기분 상태까지 전해준다.

"하하, 목소리 좋으신 것 보니 놀러 가신 모양이네."

약속 시간을 맞추기 위해 부 이사는 자리를 정리한다.

"한 비서, 나 약속 있어서 먼저 나가야 해. 나간 다음에 연락 오는 것은 문자로 보내줘."

가방과 코트를 챙겨 사무실을 나와 차를 끌고 강남의 B&K 사무실로 향한다. B&K가 입주한 I타워의 위치는 그지없이 좋지만, 주변 교통이 365일 막히는 것이 가장 큰 문제다. 사무실에 도착하자 여비서가 한 대표 집무실로 안내한다.

"안녕하십니까. 형님, 무슨 좋은 일이 있으십니까?"

"미스터 부, 어서 와. 회의실에 다 모였을 거야. 그리 가자."

회의실을 잡아 놓고 인력들을 대기 시켜놓았다고 하는 것을 보니 협의할 사항들이 많은 모양이다. 회의실에 들어가니 PT 준비가 되어 있고 부 이사가 자리에 앉자 PT가 바로 시작된다. 발표내용이 하인즈의 경영 컨설팅 결과물과 관련된 것이고 매우 방대한 내용이다. 이것을 그대로 삼마에 적용하는 것은 단지 4개월간의 제한된 컨설팅만으로는 결론을 낼 수 있는 내용이 아니라는 것을 누구도 알 수 있을 것이다. 현재 세계 최대 다국적 식품 회사인 하인즈의 컨설팅 결과물과 그에 따른 하단의 현업 업무시스템으로 도입한 ERP 시스템에 관한 내용이 주를 이루고 있다. 삼마처럼 기존 업무를 근간으로 프로세스를 리모델링해서 직접 개발하는 것이 아니라 이미 만들어져 있는 전체 업무시스템에서 필요한 모듈을 선별하여 하인즈의 상황에 맞게 도입하여 시스템을 구축한 것이었다. 그러니 업무시스템 개발 시간이 많이 단축되었을 것이고 기존 개발되어 있는 시스템에 업무를 맞춘 상황이다 보니 업무 자체는 매끈하게 정리가 되었을 것이다.

"부 이사님도 보셨다시피 하인즈와 삼마의 프로젝트는 출발부터 완전히 틀립니다. 그러기 때문에 하인즈가 도입한 것처럼 SAP이나 ORACLE의 ERP 자체를 도입하여 맞추거나, 아니면 솔루션 업체와 협력하여 노출된 현업 업무에 ERP의 각 모듈을 개발하는 업무가 필요할 것 같습니다."

후렉스코리아에서도 ERP 솔루션을 가지고 영업을 하니까 잘 알고 있는 부 이사는 심각한 고민을 해야 할 것 같은 생각을 한다. 그러나 부 이사는 삼마의 PM으로서 상하단의 업무 진행을 위해서 어떤 형태로든 신속한 결정을 해야 한다고 판단한다.

"그런데 이 프로젝트의 시작과 관련하여 말씀을 좀 듣고 나서 협의를 해야 할 것 같습니다. 솔직하게 말씀드리자면 프로젝트는 신 부회장이 오너고 이사회의 의결을 거쳐서 승인이 공식적으로 된 것입니다. 업무 개발이 시작되었는데도 불구하고 경영 컨설팅을 진행하는 이유는 이미 시작된 하단은 건드리지 않고 이번 경영 컨설팅에서는 비효율적인 조직 구조를 바꾸어야 한다는 인식하게 진행하는 것입니다. 그런 목적이 이미 굳어진 것이기 때문에 후렉스코리아 입장에서 문제가 있다고 제시는 했지만 삼마DS의 신 대표 라인과 그 여동생 라인을 부드럽게 제거하는 명분을 만드는 것이라고 할 수 있습니다. 그래서 신 부회장이 순서가 틀려 프로젝트 수행의 어려움이 많을 것이라는 우려를 전달했을 때 연결 부분은 적당한 수준에서 마무리하는 것으로 이야기가 된 것입니다.

아울러 경영 컨설팅도 큰돈을 들여서 하는 것이니까 결과를 도출해야 한다는 목적을 무시할 수는 없기 때문에 그룹의 비전과 하인즈 같은 선두기업의 프로세스를 참고해서 미래 삼마가 나가야 할 방향은 나와야 한다는 것입니다. 제가 볼 때는 하인즈의 프로젝트 결과물을 참고해서 그룹의 방향성을 제시하는 미래 프로세스는 문서로만 작업하고 이미 도출되어 있는 그룹의 비전을 좀 넓게 제시하는 것이 필요할 것 같습니다. 어차피 컨설팅 결과로 나오는 프로세스는 적용하지 않을 것이고 만약 적용한다면 5~6년 후에나 하겠지요. 기타 미래 비전, 시장의 포지셔닝 전략 등은 B&K의 전문 분야니까 컨설팅을 진행하면서 만들어 가면 문제는 없을 것 같습니다."

이번 컨설팅 프로젝트의 취지와 결과물에 대한 기대치에 대한 이야기를 해주자 이제야 이해가 되는 듯하다.

"아하, 그런 이야기가 있었군요. 저희는 이번 프로젝트가 하인즈를 모델로 한다고 해서 B&K 미국 본사에서 자료를 받아 검토했는데 규모의 차이가 너무 방대해서 걱정했습니다."

이번 프로젝트의 B&K 책임자인 유영숙 이사가 안심이라는 듯이 이야기한다. 경력을 보니 나이는 부 이사와 똑같고 주요 컨설팅 폼을 거친 비즈니스 컨설팅 분야에서 잔뼈가 굵은 베테랑 컨설턴트였다.

"그렇기 때문에 삼마의 개발 프로세스에서 제로 레벨을 펼쳐놓고 하인즈에서 나온 프로세스를 ERP 시스템에 맞춘 것처럼 삼마에서도 어색하지 않게 다듬는 작업을 하는 것이지요. 같은 식품업종이라 대동소이할 것으로 판단하지만 할 일들은 꽤 있을 것입니다."

이제야 B&K 인력들은 무슨 의미인지 알겠다는 표정들인지 고개를 끄덕이자 부 이사는 계속 말을 이어간다.

"그 대신 신 부회장이 요구하는 정리되어야 할 조직에 대해서는 우리가 결과물로 무리 없이 정리할 근거를 만들어줘야 합니다. 그런데 원칙은 새로 나온 조직이 회사의 운영을 어렵게 한다든가 하는 무리를 주어서는 안 된다는 것이 원칙이라면 원칙이라 할 수 있죠."

조직의 장악이 이루어지지 않은 채 반발이 발생하면 골치 아픈 문제가 일어날 수도 있다는 점에서 가장 어려울 것이라고 이야기해준다.

"그런데 중점적으로 정리되거나 대체되어야 하는 조직이 윤 부장과 신 대표 라인, 그와 관련된 자금, 인사 관련 조직이라는 점에서 규모는 방대하지 않습니다. 사람이 문제 있다고 조직 자체를 없애는 것은 회사 경영에 문제가 있을 것이기 때문입니다."

컨설팅 프로젝트와 관련하여 상세한 이야기를 처음들은 B&K 담당자들은 이제야 머릿속의 안개가 조금 걷히는지 안도하는 눈치다.

"그럼 해외 컨설턴트는 왜 쓰는 겁니까. 이런 정도면 우리가 해도 충분할 것 같은데요."

이런 정도의 컨설팅은 솔직히 국내에도 전문가들이 수없이 많이 있지만, 프로젝트의 오너인 신 부회장은 향후 행보에 있어서 확실한 명분을 확보하기 위해 객관적인 판단이 들어간 형태의 컨설팅 결과가 필요한 것이다. 살생부가 포함되는 조직 구조의 변동은 특히 우리나라 사람들이 막연하게 가치와 신뢰를 부여하는 외국의 전문 컨설팅 기관의 보고서가 필요한 것이다. 신 부회장이 후렉스 코리아, B&K나 외국계 인력의 실력이나 능력, 결과물을 모르는 것이 아니다. 토종 기업에다가 순수하게 국내에서만 자라난 동생들을 제압하기 위해서는 외국계 기업에 외국인이 참여한 컨설팅의 결과물이 절대적으로 필요한 것이다.

"하하, 그래서 우리가 B&K 미국 본사에서 오는 인력을 잘 활용해야 합니다. 이번 컨설팅은 컨설턴트 모두 개별 사무실을 만들고 있고 신 부회장의 요구에 따라 우리 김 상무님도 일주일에 2~3일 정도 상주할 겁니다. 그러니 B&K에서 미국 본사 인력이 하는 일에 대하여 역할 정의를 미리 해놓아야 해요. 조직컨설팅은 국내인력이 신 부회장의 입맛에 맞게 하고 본사 인력은 생산시스템 중심으로 하인즈의 시스템을 도입하는 것이지요. 물론 본사 인력이 통역을 이용해서 현업 실무자들을 인터뷰하는 것도 넣어야 할 겁니다."

일차적으로 컨설팅 프로젝트 전반에 대하여 상세한 설명과 프로젝트 오너가 요구하는 기대치에 대하여 이야기가 끝나자 분위기가 많이 풀어졌다.

"프로젝트 룸에는 언제부터 들어갈 수 있습니까?"

부 이사는 아울러 프로젝트 룸에 대하여 설비와 보안 등에 대하여 상세한 사항을 이야기해준다. 특히 보안에 신경을 써서 결과물이 사전에 유출되는 일이 없어야 한다고 강조하며 이야기한다.

"경우에 따라서는 가짜 결과물을 흘릴 수도 있습니다. 신 대표 라인의 움직임을 유도하거나 윤 부장의 움직임에 실수를 유도할 전략도 있습니다."

다들 이번 컨설팅 프로젝트의 정치적 목적이 숨어있다는 것을 듣고 나자 재미있다는 듯이 더 큰 관심을 표시한다.

"자, 이제 이것으로 마치고 저녁 식사합시다. 시간이 많이 늦었어요."

한 대표가 회의를 종료시킨다. 일행은 사무실 뒤편의 일식집으로 다들 움직인다. 김 상무가 가끔 가는 은하가 있는 건물의 일식집인 최수사인데 예약을 해두었는지 상이 차려져 있다. 프로젝트와 관련한 이야기가 주를 이루었지만, 대학생활을 가지고 이야기하는데 유영숙 이사는 말주변도 좋지만 세련되고 아는 것도 많아 보인다. UC버클리를 졸업했다고 하는데 같은 해 학교에 다녔다면 한인 학생회에서 만났을 수도 있었을 것 같아 물어보니까 대학은 동부에 있는 브라운을 다니고 대학원만 그곳에서 나왔다고 한다.

"자, 우리 식사 끝났으면 밑에 술집 하나 예약해 놓았으니까 다들 움직입시다."

한 대표는 같이 나가자며 부 이사의 손을 잡아 이끈다. 은히는 부 이사도 잘 아는 곳이고 김 상무와 친구인 김성조 상무의 여자친구 유영실 사장이 운영하는 술집이라는 것은 한 대표에게 이야기하지 않는다.

은하로 자리를 옮긴 일행은 예약된 넓은 방에 들어가자 유영실 사장이 들어와 손님들에게 인사한다.

"안녕하세요. 한 대표님 오셨네요. 어머, 부 이사님 오셨네요. 김 상무님도 잘 계시죠?"

유 사장이 일행들에게 반갑게 인사한다. 요즘 유 사장 가게에 거의 오지 않는 김 상무의 근황이 궁금했던 유 사장은 김 상무의 소식을 먼저 묻는다. 한 대표도 김 상무가 대화의 초점이 되자 무슨 관계인가 궁금해한다.

"김 상무님 애인인가? 하하하. 여기 계시지 않는 분한테 관심이 많으니 말이야, 하하."

연이틀 같은 술집에 출입하는 것은 흔하지 않은 일이라 부담이 갔지만 유 사장이 안면이 많은 터라 그나마 창피하게 생각할 필요는 없었다. 자리가 갖추어지고 분위기를 돋우기 위하여 여자들과 밴드가 들어오자 부담스러울 것 같은 유영숙 이사는 술이 조금 올랐는지 신경 쓰지 않고 분위기를 즐기고 있다.

"부 이사님, 우리 나이도 같은데 친구합시다. 사석에서야 무슨 문제가 있을까요?"

하긴 나이가 같은 줄 알았으니 구태여 사석에까지 격식을 차릴 이유가 있겠나 싶어 그러자고 한다.

"하하, 좋습니다. 뭐 나이도 같은데. 친구합시다. 오늘부터."

같은 업종에 있는 사람으로 좁은 컨설팅 시장에서 서로 얼굴을 잘 익히고 사는 것이 경력관리나 나중에 먹고사는 문제에 있어서도 좋을 것이라고 생각들을 하고 있다.

"동생, B&K와 일하니 친구도 생기고 형도 생기고 아주 좋지?"

술좌석이 무르익자 유 사장이 들어와 같이 어울리며 부 이사 옆에 다가와 김 상무님 요즘 바쁘시냐면서 언제 한번 식사하러 오시라고 전해 달라고 한다. 적당하게 집에 갈 시간이 되자 자동차 키를 주면서 I타워에 차를 가져와 달라고 한다. 이들은 은하를 빠져나와 한잔 더 하자니 마니 하면서 실랑이를 벌이다 결국은 귀가하기로 하고 대리기사를 불러 각자의 집으로 돌아간다.

대리기사를 이용해 집으로 돌아가는 부 이사는 컨설팅이 진행되고 나면 규모나 시설에 있어서 국내 기업들이 하인즈와 비교를 할 수 없게 소규모지만 결과물뿐 아니라 미국 쪽 인력으로부터 나올 하인즈에 적용했던 ERP 시스템을 몇 년 후에 삼마나 다른 기업에 적용할 수 있는 기회를 가져다줄 수 있을 것이라 생각한다.

순조로운 항해

다음 날 삼마로 출근한 부 이사는 숙취가 아직 가시지 않았지만, 오전에 시스템 설치와 관련하여 중요한 미팅이 있어 자료를 준비한다.

"한 비서, 오늘 시스템 관련 미팅에 협력사 PM들도 같이 참석하라고 해."

다시 한 번 확인을 시킨 다음 소파에 앉아 눈을 붙인다. 일찍 술자리를 마쳤지만 이 사람 저 사람이 술을 권하는 바람에 꽤 취했었다.

"이사님, 김병기 감리께서 오셨는데요. 어떻게 할까요?"

술 냄새에 소파에 앉아 눈을 붙이고 있는 것을 본 한 비서가 어떻게 할지 물어본다. 중요한 일도 아니면서 사람을 귀찮게 한다고 생각하면서 들어오시라고 한다.

"빨간 눈을 보니 어제 술 좀 드신 모양입니다."

"네, 어제 약속이 있어서요. 어쩐 일이십니까?"

"차나 한잔 얻어 마시려고 왔습니다. 나중에 뵐까요?"

김병기 사장은 부 이사를 슬쩍 떠보는 말을 한다.

"아닙니다. 차 한잔 하시죠. 정신 차려야지요."

두 사람은 한 비서가 가져온 차를 마시며 프로젝트와 관련된 이야기를 한다.

"9층 현장에 가봤더니 꽤 화려하게 만들고 있더라고요. 룸을 많이 만들고 있는 것을 보니 대단한 사람들이 와서 일을 하나 봐요."

김병기 사장은 컨설팅과 관련하여 어떤 정보라도 캐내어 가려고 하는 심산으로 부 이사에게 계속 질문한다.

"하하, 저도 누가 오시는지는 아직 모르겠습니다. 부회장님과 김 상무님이 직접 진행하시는 것이니까 정확한 것은 저도 모르지요."

"삼마DS가 인력을 파견하지 않는 것에 문제가 많아져서 아웃소싱한다는 이야기도 있던데요. 그것도 부회장님 생각이신가요?"

"하하. 윤 부장에게서 이야기를 못들은 모양이네요. 삼마DS의 인력투입이 결정되었으니까 아웃소싱 건은 인력투입과 상관없는 일이 되었지요."

다 알고 왔을 것이라 생각하면서도 부 이사는 김병기 사장에게 어제 있었던 미팅을 이야기해준다.

"아, 그래요. 혹 컨설팅하고 지금 개발하고 있는 프로세스하고 연동해서 개발하는 문제는 없는 것이지요? 지금 워낙 개발이 이곳저곳에서 일어나고 있으니 혼란스럽습니다."

김병기 사장은 컨설팅 프로젝트가 어떤 것인지도 모르면서 슬쩍 떠보듯이 넌두리를 한다.

"헷갈릴 것이 뭐가 있습니까? 지금 도출되어 있는 프로세스대로 개발이 진행되느냐에 검증의 초점을 두면 되지 않습니까? 그 개발이 잘 돌아가는가에 대한 검증은 삼마 쪽과 삼마DS에서 해줄 것이고 말입니다."

부 이사는 김병기가 최초의 약속대로 도출된 프로세스에 맞추어 개발이 이루어지고 있다고 확인만 하면 되는 것인데 오버하고 있다고 생각한다.

"그거야 결과를 보고 검증하면 되긴 되는데 삼마나 DS에서 그것을 제대로 검증을 할 수 있겠느냐는 문제가 있어 윤 부장하고 검증인력을 추가로 투입하는 것을 이야기 좀 해봤습니다."

김병기 사장의 말에 갑자기 속에서 울화가 올라오는 것을 부 이사는 참고 참는다. 애초에 누구 때문에 무슨 목적으로 이 자리에 들어왔는지 본분을 모르고 있는 것이다. 예상하고 우려했던 부분이기도 하지만 투입되는 인력을 후렉스코리아 쪽에서 부담하라고 할 것이기 때문이다. 거기다가 후렉스코리아 인력이 아니라 김병기 쪽 인력을 쓰려고 할 것이 아닌가?

"김 사장님, 일을 어렵게 만들려고 하시네요. 계약사항에 들어 있던 내용도 아니고 그 계약에서 벗어나면 결국은 우리 비용이 더 늘어나게 되는데 왜 문제를 만들려고 하십니까?"

"문제를 만드는 것이 아니라 윤 부장 쪽에서 저에게 요구한 것입니다. 도출된 프로세스에 맞추어 개발이 이루어지는지 철저하게 검증을 해달라고 말입니다."

입에 바른 듯 거짓말로 부 이사를 웃기고 있는 김병기를 보고 나면 하룻강아지 같은 측은한 생각이 든다. 하루살이는 아니지만 길어야 4개월 정도를 보장받은 생명이라는 생각에 딱하다는 생각도 든다.

"아, 그렇습니까? 그러다가 윤 부장이 휴가라도 가서서 업무협의가 안 되면 어찌시려고 그러십니까? 하하하."

부 이사는 돌려서 이야기하지만 강력한 경고성 이야기를 툭 던진다. 김병기의 얼굴이 순간 벌겋게 변한다.

"부 이사님, 제가 뭐 윤 부장님의 꼭두각시라는 듯이 이야기하십니다."

"그게 아니라 어차피 저희 쪽과 같이 가는 프로젝트인데 잘 협조해 주서야 하지 않겠습니까? 정말 섭섭해서 그렇지요."

두 사람은 서로의 속마음을 조금씩 꺼내 놓고 이야기하지만, 무엇인가 서먹서먹해진 분위기가 감돈다.

"저는 뭐 삼마의 생각을 미리 부 이사님께 알려드린다는 의미에서 이야기 드리는 것인데 기분이 나쁘게 들리셨다면 미안합니다."

"하하, 기분이 나쁘다는 것이 아니고 감사한 일이지요. 그래도 오너십이라는 것이 자주 바뀌더라고요. 언제 하지 김 상무님하고 같이 식사나 한번 하시죠."

시스템 설치 관련 미팅이 있다는 핑계로 김병기 사장을 보내고 자료를 준비하여 회의실로 내려간다. 삼마 쪽에서 시스템 관련 인력과 강 부장이 참석했고 우리 쪽에서는 시스템 관련 엔지니어와 협력사 PM들까지 모두 참석했다.

"먼저 말씀드리고 싶은 것은 시스템 설치 관련해서 삼마DS 인력 프로파일이 아직 접수가 안 되었습니다."

후렉스코리아 시스템 팀장이 먼저 이야기를 꺼낸다. 삼마DS 인력의 지원이 없으면 우리 후렉스코리아 인력만으로 가야 하고 추후 운용과 관련하여 재교육이 필요하기 때문에 시간과 비용이 이중으로 들어가게 된다. 그래서 어떻게든 삼마DS의 참여가 필수적인 사항이기 때문이다.

"그것은 금일중으로 제출하고 인력도 투입하겠습니다. 일단 임시 시스템실로 장비가 이동되었으니까 설치 준비 작업은 완료된 것입니다. 그러니 금일 오후에 작업을 시작하는 일정으로 맞추어 주셨으면 합니다."

삼마DS의 강 부장이 사정 이야기를 한다.

"그럼 시스템 설치 관련 인력이 오후에 투입되어 공동 작업을 진행하는 것으로 하고 그것을 중심으로 이야기합시다. 제가 알기로는 삼마DS 쪽의 투입인력 중에는 아직 오픈시스템을 다룰 인력이 확보되어 있지 않은 것으로 알고 있는데 그것은 심각한 문제입니다. 프로젝트 초기에 후렉스코리아 교육센터에서 교육을 수강하라고 요청했는데 진행되지 못했나 봅니다."

"네, 그것은 사실입니다. 그렇다고 시스템 설치를 미룰 수는 없지 않습니까. 일단 후렉스코리아 인력으로 설치작업에 들어가시는 것이 어떻겠습니까?"

사실 프로젝트 초기에 삼마DS 쪽에서는 하지시스템에서 후렉스코리아로 프로젝트가 넘어간다는 것을 예상 못 했기 때문에 새로운 OS를 다룰 어떤 인력도 준비하지를 못했다. 거기다가 긴급하게 추진된 경력사원 채용도 지지부진하니 교육도 보내지 못했고 지금 와서 우왕좌왕하는 것이다.

"그것은 말도 안 됩니다. 괜히 업무에 방해밖에 더 되겠습니까?"

시스템 팀장이 어이가 없다는 듯이 이야기한다. 부태인 이사가 나서서 교통정리를 하려고 입을 열었다.

"자, 그렇다고 보고가 된 사안인 시스템 설치를 더 이상 미루는 것도 양쪽 모두에게 문제가 됩니다. 그러니까 후렉스코리아 인력으로만 설치, 운용하고 후에 교육을 이수하고 오면 시스템을 조작할 수 있는 것으로 결정합시다."

부 이사는 어차피 협력사 인력에 대한 OS 교육 일정이 계획되어 있지만, 강 부장에게 이야기해주지 않는다. 부 이사는 후렉스코리아 영업과 이야기해서 교육을 이수하라고 이야기한다.

"부 이사님. 향후 시스템 전부를 운용하려면 어느 정도의 인력이 필요하고 사전 필수 교육은 무엇입니까?"

시스템 팀장은 어이가 없는 표정으로 강 부장을 쳐다본다.

"강 부장님, 그것은 우리가 제안한 내용에 다 기술되어 있는데요. 그것에 따라서 교육센터에 등록하라고 자료를 드렸고 장비 운용이 한두 달 사이에 이루어질 수 있는 것도 아닌데 심각한 문제입니다."

시스템 팀장의 강력한 불만 섞인 이야기에 강 부장 일행은 곤혹스러운 표정을 짓는다.

"이거 더 이상 미팅이 안 될 것 같군요. 이거 회의록으로 남겨서 관리 라인에 따라 메일로 보내 주시고 일단 후렉스코리아에서 설치, 운용하는 것으로 하겠습니다. 되었지요. 강 부장님?"

부 이사는 도저히 미팅을 진행할 수가 없음을 판단하고 미팅을 종료한다.

"시스템 팀장은 설치작업을 시작해서 빠른 시간 안에 시스템 운용이 가능하도록 해주세요. 그리고 9층 컨설팅하는 곳의 네트워크 서버는 1층과는 독립적으로 설치해주세요. 네트워크 보안팀에 통보했으니 인력이 나올 거예요."

"네, 알겠습니다. 즉시 작업을 시작하겠습니다."

후렉스코리아 인력만으로 작업하라고 지시하고 부 이사는 사무실로 내려온다.

"상무님께서 전화하셨고요. 지금 안에 아성대 조일상 교수님 와 계십니다."

"조 교수님, 어쩐 일이십니까? 이기찬 과장 만나러 오셨습니까?"

"아닙니다. 이 과장이 계약 관련은 이사님하고 이야기해야 한다고 해서 왔습니다."

부 이사는 이 과장이 가져온 계약서를 책상 속에 처박아놓고 아직까지 사인을 하지 않고 있다. 신 부회장이나 김 상무가 워낙 관심을 크게 가지고 있어 부담도 가지만 이기찬 과장에게 개발 계획과 산출물에 대하여 명확한 결정을 하고 난 후 계약하라고 이야기해온 것이다.

"아, 그거요. 그러잖아도 계약서에 개발 내용과 결과물에 대하여 구체적으로 명시해서 가지고 오라 했는데요. 그게 다 된 모양이지요?"

"네, 이 과장이 이야기한 것은 다 첨부했습니다. 그러니 검토하시고 계약서에 사인을 해주시면…."

부 이사는 뒤늦게 들어온 이기찬 과장을 쳐다보며 물어본다.

"이 과장, 이제 계약서에 첨부할 자료는 다 된 것인가요? 사인해도 되는 것인가?"

"네, 이사님. 말씀하신 내용은 충족시켰습니다."

부 이사는 못 이기는 척하고 계약서에 사인해준다.

"고맙습니다. 부 이사님. 열심히 하겠습니다."

"네, 우리 이 과장이 거의 그쪽에서 근무하다시피 할 거니까 교수님께서 일정 잘 지켜주시면서 일해 주세요."

조 교수는 원하는 목적물을 얻었으니 어깨에 힘을 주고 이기찬 과장과 함께 나간다. 조일상 교수가 나가자 김호석 상무에게 전화를 건다.

"상무님, 잘 다녀오셨습니까? 전화하셨다고요."

"응, 부 이사. 별일 없었지? 나 서울에 있으니까 일 있으면 연락줘. 수고하고."

부 이사는 없는 동안 발생한 여러 일들을 보고하려다가 내일 출근하시면 하기로 마음먹고 전화를 끊는다. 여직원들과 오랜만에 밖으로 점심을 먹으러 나왔다. 임원과 직원들을 분리해서 밥을 먹는 것도 그렇고 분리라는 것이 꼭 남의 집에서 눈칫밥 먹는 것 같아서 삼마 구내식당에 들어가서 먹기가 부담스럽다. 토요일 출근하는 직원들은 라면을 끓여 주니까 먹을 때도 있지만, 후렉스코리아 직원들은 대부분 잘 가지 않는다.

식사하고 들어온 부 이사는 내일 컨설턴트들의 입주가 시작되기 때문에 최종 점검을 해야 할 필요가 있어 9층 사무실에 가보았더니 훌륭하게 사무실이 꾸며져 있다. 같이 올라간 한 비서에게 김호석 상무 방을 깨끗하게 정리해 놓으라고 이야기를 하고 만족하여 내려온 부 이사는 B&K 한우영 대표에게 전화를 건다.

"한 대표님, 부 이사입니다."

"어, 동생 어쩐 일이신가? 어제는 잘 들어갔지?"

"네, 다름이 아니라 여기 사무실이 완성되어서 내일부터는 근무가 가능합니다."

"어, 그래. 알았어. 내일 컨설턴트들을 보내고 나도 내일 가보지 뭐. 김 상무님도 오실 것 아닌가?"

"네, 김호석 상무님은 이곳에 사무실을 만들어 2~3일씩 출근할 겁니다."

"아, 그래. 그럼 나도 내일 아침에 일찍 들어가겠네."

한우영 대표의 말투에는 김호석 상무와 어떻게든 줄을 묶어서 같이 가려고 하는 의지가 눈에 띌 정도다. 이제 본격적으로 컨설팅 프로젝트가 시작되어 4개월 정도 후면 파란이 일어날 수도 있을 것이다. 내일 오전에는 김호석 상무와 컨설팅을 어떻게 진행할 것인지 전략을 결정해야 할 시간이 될 것이다. 신 부회장의 지시로 진행하는 것이기도 하지만 삼마 프로젝트가 안전하고 의미 있는 종료를 위해서도 필요한 것이 윤 부장의 정리 작업이다.

비운 지 이틀 만에 가게로 나와 보니 이젠 사장이 없어도 일들을 잘하고 있었다는 것이 눈에 띄었다.

"내가 없어도 이제 되겠다. 매출도 하나도 안 줄고 가게도 잘 정리되어 있고 고생하셨어요. 주방장님."

"사장님이 계시나 안 계시나 주방장님이 워낙 꼼꼼 하시니 우리는 더 신경이 쓰여요."

조선족 종업원이 옆에서 한마디 거들고 있다. 주방장은 서 사장이 벌써 10년째 같이 일하는 사람이다. 작은 아파트이지만 살 수 있는 기반도 서 사장이 만들어줘서 열심히 일하는 성실한 사람이다.

"주방장님이 있으니 밖으로도 나갈 수 있지. 안 그래요, 주방장님? 호호호."

그런데 주방장이 얼굴이 굳어 서 사장에게 작은 목소리로 이야기한다.

"일전에 오셨던 우광명 사장님이 오셨었어요. 갑자기 들어와서 허락도 없이 어딜 갔냐고 물어보면서 화를 많이 내시던데요. 일단 다시 오시겠다고 하고 가셨습니다."

서 사장은 순간 얼굴에 핏기가 없어지고 힘이 빠진다. 한때 남편이라 불렀던 사이였지만 지금은 전혀 어떠한 관계랄 것도 없이, 그저 이혼하지 않은 상태로 있는 법적인 남편에 불과한 사람이다. 서 사장이 몇 년 전부터 그렇게 이혼해 달라고 이야기했지만 안 해주고 있는 사람이다. 물론 아들에게도 그 누구에게도 남편의 존재를 이야기한 적이 없는 숨기고 싶은 사연이다. 주변 사람들에게도 남편은 젊어서 죽은 것으로 말했고 김호석 상무에게도 철저하게 비밀로 했었는데 갑자기 혼란이 밀려온다.

또다시 온다는 말을 했다고 한 것이 마음속에 그간 잠재되어 있던 근심 덩어리를 물 위로 올리는 것 같다. 김 상무와 부딪히기라도 하면 모든 것이 끝나게 될 수도 있다는 불안감이 밀려들고 있기 때문이다. 인생에서 가장 큰 실수라면 그 사람을 만난 것이라고 외치고 싶고 아직도 뼈저리게 후회하고 있다. 최근 3년 가까이 나타나지도 않고 연락도 없던 사람이 느닷없이 나타나다니 불길한 마음이 서 사장의 마음을 불길하게 짓누르고 있었다.

깊은 잠을 자고 일어난 김호석은 샤워를 하고서야 정신을 차리고 냉장고에 있는 과일을 꺼내 먹으며 비워둔 시간의 메일을 점검한다. 3일 동안 들어온 수백 개의 메일 중에 그래도 눈에 띄는 것은 연희에게서 온 메일이었다. 연희가 아내를 만나 이야기가 잘 되어서 결론을 냈다고 하니 다행이다. 어차피 집으로 오지 않을 아내가 한국에 들어오든 말든 아내의 결정 사항일 뿐이라고 신경을 쓰지 않는다. 강 비서에게 온 메일이 그나마 업무와 관련된 메일일 것이라는 생각이 들어 열어보니 심각한 문제라는 판단이 들어 전화를 건다.

"강 비서, 나야! 메일 봤는데 일단 내색하지 말고 조용히 믿을 만한 여직원을 알아봐라."

"네, 상무님. 그런데 차라리 AA 중에 한 사람 쓰는 게 어떠세요? 정규사원으로 4개월을 쓰기는 어려울 것 같아서요."

하긴 연구소장을 계속 따라다니면 몰라도 정규직원이 선뜻 오겠다고 하기는 어려울 것이다.

"그래, 아예 신입 AA를 한 명 뽑아라. 그게 낫지 않겠냐? 부사장하고 관련 없는 사람이 누가 있겠냐?"

"맞아요. 저도 그렇게 생각했어요."

"그런 친구가 있겠어? 아님 강 비서 친인척 중에 없어?"

"알아보고 연락드리겠습니다. 내일 어디로 출근하세요?"

내일은 컨설팅 프로젝트팀이 입주하니까 그곳에 가보아야 하지만 사무실을 들러 일처리를 하고 가야 한다는 생각을 하고 있다.

"사무실에 들었다가 삼마로 나갈 거야. 윤 기사, 내일 우리 집으로 오라고 해."

전화를 끊고 허기를 느낀 호석은 서 사장의 가게로 식사하러 나간다.

프로젝트는 표면적으로는 평온하지만, 내부적으로 보면 수많은 어려움의 연속에서 진행되고 있었다.

"이사님, 전화 왔습니다. 윤 부장입니다. 2번 누르시면 됩니다."

"네, 부 이사입니다."

"네, 윤 부장입니다. 이사님, 지금 감리 업무 미팅을 했으면 하는 데요. 시간이 되십니까?"

"네, 가능합니다. 무슨 일로 그러십니까?"

감리 관련 일이라 하니 일전에 김병기가 말한 인력 추가 건일 것이라고 예상되었지만 모른 척하고 되묻는다.

"네, 프로세스 점검과 관련하여 그렇습니다."

"알겠습니다. 어디로 갈까요. 지하 회의실에서 할까요? 아니면 제 방에서 할까요?"

부 이사는 오히려 적극적으로 밀어붙여서 분쟁거리로 끌고 가는 것이 좋겠다는 판단에 감리도 참석시키자고 이야기한다.

"김병기 사장도 참석시키고 우리 쪽 PM들도 참석하여 미팅하시죠."

"아, 먼저 저와 둘이서 협의를 하시죠. 그래도 안 되면 다른 방안을 찾아보는 것이."

"그럼 제 방으로 오시죠. 회의실로 가실 필요 없이."

윤 부장이 부 이사의 방으로 들어와 미팅을 시작한다.

"감리 한 사람으로는 프로세스 점검이나 개발 완료 여부를 체크하기가 불가능하다는 것이 제 생각입니다."

"그럼 인력을 추가로 투입하자는 이야기입니까? 삼마DS 인력의 투입이 지금까지도 안 되는 마당에 투입할 여력을 어디서 찾습니까?"

윤 부장이 김병기 쪽 인력을 더 투입하자는 요구를 할 것이라고 뻔히 알지만 부 이사는 일부러 삼마DS의 인력을 투입하라고 이야기한다.

"네, 삼마DS 인력을 투입하는 것은 현실적으로도 불가능할 뿐더러 그만한 스펙의 인력이 없다는 것입니다. 그래서 감리 쪽 인력을 추가로 썼으면 하는데요."

예상된 결론이지만 결국은 감리 쪽 인력을 쓰자고 이야기를 하는 윤 부장에게 논리적 설득은 안 될 것이라 판단하지만 그래도 상식적인 설득은 시도한다.

"쓰는 것이야 상관없지만 결국 개발이라는 것이 삼마DS와 후렉스코리아 협력사들이 하는 것인데 삼마DS에서 도출한 개선 프로세스를 엉터리로 개발할 이유가 없지 않습니까? 그리고 그것이 개발되면 삼마현업에서 업무 운영 테스트를 하면서 확인하게 될 텐데 구태여 인력투입해서 시간과 비용을 낭비하려고 하십니까?"

"낭비가 아니라 개발이 진행되고 난 후에 테스트가 들어가고 그때 문제점이 나오면 고치는 데 시간이 많이 걸리니 사전에 점검하자는 것입니다."

이미 감리와 협의를 끝내고 결론을 가지고 이야기하는 윤 부장은 많은 논리로 무장한 것 같지만 최근의 개발형태를 잘 모르고 하는 주장에 불과했다.

"저는 이것이 단지 프로젝트개발 일정을 지연시키는 효과만 존재하는 악수일 것 같은데요. 돈은 돈대로 들어가고 일정은 일정대로 늦추는… 지금은 블랙박스 형태로 개발되기 때문에 만약 잘못되었다 해도 수정하는 데 많은 시간을 필요로 하지 않고 어려운 일도 아닙니다."

윤 부장이 자신의 고집을 꺾지 않는 것은 김병기 감리로부터 교육을 단단히 받고 부 이사와의 담판을 통해서 자신의 존재감을 드러내려고 하는 것일 것이다.

"블랙박스가 되었든 아니든 개발 과정에 대한 시작부터 감리가 이루어지지 않는다면 나중에 문제 발생 가능성이 높아지는 것은 사실 아닙니까? 잘 검토해서 인력을 투입하시는 것으로 하시지요."

부 이사는 더 이상 설득을 한다는 것은 무리라고 판단하고 인력 구성에 대하여 먼저 제안한다.

"좋습니다. 김병기 감리는 몇 명이 더 필요하다고 합니까?"

"네, 최소한 2명 정도는 추가로 필요하지 않을까 생각합니다. 3명이 업무 분담해서 맡으면 무리 없이 끌고 갈 수 있을 것 같습니다."

"그럼 2명에 대하여 후렉스코리아에서 파견하고 감리의 지시를 받아서 작업하는 것으로 하고 개발 프로젝트 경험이 많은 인력으로 지원하도록 하겠습니다."

부 이사가 불쾌한 듯이 퉁명스럽게 이야기하며 인력투입까지 바로 결정을 하자 더 이상 대꾸를 하지 못한다. 감리는 자기 회사 인력을 파견하여 돈벌이라도 시킬 궁리를 하고 있었겠지만 이를 간파한 부태인 이사는 사람은 파견해 주되 후렉스코리아에서 지원하겠다고 하니 삼마 윤 부장이나 김병기 감리로서는 다른 주장을 할 명분이 없을 것이다.

"언제까지 투입해 드릴까요?"

"빠르면 좋습니다만 지금 개발이 본격적으로 시작되기 전까지

지원되면 될 것 같습니다."

김병기가 의욕적으로 윤 부장을 흔들었을 텐데 원하는 것을 얻지 못하였으니 그 표정이 가히 상상이 된다. 결론을 내고 미팅을 마치자 조금은 불편해보이는 윤 부장이 나가고 부 이사는 가용인력을 계산해 본다. 이럴 때 쓰려고 준비해둔 자신이 만든 KAT의 인력 중에 개발 경험자 2명을 빼기로 생각하고 전화해서 필요한 인력을 준비시켜두고 일찍 퇴근한다.

긴 미국생활을 당분간 접고 한국의 지사장으로 가야 하는 연희는 아들 문제도 정리되었기 때문에 쉬면서 내부 이사회에서 결정한 지사장의 권한과 권리를 명시한 서류를 살펴보고 있다. 한국에 들어가면 우선적으로 정리를 해야 할 기밀 사업 관련 서류가 들어있는 봉투를 잘 챙겨서 서류가방에 넣어두고 한국의 김호석 상무에게 전화한다.

"저예요, 오빠."

"응, 메일 잘 받았어. 이야기 잘 되었다고?"

김호석의 목소리는 늘 활기에 차 있고 에너지가 넘친다. 학생 때도 그랬지만 같이 있는 사람을 기분 좋게 하는 묘한 능력이 김호석 상무에게 있다는 것을 연희는 잘 알고 있기 때문에 힘이 들 때마다 생각이 나곤 했다.

"오빠는 조신하게 잘 지내고 있는 거지요?"

연희의 지나가는 말에 가슴이 살짝 뜨끔했지만, 워낙 여자 문제에 있어 감각이 무딘 김호석은 헛웃음만 친다. 그러나 요즘 몸의 변화를 느끼는 연희는 그동안 받지 못했던 위로와 관심을 호석으로 받고 싶은 마음이 간절했다.

"하하, 나야 늘 조신하게 살지?"

"그래야지, 나 이제 들어갈 준비 다 해놓고 마무리 정리하고 있어요. 이번 한국행이 꽤 길기 때문에 이참에 한국에 정착할 준비라도 해야 할 것 같아서요."

"그래, 잘 정리해서 들어와라. 내가 있으니까 걱정하지 말고."

아무 생각 없이 김호석이 한 말이지만 연희는 그 어느 때보다도 든든함을 느끼며 긴장의 끈을 푼다.

아침 일찍 삼마에 출근한 부태인 이사는 오늘 있을 경영 컨설팅팀의 입주를 확인하기 위해서 새로 만들어진 사무실에 올라가 최종 확인을 한다. 아침부터 장비와 집기들이 들어오는 9층 컨설팅룸은 작업 인부들로 어수선하다. B&K 사장을 비롯하여 담당 컨설턴트들이 속속 삼마로 출근을 해서 9층으로 올라온다.

"부 이사. 사무실 잘 꾸며 놓았어. 열심히 일하는 것만 남았네."

"하하, 제가 했나요. 부회장님께서 신경 쓰시니 신속하고 제대로 하네요."

김병기 사장 쪽에서 투입하는 박덕순 씨는 요청한 대로 오늘은 출근하지 않은 모양이다. 이 업계도 여성들의 비율이 갈수록 높아지는 것을 이곳 현장에서도 확인할 수가 있다.

"유 이사님도 방을 정하셔야지요? 저기 끝방은 저희 김호석 상무님 방입니다. 미국에서 들어오는 2명의 룸은 그 옆이고요."

"호호, 그럼 전 무서운 사람들을 피해서 멀찍이 떨어진 곳으로 정해야겠어요."

경험이 많은 전문가들답게 컨설턴트들은 신속하게 정리를 끝내고 업무를 준비한다.

"그럼 점심이나 같이들 하시죠. 오늘 저녁은 약속 잡지 마십시오. 신 부회장님이 저녁 호스트입니다."

"부 이사님, 차나 한잔 하시지요. 어디로 갈까요?"

아직 여직원이 근무하지 않기 때문에 차를 마시기가 어려운지 B&K 한 대표가 부태인에게 차를 달라는 투다.

"형님이 오늘 이곳에 왔으니 저번에 만났던 김병기 사장이 깜짝 놀랄걸요? 그때는 누군지도 모르고 그 여직원 데리고 와서 계약했잖아요."

"하하, 무슨 상관이야. 놀래든 말든."

한 대표는 신경 안 쓴다는 듯이 차를 마시면서 어디 다른 프로젝트 없냐고 물어본다.

"형님, 빅데이터 시스템 이야기는 들어보셨지요? 의사결정 지원 시스템 같은 것인데 컨설팅 인력이 앞단에 많이 필요한 분야입니다. 필요하면 제가 자료라도 넘겨드릴 테니까요."

빅데이터 시스템 프로젝트는 회사 전체의 업무를 분석하고 의사결정에 필요한 요소들을 도출하여 그것을 데이터베이스로 구축하는 것이니 의사결정 업무 분석에 컨설팅 인력이 많이 필요한 것이다.

"그래. 그런 거라면 무조건 해야지. 우리가 인력도 수배할 테니까 필요한 스펙도 알려줘. 이래서 다국적기업하고는 친해야 된다니까. 사업의 트렌드를 여기서 좌지우지하니 말이야."

부 이사와 한 대표는 부쩍 가까워진 관계를 이용해 협력할 수 있는 사업 정보를 탐색하고 있다. 다른 날보다 일찍 사무실에 출근한 김호석 상무는 비운 사이 부 이사가 결재하지 못한 서류들에 사인한다. 삼마로 출근하기 전에 진상조사위원회 여비서와 신입 AA 문제를 협의하고자 강 비서를 부른다.

"강 비서, 이야기 좀 하자."

"네, 상무님."

"응. 이야기 좀 해 봐. 도대체 어떻게 된 것이야?"

"네, 제가 알아봤더니 지금 여비서가 맨 처음 들어와서 부사장님이 이사일 때 AA를 했었고 그 후에 계속 영업 쪽에서 움직이다가 최근에 관리팀으로 들어가서 이번에 지원했다네요. 다들 4개월 끝나고 복귀를 해야 하니까 주저했는데 본인이 선뜻 자원했다고 그러더라고요."

"음. AA는 구했냐? 아는 사람 중에 없나 빨리 찾아봐. 난 연구소장을 좀 만나고 올 테니까. 그리고 삼마 프로젝트용으로 노트북 한 대 구매해놔. 삼마에 가져다 놓을 거니까 쓸 만한 걸로. 그런데 그 여비서는 사장실 쪽에서 넣은 거 아니야? 양 대표하고 이야기해야 하나 아님 연구소장이 인사 조치할 수 있는 거 아닌가? 관리팀 구 부장 좀 오라고 해. 나는 먼저 연구소장에게 갔다 올 테니까."

사무실을 나와 연구소장의 조사위원회 사무실로 걸어간다.

"연구소장 계신가?"

"네, 상무님 안에 계십니다."

"안녕하십니까. 휴가 좀 쓰느라 자리를 비웠는데 잘 계셨습니까?"

"네, 어서 오십시오."

연구소장과 김 상무는 여비서가 차를 가져다주고 나가자 강 비서가 알려준 여비서에 대한 정보를 가지고 대책을 협의하고 있다.

"그래서 제가 관리팀 구 부장에게 연구소장께서 직접 구하게 하겠다고 말하려 합니다. 강 비서에게 후렉스코리아에서 근무 경험이 없는 AA를 한 명 채용하라고 했습니다. 곧 구해질 것입니다."

"하하, 이렇게까지 신경 써 주셔서 감사합니다."

"저하고 점심에 삼마에 한번 가시지 않겠습니까? 삼마 부회장도 만나 식사 약속이 있는데 바람도 쐴 겸 어떻습니까?"

"제가 가도 될까요?"

"물론입니다. 신 부회장이 제 선배이기도 하고 오늘 B&K 한국 지사장도 오니까 사교 장소라 생각하시고 같이 가시죠."

"알겠습니다. 같이 가겠습니다."

삼마에서 만나기로 하고 김 상무는 관리팀 구 부장을 만나기 위해 자리로 돌아오니 기다리고 있다. 구 부장은 양 대표의 심복이다 보니 부사장이라 하면 머리를 흔들 정도로 사이가 좋지 않다.

"구 부장 내 이야기를 오해 말고 듣고 오프 더 레코드야. 동의하지? 하하하."

구 부장은 김 상무의 농담인지 진담인지 모르는 이야기에 약간 어리둥절한 모양이다.

"하하, 상무님은 또 무슨 농담을 하시려고 그러십니까?"

부장이지만 후렉스의 자금을 관리하고 양 대표의 측근이다 보니 이사, 상무들과는 친하고 격의 없이 지낸다.

"다른 게 아니라 연구소장 비서, 아니 조사위원회에 있는 여비서를 교체하려고 하는데 어떻게 생각하나?"

"왜 갑자기 그러십니까. 유일하게 그 자리에 가겠다고 해서 보냈는데."

김호석 상무는 연구소장과 나누었던 이야기와 일전에 발생한 김 부사장의 조사위원회에 무단으로 출입한 불미스러운 일에 대하여 설명을 해주고 이해를 시킨다.

"어떠한 문제의 가능성도 제거해야 하는 거 아닌가? 관리팀에 일이 있어 불러 내리는 것으로 하고 연구소장이 직접 채용하는 것으로 하자고. 연구소장은 이야기되었으니 내려가면 오늘자로 인사 처리해 주시게. 연구소장이 불안해하니까."

"잘 알겠습니다. 죄송합니다. 전 거기까지는 고민하지 못했습니다. 모든 경우를 고려했어야 했는데 말입니다."

구 부장은 김호석 상무도 양 대표와 같이 공통의 목적을 가지고 있구나 하는 생각을 한다. 요즘 후렉스코리아에서 힘의 균형이 김호석 상무 쪽으로 움직여 감을 느낄 수 있는 데는 이유가 있구나 생각한다. 구 부장과 여비서 문제의 결론이 나자 김호석 상무는 컨설턴트들과의 저녁 약속 때문에 삼마로 들어간다. 윤 기사도 오랜만에 김호석 상무의 차량을 운전하니 기분이 좋은 모양이다. 김호석은 신 부회장에게 전화를 걸어 오늘 컨설팅 룸이 완성되어 사무실로 들어가고 있다고 말한다.

"네, 부회장님. 제가 저희 연구소장을 인사시키려고 같이 그곳으로 들어가고 있습니다."

"그래, 오늘 저녁은 저번에 갔던 일식집 일출이었나? 김 상무도 좋아하는 것 같으니 그곳으로 하고 점심은 구내식당에 이야기할 테니까 같이하자고."

신 부회장의 말에 어떤 다른 뜻이 있는지 모르겠으나 삼마에서 가깝고 전에 먹었던 일출의 초밥 맛이 잊히지 않는 모양이다.

"하하, 선배님 무슨 말씀이세요. 그럼 제가 그쪽에 예약해 놓을까요?"

"그래, 그렇게 해주고 미안한데 저녁에 미팅이 하나 있어 7시 정도에 시작하는 것으로 하자고."

"괜찮습니다. 그럼 점심은 연구소장도 포함해서 같이 식사하고 그곳에서 상황을 지켜보다가 저녁에 이동하겠습니다."

삼마 주차장에 도착하자 전화를 끊고 부 이사의 사무실로 들어간다.

"상무님 오셨습니까?"

B&K 한 대표와 부 이사가 자리에서 이야기하다 김호석 상무가 들어오자 인사한다.

"오랜만이요. 한 대표님. 직원들은 다 들어왔습니까? 부 이사, 일출에서 저녁 식사하기로 했고 7시부터 하시자고 하니까 시간 맞추어서 그리 가기로 하지."

"네, 시간 맞추어 제 차로 7시까지 움직이겠습니다."

김 상무는 일출 서 사장에게 전화해 신 부회장과 일행 15명 정도가 간다고 예약한다. 서 사장의 목소리가 어딘가 모르게 부자연스럽다는 생각을 하지만 오랜만에 가게에 출근해서 그럴 것이라 생각하며 별 신경을 쓰지 않는다.

"상무님. 김성조 상무에게 이야기 좀 하여야 할 것 같습니다. 윤 상무가 와서 감리 인력 추가로 투입해 달라고 해서 싸우기 싫어 일단은 제가 후렉스코리아 인력으로 집어넣겠다고 했습니다. 김병기가 자기네 인력으로 집어넣으려고 하는 의도가 보여서 저희 인력이 낫겠다 싶어 그렇게 결정했습니다. 갈수록 하는 짓거리가 웃기는 애들입니다."

"그래, 참 그 김병기 사장 정신이 없는 사람이구만. 4개월 이내에 정리될 인력이니 김성조 이사에게 말할 필요도 없다. 다시는 거래하지 말고 우리 인력 넣어줘. 그리고 감리가 넣은 컨설팅 하는 인력 있잖아. 철저하게 정보를 차단해야 하니까 제일 하단의 일만 시켜."

옆에서 듣고 있던 한 대표는 김 상무의 냉정하고 빠른 의사결정에 속으로 흠칫 놀란다.

"그 외에는 다른 일이 없는가? 김병기 사장한테는 냉정하게 끊으면서 대해줘. 괜히 흐물흐물하게 보이면 자꾸 넘보고 찔러본다. 자식이 누구 때문에 프로젝트에 들어왔는데 말이야."

화가 난 말투의 김호석 상무를 처음 보는 부 이사는 아무 말도 못 하고 그냥 서 있다. 웬만하면 화를 내지 않는 김 상무는 한번 아니라고 판단을 하면 절대 돌이키지 않는 스타일이다.

"그럼 우리 한번 올라가 봐야지. 한 대표도 같이 올라갑시다. 이제 자주 와야 할 것 같은데, 하하하."

"네, 상부님. 사무실을 아주 고급스럽게 만들었던데요. 최적의 사무 환경입니다."

"아, 그래요?"

9층 사무실에 올라가 시설을 확인하고 네트워크를 설치하고 있는 인력에게 보안 부문에 신경을 많이 써서 할 것을 주문한다. 자신이 쓸 사무실도 들어가 본 김호석 상무는 부 이사가 지시를 하여 깨끗하게 정리되어 있었기 때문에 아주 만족해한다.

"자, 일을 마치면 저녁 약속 장소로 개별로 이동하자고. 난 연구소장이 오기 때문에 부회장님께 인사를 시키고 점심을 같이 먹기로 했거든."

전화기가 울려 받았더니 연구소장이 도착했다고 한다. 1층으로 내려가 연구소장을 데리고 9층 부회장실로 들어간 김호석 상무는 신 부회장, 연구소장과 같이 삼마의 구내식당으로 내려간다. 부회장의 VIP 손님들인지라 아주 푸짐하고 정성스럽게 차려진 식사를 마치자 신 부회장은 미팅이 있어 외부로 가야 한다며 자신의 집무실로 다시 올라가고, 연구소장은 부 이사의 사무실로 들어가 차를 한잔 하며 B&K 한 대표, 부 이사와 같이 인사하며 한국에 들어와서 업무 외 목적으로 사람들과 처음 만나기도 하지만 풍성한 관심과 대접에 김호석 상무에게 감사한 마음을 가진다.

"상무님. 전 사무실에 들어가 봐야 할 것 같습니다."

"아, 자리를 오래 비우셨지요?"

연구소장은 한 대표에게도 나중에 다시 만나자고 인사하고 주차장으로 김호석 상무와 같이 나와 배웅을 받으며 사무실로 돌아간다. 9층 컨설팅 사무실의 자신의 방으로 돌아온 김호석 상무는 입주한 컨설턴트들의 방을 들여다보며 인사하고 앞으로 잘 부탁한다는 당부와 일주일에 2~3일 정도는 얼굴을 볼 수 있을 것이라고 말을 한다. B&K 책임자인 유 이사를 별도로 불러 부 이사에게 들은 프로젝트의 특성을 잘 감안해서 움직여 달라고 부탁한다. 미국에서 대학원을 다닐 때 한인 학생모임에서 한두 번 얼굴을 본 적이 있다고 이야기하는 유 이사의 말에 김호석도 안면이 좀 있는 것 같다는 말을 한다. 그러나 그 당시 연희가 옆에 있었고 신 부회장의 일을 도와주며 바쁘게 공부하던 시절이어서 한인 학생회에 관심을 가지지 못했기 때문에 스쳐 간 정도였을 거라 판단한다.

퇴근 시간을 넘기자 호석은 미리 일출로 가봐야겠다는 생각에 주차장으로 나와 윤 기사가 운전하는 차에 올라 일출로 이동한다. 윤 기사에게 자신의 아파트에 차를 주차하고 먼저 퇴근하라는 지시를 하고 김호석 상무는 일출 앞에 세워 달라고 한다. 일출의 앞의 주차장은 고급 승용차로 가득 차 있고 예상대로 손님이 많아 주방도 홀도 매우 바쁘게 움직이고 있다.

"어서 오세요. 상무님. 부회장님 벌써 오셨습니다. 들어가시죠."

"아, 그래요. 손님 더 오실 겁니다."

안내를 받아 신 부회장이 있는 방 안으로 들어간 김 상무는 왜 이리 일찍 오셨냐고 인사한다.

"부회장님. 제가 좀 더 빨리 올 걸 그랬습니다."

"그래, 김 상무. 어서 와. 미팅이 생각보다 빨리 끝났어. 들어와 앉아라."

조금 기다리자 컨설턴트들이 하나둘 들어오고 자리가 차자 식사와 술이 들어온다. 신 부회장이 식사가 시작되기 전에 프로젝트와 관련하여 간단하게 한마디를 전달한다.

"여러분들이 이제 저와 한 배를 타신 분들이기 때문에 솔직하게 말씀드리겠습니다. 이 프로젝트는 순서상 맞지는 않지만 김 상무나 부 이사가 이야기한 것이 저의 생각과 일치하는 것입니다. 저의 의도를 알았으리라 생각하고 그 부분이 결과로 신속하게 나올 수 있도록 여러분의 협조와 능력을 기대하겠습니다. 자, 건배합시다!"

모두들 술로 얼굴이 벌겋게 되고 기분이 좋아져서 서로에 대한 탐색전은 진즉에 끝나고 프로젝트 이야기에 몰입해 있다. 그 와중에도 신 부회장과 김 상무는 무슨 이야기를 하는지 계속 머리를 맞대고 있다.

"김 상무, 이제 미국 출장 계획 잡아라. 한번 나갔다 오자."

"선배님. 연희 들어오는 일정보고 제가 컨설팅 일정을 협의하여 결정하겠습니다. 좀 느긋하게 생각하십시오. 집사람이 한국에 나왔다가 들어가면서 그쪽으로 입주한다고 하더라고요."

"그래, 제수씨 들어오면 필요한 서류 줘야 한다. 발령은 낸 것 같던데 이왕이면 취업비자로 만들어 나가는 것이 좋을 것 같고. 김 상무 가족들은 비자 인터뷰도 안 하잖아."

김호석 상무 가족과 친인척은 비자 발급 시 인터뷰 자체가 필요 없이 10년짜리 비자가 나오게 되어 있다. 그것이 다국적 미국기업에 다니는 또 하나의 혜택일 수도 있다. 신 부회장은 연희의 아들을 한번 보려고 무척 애쓴다. 슬하에 아들도 없는 이유도 있지만, 연희의 아들이 아직 아버지가 없고 한동안 신경을 써 주었던 후배의 자식이기도 하기 때문이고 도와주어야 한다는 생각이 강한 것 같지만, 오지랖이 넓은 착한 신 부회장의 마음이기도 한 것을 호석은 잘 알고 있다.

모두들 기분이 좋아져서 약간씩 흐트러져가는 모양새다. 그러나 그 와중에도 김호석 상무는 어딘가 그늘져 있는 서 사장의 표정을 발견할 수 있었다. 무엇인가 걱정거리가 있는 것에는 틀림이 없어 보인다. 신 부회장은 약속이 있어 먼저 간다고 일어서자 그제야 시간이 꽤 되었다는 것을 느낀다.

"미안하지만 김 상무 나 먼저 가봐야 할 것 같아요. 마무리들 잘 하시고 나중에 또 봅시다."

호석이 신 부회장을 배웅하고 자리에 돌아오자 한 대표가 2차를 나가자고 이야기한다.

"상무님. 우리 2차 가야 하지 않겠습니까?"

"하하, 난 오늘 일찍 가봐야 할 것 같은데. 내일 일찍 약속이 있어서 말이요."

"상무님이 빠지시면 재미가 없어질 것 같은데요."

"우리 부태인 이사 있으니까 같이 가시죠. 부 이사. 한 대표님 잘 모셔. 하하하."

"네, 상무님. 제가 모시고 가겠습니다. 걱정하지 마십시오."

부태인 이사도 취기가 오르는지 혀가 살짝 꼬부라져 있다.

"그럼 저도 먼저 일어나야 할 것 같습니다."

파국의 시작

　자리에서 일어난 김호석 상무는 다들 일어나지 말고 있으라고 말하고 혼자 방을 나온다. 카운터에는 서 사장이 앉아 있고 홀의 테이블에는 몇 팀이 군데군데 앉아 있다. 서 사장의 얼굴은 창백하다 못해 하얗게 질려있어 보인다.

　"무슨 일이 있나?"

　"아니요. 특별한 일은 없어요."

　그렇게 말하는 서 사장의 말투에는 힘이 하나도 없어 보이며 조금 떨리는 듯 말을 더듬기까지 한다. 순간 테이블에 앉아 있는 중년의 거칠어 보이는 사람이 강렬한 시선으로 노려보듯이 김호석을 쳐다보고 있는 것을 느낄 수 있었다. 분위기를 대충 느낀 김호석 상무는 순간 더 이상 물어보는 것은 문제를 일으킬 것 같은 생각이 들어 잘 있으라는 이야기를 하고 일출을 빠져나온다. 집으로 올라오는 길에 서 사장의 집으로 갈까 하다가 혹시나 하는 불안한 마음에 자신의 집으로 향한다. 많은 상상과 생각을 하며 벌써 서 사장과의 관계가 정리되어야 할 때가 온 것이 아닌가 하는 불안한 느낌에 뒤척이다가 새벽이 되어서야 잠이 들었다.

프로젝트가 밀고 당기는 가운데서도 그런대로 잘 굴러가고 있고 2~3일의 고정된 업무를 삼마에서 보는 상황에서도 김호석 상무는 강 비서와 연구소장, 부태인 이사 등 주변 사람들을 잘 챙기며 보내고 있다. 최근 며칠 서 사장은 바쁜 일이 생겼는지 연락이 없었지만 김호석 상무도 빡빡한 일정으로 정신없이 지내다 보니 서 사장의 존재를 잊어버리고 있었다. 김호석 상무도 서 사장 주변에 맴도는 남자를 본 이후 마음이 멀어지고 있는 자신을 발견하고 의도적으로 일출 근처를 멀리하고 있다.

오늘은 그동안 바쁜 일정 때문에 연기되었던 부태인 이사 와이프하고 일출에서 저녁 약속을 한 날이지만 약속 장소도 일부러 강남 쪽으로 바꾸어 버렸다. 옛날부터 친하게 지내온 부태인의 와이프에게 직접 전화한다.

"나 김 상무요. 잘 있었냐? 하하하."

나이 차이가 좀 나지만 미국에 있을 때부터 왕래가 있었고 친오빠와 같이 따랐던 부 이사의 와이프는 격의 없이 반갑게 전화를 받는다.

"어머, 상무님. 안녕하세요? 요즘은 아예 전화도 없으시네요. 사모님이 미국에 가셨다고 너무 조용히 사시는 것 아니세요?"

"하하, 오늘 식사 약속 있는 거 알고 있지? 내가 진짜 맛있는 일식집에서 접대할 거니까 애들도 다 데리고 나와라. 술도 한잔 하게. 약속 자꾸 바꾸어서 진짜 미안해."

"아녜요. 연락 주셔서 너무 감사하죠. 제가 먼저 신경 쓰고 전화 드렸어야 했는데 애들 핑계만 대고 있었어요. 죄송해요."

"하하, 말로만도 고마워서 눈물이 나네. 요즘 부 이사 프로젝트 때문에 집에도 늦게 들어가고 피곤해할 거야. 늘 신경 써주고 많이 이해해주어야 할 거야."

실제로 부 이사는 요즘 몸이 열개라도 힘들 정도로 바쁘게 지내고 있다. 온종일 미팅과 고객 접대 같은 업무 이외의 일로 일정이 가득 차 있다 보니 집에 늦게 들어가는 것은 다반사인 것이다.

"네, 상무님. 이해하고 있어요. 제가 또 마음은 바다잖아요, 바다. 호호호."

김 상무는 부 이사가 자신처럼 오직 회사만을 위해서 일만 하는 사람이 되지 않기를 바라는 마음이 간절하다. 가정을 잘 돌보는 것에 완벽하지는 못하지만, 최선을 다하는 사람이 되기를 바라는 마음이 간절하다. 어떻게 약속 장소에 오고 아는 곳이냐고 묻자 택시 타고 가면 된다고 한다.

"일단 내가 약속 장소를 변경한 잘못도 있고 하니까 내 차를 보내 줄게. 그거 타고 와."

"어머, 상무님 고맙습니다. 역시 상무님밖에 없어요. 호호호. 애들은 동생에게 맡기고 가려고요."

오랜만에 통화를 하는 김에 사무실에서 부 이사가 하는 일과 상황에 대하여 자세하게 이야기해준다.

"오늘 각오하고 나와라. 하하."

다정스럽게 긴 시간을 통화했으면서 아줌마들처럼 자세한 이야기는 저녁에 보고 하자고 하며 전화를 끊는다. 김호석은 강남의 최수사로 가기로 하고 먼저 전화를 돌려 예약한다. 윤 기사에게 부이사 집 주소를 알려주고 부 이사 와이프를 모시고 강남의 약속 장소로 오라고 지시한다. 그리고 부 이사에게 전화를 걸어 사무실에 들어와 같이 가자고 한다. 최수사에 도착해 먼저 온 손님을 확인하자 아무도 오지 않았다고 하면서 예약된 방으로 안내한다.

"부 이사, 오늘 제수씨를 어떻게 하면 즐겁게 해줄 수 있을까?"

"상무님은, 그냥 저녁이나 먹고 들어가시죠. 하하. 왜 이렇게 늦나 모르겠네요."

"곧 올 거야. 내가 차 보냈으니까."

"예? 차를 보내셨다고요? 택시 타고 오면 간단한 것을 차를 보내셨네요."

"부 이사. 집사람에게 잘 해줘. 일 핑계로 소홀히 하면 내 꼴 난다."

"상무님이야 오래 사셨잖아요. 그리고 상무님이 뭐 잘못한 것도 없잖아요."

"네가 부부 사이를 알겠냐. 당사자만 아는 것이지. 하하하."

김호석 상무는 가재는 게 편이라고 부 이사의 지원에 그저 웃어버린다. 잠시 후 부 이사 와이프가 방으로 안내되어 들어온다.

"어서 와, 제수씨."

"상무님 덕분에 너무 편안하게 왔습니다."

"야, 오늘 우리 셋이서 코가 빠지게 한번 마셔보자고. 어때, 동의하지?"

세 사람은 1차에서 남매처럼 분위기 좋게 먹고 마시며 시간을 보내고 2차는 부 이사가 쏜다고 하면서 고급 와인 바를 데리고 간다. 와인을 두 병이나 마신 세 사람은 앞으로는 정기적으로 만나자는 이야기를 하고 헤어진다.

컨설팅 프로젝트가 진행된 지도 벌써 4주가 지나가고 있고 부 이사의 삼마 사무실에는 김병기 사장이 부 이사와 컨설팅 프로젝트와 관련하여 언성을 높이고 있다.

"부 이사님, 우리 컨설턴트를 팀 내 가장 바닥의 일을 시키고 있다고 하던데 그런 업무에 쓰시려고 했으면 왜 저희 쪽에 컨설팅 인력을 요구하셨습니까? 후렉스에도 수없이 많은 인력이 있을 텐데요."

"하하, 김 사장님. 최초 계약서에 자세하게 업무가 명시되어 있고, 사전에 이야기도 했고 그것에 사인한 사람은 누구십니까? 김 사장님 보기보다 꼼꼼하지 않으신 것 같아요. 업무야 팀 내부에서 정해서 하는 것이고 그 팀에 박덕순 씨보다 낮은 직급과 경력자가 어디 있습니까? 다들 이쪽 업무에서 한 가닥씩 하는 사람들입니다."

"제가 답답해서 그렇습니다. 컨설팅이라고 하는 업무가 내용도 없고 단순한 자료 정리 수준에 감리에서 하는 일보다 못하니 말입니다."

"아니, 지금 컨설팅 관련 업무 상황을 김병기 사장님께 보고하고 있다는 것입니까? 신 부회장님 지시로 거기 업무는 완성되기 전까지 어느 누구도 보고를 받지 않고 있는데 문제네요."

"보고라기보다는 업무의 수준에 대해서 들었기 때문에 말씀드리는 것입니다."

김병기 사장과 미팅을 끝낸 부태인 이사는 전화로 박덕순이 자리에 있는지 확인하고 9층으로 올라간다. 회의실에서 박덕순을 불러 컨설팅 진행 상황을 외부에 알리는 것이 계약사항 위반이라고 다짐하듯이 알려준다.

"계약할 때 비밀유지 계약서에는 어느 누구에게도 업무와 관련하여 공개하지 못하는 조항을 잊지 마십시오. 김병기 사장하고 미팅하고 올라오는 길인데 박덕순 씨가 하고 있는 업무에 대해서도 불만이 많은 것 같던 데 본인도 그렇게 생각하세요?"

"전혀 아닙니다. 아직 프로세스가 도출되지도 않은 상황이고 지금 하는 일은 모두 다 똑같은데 보고할 것도 없습니다. 죄송합니다. 앞으로는 이런 일이 일어나지 않도록 제가 이야기를 해놓겠습니다."

박덕순은 나이에 비해 김병기 사장보다 상황판단이 정확하고 빠르다고 생각하고 더 이상 이야기를 하지 않는다. 올라온 김에 유영숙의 방에 들어가 차를 마시며 프로젝트 진행과 관련하여 이야기한다. 현재 진행 상황과 현업의 협조, 인터뷰 대상과 앞으로 일정 등에 대하여 이야기하며 감리가 이야기한 부분을 이야기하고 프로젝트 끝나면 차라리 박덕순을 스카우트하는 것이 어떠냐고 물어본다.

"하하, 이건 농담입니다. 프로젝트 중에 회사를 옮기면 김병기 쪽에서 사람을 넣자고 할 것이고 그러면 머리만 아파지니까 그냥 4개월 후에 시도 한번 해보세요."

"그렇잖아도 한 대표가 사람들 있으면 스카우트하라고 해서 주변 사람들을 눈여겨보고는 있어요. 심각하게 고민해볼게요."

이제 삼마DS 인력이 거의 다 들어와서 정상적으로 인력은 구성되어 진행되고 있지만 삼마DS에서 투입한 인력들이 당초 약속했던 스펙보다 기대 이하여서 업무 진척이 매우 느리고 후렉스코리아 투입인력들이 심하게 고생하고 있다. 그러나 프로젝트는 가끔 문제를 제기하는 감리와의 불편한 관계와 괴롭힐 틈만 노리는 윤 부장만 아니면 아무 문제 없이 잘 돌아가는 일상적인 것이라 할 수 있었다.

반면에 컨설팅 프로젝트에서 벌어지고 있는 조직개편과 관련된 결과물은 계속하며 만들어지고 있었다. 물론 하단의 현업 관련 업무를 하는 박덕순은 B&K와 후렉스코리아 인력들이 어떤 일을 하고 있는지 전혀 모르고 자신의 역할을 묵묵하게 감당하고 있다.

김호석 상무는 사무실에서 연구소장과 차를 마시고 있다. 벌써 조사위원회에서 본격적으로 조사를 시작한 지 2개월이 지나 어느 정도 조사가 완료되었고 부사장 여비서와 인터뷰만 남았다고 한다.

"큰 문제는 이제 가닥을 잡으셨습니까?"

"네, 다음 주 여비서 인터뷰만 남아 있습니다. 문제점은 여비서가 아니더라도 다른 심각한 것이 많이 있더군요."

"네, 아무튼 보고서 잘 만들어 내시기 바랍니다. 양 대표한테 보고할 필요는 없는 거 아시죠? 바로 본사 감사실로 보내시면 됩니다."

안정을 찾은 연구소장은 연구소와 여의도를 오가면서 의욕적으로 움직이는 모습이다. 김 상무는 연구소장이 나가자 오전에 양 대표로부터 조사 진척과 결론이 어떻게 나고 있는지 알 수 없냐고 한 말이 기억나 간단하게라도 알려주기 위해서 대표실로 올라간다. 김호석 상무의 보고를 듣고 난 양 대표는 결론이 예상한 대로 날 줄 알았다며 안도하는 눈치다. 마치 부사장 조사 건이 양 대표의 머리에서 나온 것이 아닌가 의심이 들 정도로 흡족한 표정이다.

자리에 다시 돌아온 김 상무는 아직 어느 누구에게도 이야기 안 했지만, 아내와 이혼서류에 도장을 찍은 것이 과연 잘한 것인가 다시 생각한다. 한국에 들어왔던 아내가 미국에 다시 나갔고 국외 거주자인 관계로 김호석 혼자만의 출석으로 서류상 이혼은 가능했지만, 공동명의 재산 처리를 아내가 법정 대리인에 처분을 위임했기 때문에 연락을 기다리고 있는 것이다. 애들이 다 자랐으니 큰 걱정은 하지 않지만, 성격이 내성적이고 감수성이 예민한 아들은 걱정되기도 한다.

집사람에게 그다지 좋은 남편이 되지 못했지만, 핑계를 대리면 다 가족을 먹여 살리기 위해 그랬다고 할 수밖에 없는 것이 가슴 아픈 일이었다. 한국에 들어와서 단 하루도 호석의 집에 오지 않은 애엄마는 신 부회장이 미국지사 직원으로 발령 낸 것으로 하고 봉급과 학비를 지원해주기로 했으니 앞으로 생활 걱정은 전혀 없을 것이다.

애들에게도 생활비 정도는 애엄마 자신이 지원할 수 있으니 걱정하지 말라고 한다. 그 대신 호석은 학비 같은 크게 목돈 들어가는 것을 부담하기로 아내와 합의했다. 애들도 2년 있으면 직장을 구할 것이고 자기 살길을 스스로 결정하며 선택하게 될 것이다.

호석도 새로운 인생을 찾기 위하여 어떤 준비를 해야 하나 생각을 하며 연락 한 번 없는 서 사장하고 어떻게 잘 마무리를 할 것인가 고민한다. 이런 어정쩡하고 결론이 없는 관계로 질질 끌다시피 가는 것은 서로에게 득 될 것이 전혀 없다는 판단에 조만간 결론을 내야겠다고 스스로에게 다짐을 한다. 김호석은 오늘 오후 서 사장 아들 명근의 학교에서 특강이 있기 때문에 마케팅 사업부에서 챙겨 놓은 학교와 학생들에게 지원할 레이저 컬러프린터와 기념으로 줄 노트북과 메모리들을 윤 기사를 시켜 차에 실어 놓는다. 학생들 모두에게 선물로 줄 USB 외장 메모리 200개 정도는 예쁘게 포장을 부탁해서 챙겨 놓았다.

학교에 도착하여 교장 선생님의 방에서 차를 한잔 나누며 시간이 되기를 기다리고 있다.

"명근이 아버지 되신다고요. 영광입니다. 이렇게 훌륭한 분을 특강 강사로 모시게 되어서."

교장 선생님의 의례적으로 하는 분에 넘치는 환영 인사에 감사를 드리며 호석의 애들 두 명은 스탠퍼드에 다니고 있다고 이야기하고 명근 어머니와는 친구처럼 지내는 사이라고 이야기를 솔직하게 하자 이해가 된다고 고개를 끄덕이며 그간의 의문이 풀린다는 표정이다. 호석은 오늘 학생들이 관계를 물어오면 사실대로 이야기할 생각이고 이것은 명근과 전화통화에서 이야기를 나누었던 내용이기도 하다.

특강 시간이 되어 강의실로 들어가자 기말고사가 끝나서 그런지 180명 정도 되는 학생들로 꽉 차 있다. 김호석의 미시 경제학과 관련된 강의가 끝나자 학생들의 짓궂은 질문이 시작된다.

"선생님은 왜 명근이하고 성이 틀리나요?"

원래 똑똑한 애들이 순진한 면도 있지만 엉뚱한 구석도 많은 법이다.

"여긴 남녀공학이니까 잘 알겠지만 나는 명근이 어머니와 아주 좋은 친구 사이로 만나고 있습니다. 나는 이혼한 상태고 딸과 아들이 한 명씩 있으며 둘 다 스탠퍼드에 다니고 있습니다. 끝까지 가까운 친구 사이로, 명근이는 내 아들과 똑같은 마음으로 지낼 거예요. 나도 외국에서 오래 살았기도 하지만 원래 요즘 말로 아주 쿨한 성격이기 때문에 문제는 없을 것 같아요. 더 이상은 명근이 본인도 여기 있고 개인의 사생활이니까 그만하겠습니다. 지금까지 한 이야기는 명근이의 사전 허락을 받아서 한 내용입니다. 하하하."

박수 소리와 함성이 우레와 같이 터져 나온다. 어린애들이라 생각도 단순하고 감수성도 풍부해서 자그마한 일에도 감동을 하는 모양이다. 호석이 유학 시절 에피소드와 여러 가지 추억을 이야기해주고 학교의 선택과 생활을 어떻게 해야 하는지에 대한 실제 상황을 중심으로 이야기해준다. 그리고 호석이 사전에 문제를 던져

준 마케팅과 관련된 주제에 대하여 가장 성의껏 써낸 15명의 친구들에게 노트북과 프린터를 선물로 전달하고 준비해간 USB 외장 하드디스크는 모두에게 선물을 나눠준다.

집으로 돌아오는 길에 명근으로부터 문자 한 통을 받는다.

"감사합니다. 존경합니다. 진짜 감사합니다."

간략하지만 명근의 마음을 진심으로 표현한 문자라 생각하고 그간 연락을 못 했던 서 시장에게 전화한다.

"여보세요, 나요. 나 명근이 학교에서 나와서 그쪽으로 가고 있어요. 좋은 날 같기도 슬픈 날인 것 같기도 할 것 같은데 한잔 합시다. 집에서 할까 아니면 가게서 할까?"

힘이 하나도 없이 약간 떨리는 서 사장의 목소리에서 무엇인가 심각한 문제가 있다는 것을 확신할 수 있었다.

"안주가 있는 가게서 해요. 주방장에게 준비하라고 할게요."

서 사장은 이미 아들로부터 전화를 받아서 기분이 좋아져 있을 텐데도 그렇지 않은 것을 보면 문제가 얼마나 심각한 것인지 알 수 있는 것 아닌가.

"알았어. 내일은 급한 일정이 없으니까 한잔 하자고. 지금 갈게."

일출에 도착한 김 상무는 윤 기사에게 저녁 먹고 퇴근하라고 하며 주차하고 들어오라고 한다. 조그만 방에는 벌써 상이 차려져 있고 김 상무가 들어가자 서 사장이 술을 준비해 들어온다.

"윤 기사 불러서 여기에 저녁 좀 챙겨줘."

김 상무는 술을 마시며 윤 기사에게 고생했다며 위로하고 저녁 맛있게 먹으라고 이야기한다. 저녁을 먹은 윤 기사는 일찍 들어가 겠다며 일어서 나가자 종업원이 식사한 자리를 정리하고 서 사장 이 들어온다.

"오늘 기분이 안 좋은가 봐요. 저도 한 잔 주세요."

서 사장은 자신도 나가지 않을 것이라며 자리에 들어와 앉는데 우울하기도 한 것 같고 아닌 것 같기도 하고 분위기를 판단하기가 어렵다. 호석은 아내와 이혼, 애들 문제, 명근이 학교에서 이야기한 것 등 할 말이 많이 있지만 서 사장의 문제가 모든 것을 덮을 만한 심각하고 큰 문제임을 직감하고 있다. 여하튼 많은 생각들이 호석 의 기분을 다운시키고 있고 연거푸 들이켠 술은 몇 잔이나 되는지 도 모를 정도다. 이미 술이 거나하게 취한 호석은 서 사장에게 가 지고 있는 문제를 꺼내어 놓으라는 듯이 말을 돌려 유도하지만 어 떠한 반응도 보이지 않자 할 수 없이 직설적으로 서 사장과의 관계 와 문제에 대하여 거침없이 이야기한다.

그제야 할 수 없다는 듯 털어놓는 서 사장의 말은 말 그대로 충 격적인 것이었다. 예상대로 일전에 일출에서 봤던 그 남자와 관계 된 이야기인데 과거의 일을 자세하게 이야기하는 서 사장의 마음 속에는 이미 김호석 상무와의 관계를 정리할 수밖에 없다는 결심 을 포함하고 있었지만, 호석은 그저 말없이 묵묵히 듣고만 있다. 많은 관심을 가지고 가깝게 지내던 여자이지만 과거 남자, 그것도 법적으로 혼인관계를 유지하고 있는 남편이 나타난 것에 있어서 무엇이라 할 말이 없었다.

"제가 연락을 아예 드리지 못한 것은 그 남자가 저희 집에 들어와 감시하듯이 있다는 거예요. 남편이 죽었다고 이야기한 것은 정말 미안해요. 20년 가까이 부부가 아니라 남보다도 못한 사이로 지내 왔고 같은 집에 산 적도 없었어요."

서 사장은 서럽게 울고 있고 김호석 상무는 말없이 허공만 응시하다 자리에서 슬며시 일어나 밖으로 나온다. 김호석이 한 판단은 이미 어찌해보겠다는 상황은 벗어났고 자칫하면 도리어 법적인 문제도 발생할 수 있을 거란 생각마저 들기 때문이다. 김호석도 이런 식으로 만난다는 것 자체가 서 사장의 상황을 감안한다 해도 호석이 비난받을 수 있는 일인지라 마음을 정리하고 결정을 내린다. 호석의 마음에 들었던 불길한 예감의 수준을 빗나가지 않는 결과에 대해서 실망이 이만저만이 아니다. 집으로 들어온 김호석 상무는 텅 비어 있는 자신의 침대를 뒤로하고 소파로 가서 잠을 청한다.

위기와 함께 오는
대전환

아침 일찍 일어난 김호석 상무는 사무실로 출근하지 않고 연희가 귀국하는 일정에 맞추어 직접 운전하여 공항으로 가는 길이다. 연희의 한국 사무실은 미국으로 가기 전에 채용이 결정된 직원들이 사무실에 출근하여 오픈 준비를 하고 있다. 예정보다 30분이나 일찍 도착한 연희는 입국장을 나와 호석을 기다리고 있었다.

"왜 짐이 없는 거야?"

"DHL로 보냈으니까 연락 올 거예요. 아파트에 일할 사람은 구해놨지요? 호호."

꼭 남편에게 하듯 이야기하고 자신도 좀 어색했던지 웃어 버린다.

"응. 강 비서에게 이야기해서 구해놨어. 청소도 다 해놨을 거야."

연희의 한국지사에서 일할 준비가 연희의 이삿짐을 제외하고는 준비가 다 된 셈이다. 자동차도 회사 명의로 최고급 승용차가 리스되어 있고 기사는 윤 기사가 친구를 소개해줘서 구해놨다고 이야기해주자 뼈 있는 소리를 한마디 한다.

"이제 오빠만 우리 집으로 들어오면 되겠네. 호호호."

"하하하. 집이 너무 크지 않냐? 혼자 살기에는."

"오빠 나 살 좀 찌지 않아 보여?"

연희는 지금 임신 8주의 상태인데 자신이 조금은 변했다는 말을 호석으로부터 은근 듣고 싶었다. 좀 더 일찍 들어오려 했지만, 주치의가 임신 초기에 장거리 여행은 좋지 않다고 하여 할 수 없이 일정을 늦추어 오늘 들어오게 된 것이다.

"아니, 똑같은 것 같은데. 피부가 좀 거칠어 보이기도 하고."

김호석은 장시간의 여행 때문에 피곤해서 그럴 것이라 생각하고 있다. 호석에게 자신이 의도한 대답을 듣겠다는 것 자체가 무리라고 생각한 연희는 나중에 자신에게 올 수밖에 없다고 확신하기 때문에 기회를 기다리기로 한다. 시간적으로는 그리 길게 걸리지 않을 것이라는 생각도 하면서 살짝 삐친 듯이 말한다.

"오빤 무뎌. 하여튼 나하고 학교 다닐 때 어떻게 같이 살았나 몰라. 그땐 답답한 거 모르겠더니 나이 먹어서는 답답해."

과거부터 김호석은 연희의 일에 대해서는 이상하게 무디다 못해 무관심했다.

"사무실로 갈까, 아님 집으로?"

집으로 먼저 가자 하여 방배동 방향으로 차를 몰고 간다.

"오빠는 이제 내가 한국에 있으니까 한눈팔면 안 되지. 내가 여기 들어와 있는데, 호호호."

연희는 농담조로 이야기했지만 단호하게 이야기한다.

"그리고 우리 30억 달러 중에 10억 달러는 티타늄 성형 사출기술을 가진 회사인 '티타테크'에 투자를 할 거야. 그 회사 주식이 인터넷상에 많이 돈다고 하니까 은밀하게 매집을 해 봐요. 아직 비상장이니까 나중에 돈 좀 꽤 될 거야. 3개월 이내에 결론이 날 거니까 혼자만 아시고 조용히 진행해야 해요. 그 대신 리스크도 크고 죄악에는 우리가 투자하지 않을 가능성도 많이 있으니까 오빠가 판단해 봐요."

"아, 그래. 내가 관심 있게 생각해볼게. 뭐하는 회산데?"

"티타늄 분말을 가지고 저온으로 성형 사출하는 기술인데 상당히 독특하고 가능성이 큰 기술이야. 그런데 거기 대표가 완전 망나니고 꽉 막혀서 회사를 말아먹었는데, 특히 바둑에 미쳐서 회사는 뒷전이야."

"알았어. 나도 한번 챙겨보고 시작하지."

"다시 말씀드리는 것은 보안이 생명이에요."

연희는 집으로 가서 일하는 분과 인사도 하고 구석구석을 살펴보고 차를 한 잔 마신 다음 사무실로 출근한다.

연희를 데려다주고 사무실로 들어온 호석은 전처의 변호사에게서 메일이 왔는데 재산 분할과 관련한 내용이고 미국 유학을 떠나면서 재산을 거의 정리해서 떠났기 때문인지 특별하게 신경 쓸 문제는 없어 보여 변호사의 요구대로 처리하자고 답신을 준다.

고맙게도 연구소장으로부터 조사보고서 초안이 들어와 있어 잠깐 읽어 보니 여비서와의 관계가 내연 관계로 조사되었고 회사 돈도 거의 120억 원대의 횡령이 된 걸로 조사되었다. 이제 미국에 보내기 위해 보고서 작성에 들어간다고 하는 코멘트도 들어있다.

김호석은 연희가 알려준 '티타테크'와 관련된 정보를 찾기 위해 인터넷을 검색해본다. 한때 엄청난 신기술이라고 이야기했던 기술이 이제는 주식을 헐값에 팔려고 사방에서 아우성치고 있다. 인터넷에 떠도는 정보로는 거의 7년 가까운 업력을 가지고 있는데 이렇다 할 사업실적이나 가능성은 없어 보인다. 자본금이 80억이 넘으니 중소기업치고는 규모가 있는 것 같이 보이나 실제 성장면에서는 전혀 없다고 해도 과언이 아니었다.

인터넷상에는 대표이사에 대한 온갖 욕설이 난무하고 있고 입에 담기조차 힘든 내용도 많이 보였다. 회사에서 상장을 내다보고 투자자들을 모으기 위해 일명 문방구 주권인 통일 주권을 발행한 것 같고 그것을 액면 이하로 팔려고 내놓은 사람들이 줄을 서 있다. 액면가 500원짜리를 300~400원대에서 살 수 있겠다는 생각이 들었다. 김호석 상무는 누군가가 매집한다는 소문이 나서 가격이 오를까 봐 은밀하게 전화를 이용해서 사들이기로 했다. 연희의 이야기가 없었다면 전혀 관심을 가지지 않았을 회사였을 정도로 리스크가 클 것 같고 대충 살펴본 정보로도 투자의 필요성조차 느낄 수 없었다.

그러나 절대 허튼 정보를 줄 연희가 아닌 것을 잘 알기 때문에 자신이 가진 돈을 전부 투입하는 한이 있어도 투자할 호석이었다. 인터넷 뱅킹으로 자신이 관리하는 계좌를 보니 35억 원 정도가 들어 있다. 호석은 연희의 말을 맹목적으로 신뢰하기로 하고 일단 50% 정도를 투입해서 주식을 매집하기로 했다. 강 비서를 불러 가진 돈을 호석의 통장에 넣어두라고 이야기하며 무엇을 할지는 아무 이야기도 해주지 않는다.

"나를 믿고 기다리고 있어."

호석은 넌서 많은 수량을 팔겠다고 올린 몇 사람에게 전화하자 390만 주 정도가 쉽게 확보된다. 왜 사려고 하는지 물어보지도 않고 빨리 처리해 달라고 이야기하며 당장 만나 거래를 하자고 하는 통에 소문이 날까 걱정스러워 여의도 회사 근처 커피숍에 와서 강 비서에게 전화하라고 하고 전화번호를 알려준다.

"강 비서. 조금 있다 전화 오면 나가서 주식을 받고 수량을 확인해서 서류 작성하면 나한테 전화해. 계좌번호는 내가 가지고 있으니까 만나는 사람 이름 확인해보고 받아와."

김호석 상무는 연희가 카피해준 티타테크 주주 명부를 보고 매도하겠다고 한 사람들의 주식 수와 명부를 확인하고 매매 계약서를 만들어 강 비서에게 인쇄해 준다. 문제의 여지를 없애기 위해 2부를 작성하되 매도한 사람들에게는 주지 않기로 한다.

"강 비서, 조용하게 하고 도장만 찍으면 빨리 전화해."

강 비서는 영문도 모르고 그저 김호석 상무가 시키는 대로 서류를 가지고 나간다. 인터넷에서 또 다른 소액주주들에게도 연락하여 매입을 하겠다고 제안한다. 강 비서 것을 포함하여 사기로 한 주식은 20억 원 상당의 500만 주 정도 되는데 이것을 매입하고 나면 약 30%의 지분을 회수하는 것이고 돌아다니는 매도 물량의 90% 정도를 매입하게 되는 것이다. 일을 보러 나간 강 비서로부터 계속 전화가 오고 확인되면 호석은 온라인 뱅킹을 이용해서 송금 해준다. 390만 주에 대한 매입이 이루어지고 강 비서가 돌아와 주 권을 주며 궁금한지 물어본다.

"상무님 이것이 도대체 뭐예요?"

"하하, 인내하고 기다려봐. 좋은 일이니까."

삼마에서의 프로젝트가 이제 안정이 되어가고 있음을 느끼고 있 는 부태인은 김병기 감리 쪽에 나가 있는 KAT 인력 2명을 불러 차 를 마시고 있다.

"감리 쪽 일이 많이 바쁘지? 본격적으로 프로젝트가 진행되고 있으니."

"네, 김병기 감리가 지시만 하지 정작 자신은 일하고 있지 않습 니다."

"그건 할 수 없어. 감리팀에 배속되었으니 그쪽 일에 충실하고. 뭐 특이한 일이 있으면 보고해."

"하여튼 거긴 김병기 감리와 윤 부장이 꼭 사귀는 사람 같아요. 하하하."

두 사람은 서서히 목을 쪼여가고 있는 컨설팅 프로젝트 결과에 대해서는 무슨 작전이 전개되는지 전혀 모르니까 아직까지 걱정이 없을 것이다. 그러나 신 부회장과 후렉스 김호석 상무 쪽에서는 1 단계 흔들어 놓을 가짜 컨설팅보고서를 준비하고 있다.

"놔둬. 계속 사귀게. 둘 다 이민 갈 수도 있으니까."

부 이사의 농담에 무슨 뜻인지는 모르나 다 같이 웃는다. 부 이사가 삼마DS 투입인력 중에서 기준 미달 인력에 대한 대책을 요구하자 오늘까지 안을 주겠다고 신 상무가 약속했지만 부 이사는 IT 시장에서 경력자를 대량으로 채용하기가 쉽지가 않을 거라 판단한다. 후렉스코리아에서 뽑아도 요즘은 잘 응하지를 않는데 봉급 짜기로 유명한 신생 기업인 삼마DS에 인력이 모일 턱이 없는 것이다. 후렉스코리아에 외주를 준다는 소문을 낼 때만 하더라도 DS에서 이렇게 빨리 인력을 보내리라 생각지 못했지만, 막상 투입한 인력의 스펙이 엉망인 것이었다. 급조하여 인력을 투입한 결과는 협력사들의 야간작업에 부담이 너무 가고 있고 DS 투입인력을 교육을 시키며 하다 보니 일정이 늦어져 협력사 인력을 추가로 투입하고 있는 상황이다. 물론 김호석 상무가 신 부회장에게 이야기하여 비용을 추가로 지원하기로 한 것은 다행한 일이었다.

"상무님, 부 이사입니다. 오늘 인력투입 관련하여 안을 주신다고 하셨는데 자료는 나왔습니까?"

"아, 부 이사님. 네, 제가 두 시간 정도 후에 그곳으로 내려가겠습니다. 그때 이야기하시죠."

"네, 그렇게 알고 기다리겠습니다."

어차피 추가 예산 지원을 약속한 상태여서 쪼일 필요는 없었지만, 예산지원을 결정한 부회장의 요구가 DS인력의 수준을 올려야 한다는 것이었기 때문에 부 이사로서는 DS 인력들의 상세한 현황이 필요했다.

한 비서가 들어와 재무팀의 무전표시스템 관련하여 두솔그룹 재무정보팀에서 세미나를 하기 위해서 들어와 있다고 알려준다. 두솔그룹은 부 이사가 재무정보시스템을 구축하면서 국내 최초로 전표를 출력하지 않고 결제를 처리하는 전자 전표 회계시스템을 구축한 회사다. 삼마에도 동일한 시스템을 구축하기 위하여 특별히 두솔그룹에 있는 지인에게 부탁하여 세미나를 부탁한 것이다.

"어디에서 하는 것으로 되어 있지?"

"지하 1층 백두산에서 합니다."

두솔그룹 사람들은 요즘도 가끔 만나 술을 하지만 언제나 표나지 않고 열심히 일하는 성실한 사람들이다. 신 상무와 미팅이 겹칠 것 같아 세미나는 참석하지 못하지만, 인사라도 해야겠다 싶어 지하로 내려간다.

"고 팀장님, 안녕하십니까. 이렇게 와주서서 감사드립니다."

"네, 이사님. 누구는 이렇게 승진하는데 전 뭡니까? 하하하."

이사 승진하고 처음 만나는 고광섭 팀장은 부 이사보다 몇 살 위이지만 깍듯하고 언제나 밝은 얼굴이다.

"하하. 오늘 세미나 잘 부탁드립니다. 프로세스는 다 나와 있고 하드웨어 구축에 따른 문제점이 커버되지 않아 규정이나 기타 관행을 바꾼 이야기도 해주세요."

"네, 알고 있는 것은 다 이야기하겠습니다."

부 이사는 인사를 하고 다시 사무실로 올라오면서 무전표시스템을 개발하면서 제일 어려웠던 것을 기억해 본다. 계산서가 스캐너 같은 것으로 읽혀 전자파일로 만들어졌을 때 인쇄상태가 안 좋아 판독할 수 없는 경우의 처리가 가장 어려웠었다. 먼저 국세청으로부터 전자 영수증의 법적 효력에 대한 유권해석을 받아야 했고 회사 내부의 결제 규정을 바꾸어야 하는 상황이었기 때문에 쉬운 상황은 아니었다. 결국, 전자파일로 판독이 어려운 것은 육안으로도 식별이 어렵기 때문에 결재를 받는 자가 직접 근거자료를 추가로 붙여서 결재를 받게 하여 자신이 불편함을 느끼게 만드는 것이었고 2~3회 이상 계속될 때 인사상 불이익을 주는 것과 계산서 없이 결제 전표 올리는 것을 정부에서 인정하는 금액으로까지 확대하는 것으로 내부 결재 규정을 바꾼 것이다.

"상무님 전화하셨습니다. 전화 안 받으신다고."

금방 인사만 하고 온다고 전화기를 안 가져갔더니 김호석 상무가 전화를 한 모양이다. 내일이면 신 부회장하고 컨설팅팀장, 팀원 2명이 미국지사 방문 때문에 출장을 간다. 말이 방문이지 김 상무와 신 부회장은 뉴욕 지사 방문 후 일정이 없고 나머지 인력은 삼마 샌프란시스코 지사와 공장도 방문하는 일정이다. 다음 주 월요일 뉴욕지사에서 합류하는 일정이니까 김호석과 신 부회장은 이틀이나 먼저 들어가는 것이다.

"상무님, 부 이사입니다. 전화 놔두고 미팅하느라 못 받았습니다."

"응. 지금 어디야? 메모 가능하냐?"

김호석 상무는 티타테크와 관련하여 정보를 전해준다. 결정은 알아서 하라고 하고 출처는 알려주지 않았지만, 부 이사는 대충 눈치를 챈다. 일전에 외화를 들여와 국내 기업에 투자한다는 이야기와 은행 인수도 추진한다는 이야기를 언뜻 들었기 때문이다.

"네, 잘 알겠습니다. 전 조금만 해보겠습니다. 상무님."

김호석 상무는 출장 시에 결재권을 넘기고 간다는 메일을 보냈다고 하면서 본사에 자주 들어와서 업무를 봐줄 것과 일주일 정도니까 큰 걱정은 하지 말라고 부탁을 한다.

"일단 컨설팅보고서 흘리는 것은 내가 지시한 대로 처리해야 우리가 들어와서 뒷수습 겸 처리를 한다."

"네, 알겠습니다. 상무님."

김호석 상무는 가장 중요한 보고서 유출을 다시 한 번 상기시키고 전화를 끊는다. 컨설팅보고서가 나오면 신 부회장에게 중간보고를 할 것이고 어떤 결론이 날진 모르겠지만, 가짜 컨설팅보고서를 김병기 감리 쪽의 박덕순을 통해서 흘릴 예정이다. 김호석 상무는 윤 부장 쪽의 재무라인을 정리하기 위하여 조직을 마구 흔드는 결과물로 조작하고 반기를 들고 문제를 일으키기를 기다리는 것이었다.

일단 재무조직은 팀제로 바꾸어서 윤 부장을 팀장으로 두고 그 밑에 과장급 두 명이 실무를 보게 되며, 윤 부장은 실무 과장 두 명이 올리는 보고서의 최종 결재가 아닌 중간 처리의 직무를 주고 팀장 위에 관리이사를 두어서 재무팀 자체를 관리하게 만드는 것이었다. 그러나 실제는 지금의 재무라인은 그대로 운영할 예정이고 모두 신 부회장 사람으로 채울 것이다.

"그래서 자금을 신 부회장 라인을 투입할 수 있는 여지를 만드는 거라고 생각하게 만들고 윤 부장은 실권이 하나도 없는 것처럼 보고서를 내는 것이지."

"윤 부장이 자금 쪽에 대한 예민한 부분을 인수인계하지 않으면 대책은 있나요?"

"그것은 지금 감사팀에서 내사 중이야. 자금 만드는 데 비리가 없을 수가 없고."

벌써 조사에 들어갔다면 작정을 하고 밀어붙이기가 시작된 모양이다. 신 부회장 감독에 김호석 상무 연출이 되어버린 삼마 경영 컨설팅은 오늘 신 상무와 이야기한 인력의 운용과 능력향상 문제와도 밀접한 관계가 있다. 신상무가 전체 인력 현황과 분석 자료를 부 이사에게 제공하지 않으면 후렉스코리아 쪽에서 DS 인력에 대한 종합적 대책을 세우지 못하게 되고 부 이사는 지체없이 부회장에게 보고하게 될 것이다. 그렇게 되면 비용까지 추가 지원하는 효과가 없게 되고 그 결정을 부회장이 했기 때문에 문제가 심각해질 것이기 때문이다.

"팀장 밑에 2명의 과장이 있는데 분야가 다 다르나요?"

"어차피 윤 부장을 대체할 인력인데 재무전문가 들이고 삼마 주 거래 은행에서 기업자금만 했던 친구들이야. 이거 주거래 은행에서도 협조해서 하는 거야. 그 인력들이 윤 부장 밑에 있는 것으로 그림이…"

주거래 은행에서 협조한다면 게임이 끝난 것이라 생각이 들지만 그래도 윤 부장 라인이 워낙 오랫동안 그룹의 재무 쪽을 장악하고 있어서 한 번에 솎아내기가 만만치 않을 것이다. 그래도 주거래 은행이 도와준다니 신 부회장은 천군만마를 얻은 거나 다름이 없는 것이다.

"중간보고서 나오면 김병기에게 보여주게 할 거니까 분위기를 어색하게 만들지 말고 잘 지내. 출장 갔다 오면 실행할 거니까."

"그럼 결론은 윤 부장을 빼고 지금의 체재로 가는데 보고서는 2명의 과장에 대한 관리가 윤 부장이 되는 것이지요?"

"그렇지. 팀제는 윤 부장 쪽이 우왕좌왕 실수하거나 발끈하기를 기다리는 미끼인 거야."

"알겠습니다. 출장 준비는 잘 되었습니까?"

"준비랄 것이 있냐? 수고하고 잘 갔다 올게."

김호석 상무로부터 전반적인 전략을 전해 들은 부 이사는 이것 모두가 김 상무의 머리에서 나온 것임을 알고 있다. 스탠퍼드에서도 유명한 재원이었던 김 상무는 절대 후렉스코리아 상무로만 끝날 인물이 아니라는 것을 알고 있다. 회사 내에서도 이미 유력 차기 대표이사 후보라고 파다하게 소문이 나고 있다.

부 이사 판단에 이번에 본사를 방문하면 본사 인맥이 만만치 않은 김호석 상무 신변에 어떤 변화가 생길 것이 확실하다고 판단하고 있다. 본사의 최고위층들은 이제 김호석 상무의 스탠퍼드 동문이거나 선후배들이 거의 장악하고 있다. 순서가 후렉스코리아 사장에서 본사 임원으로 영전하는 것이 후렉스코리아에서의 출세 코스인 것이다. 김호석 상무는 겉으로 보기에는 웃음도 많고 욕심도 없어 보이지만 가까이에서 봐왔던 부 이사는 능력과 야심을 숨길 줄 아는 무서운 능력을 갖춘 사람인 것을 알고 있다.

"이사님, 신 상무님 오셨습니다."

한 비서 뒤에 벌써 신 상무가 따라 들어와 있다.

"어서 오십시오. 상무님, 앉으시죠."

"부 이사님. 지금 개발이 얼마나 지연되고 있습니까?"

실제로 협력사를 추가로 투입하여 내부적으로는 개발일정은 지켜가고 있지만, 추가 자금 지원을 받고 있는 상황에서 프로젝트는 삼마의 인력 수준 문제로 일정이 많이 지연되고 있는 것으로 되어 있다.

"3주 정도 지연되고 있고 그것이 개선될 기미가 없어 협력사 인력을 추가로 투입할 겁니다. 상무님도 아시다시피 협력사와 후렉스코리아 인력들이 매일 야간작업을 하고 있고 DS 인력 교육도 병행하고 있는데 신입사원 수준이라 어렵습니다."

부 이사의 죽는 소리에 신 상무도 곤혹스러운 표정이다.

"최악의 경우 몇 개월 지연도 예상된다는 이야기인 것 같은데 협력사 인력은 언제 들어옵니까?"

"일부는 들어왔고 계속 들어올 겁니다."

"추가 자금이 지원되니까 일정을 당길 수 있도록 인력을 투입해 주시고 여기 DS 인력 현황이 사실대로 기록된 자료가 있으니까 관리 계획도 세워서 진행해 주시죠."

과거 신 부회장 동생의 사람이었다가 부회장 라인으로 돌아선 신 상무는 전에 없이 의욕적으로 부회장의 지시사항을 실행하려고 한다.

"상무님은 요즘 의욕적이신 것이 젊어지신 것 같아요. 그래서 회사를 맡기고 해외 출장도 가시고."

"부 이사, 사람이 하루아침에 전후좌우 안 가리고 바뀔 수는 없지만, 부회장님이 이제 최고 경영자이시니."

20년 넘게 동생 라인에 있었지만, 상황에 맞추어 빠르게 변신하는 것을 보면 관록은 무시할 수가 없다고 생각한다.

"상무님, 일단 제가 이 자료를 살펴보고 계획서를 만들어 부회장님께 보고서를 올리겠습니다."

"그렇게 해 주세요. 그래야 추가 지원 명분도 생기고."

신 상무는 삼마그룹의 산증인이기 때문에 어려서부터 봐온 두 아들과 딸에 대하여 너무도 잘 알고 있는 것이다. 신 부회장은 미국에서 오래 살아왔지만, 나머진 다 국내에서 신 상무가 보살피면서 키워온 것이나 진배없었다.

"잘 알겠습니다. 상무님."

상황은 신 상무에게 유리하게 돌아가지만 이야기를 마치고 걸어나가는 신 상무의 뒷모습이 어딘가 모르게 조금은 측은해 보이기까지 한다.

메일을 열어보니 김호석 상무로부터 주식 매집과 관련해서 티타테크의 정보가 들어왔다. 데드라인과 신속하게 인터넷상에서 가능하면 조용하게 매집하라는 부탁이 있다. 통장 잔고를 보고 3억 정도를 투자하기로 결정하고 인터넷에서 주식을 팔려고 내놓은 사람들을 조사해보고 가격이 나오고 진실성이 있어 보이는 사람들에게 문자를 보낸다.

오늘 저녁은 전체 프로젝트 진행 일정 조정과 가짜보고서를 흘리기 위하여 논의가 필요해 B&K 유영숙 이사와 같이 저녁을 하기로 했기 때문에 전화를 건다.

"유 이사, 나갑시다. 어디서 저녁 먹을까? 우리 신 부회장하고 같이 갔던 일식집 갈까?"

유 이사하고는 동갑이고 친구 하기로 한지라 공식적인 자리를 빼고는 말을 편안하게 한다.

"그러지 뭐. 내가 거기 아니까 7시에 봐요."

유 이사가 워낙에 술을 좋아해서 같이 마시면 밤새도록 마실 때도 있었다.

"차 가져가려고?"

"술 마시면 거기서 대리기사 해서 가지 뭐."

"부 이사는 안 가지고 가려고?"

"친구가 태워 집에 데려다주면 감사하지."

"호호, 거저먹으려고 하네. 그럼 저녁은 부 이사가 사. 태워줄 테니까."

유 이사와 약속이 되자 업무를 정리하고 퇴근을 하려는데 한 비서와 AA들이 들어와 인사한다.

"이사님, 퇴근 안 하세요? 저희들은 먼저 나가겠습니다."

한 비서 일행은 술을 한잔하러 가는 모양이다.

"그래, 조금만 마셔. 주말들 잘 보내고."

금요일 저녁이라 술 약속들이 있는지 일찍들 퇴근한다. 요즘 계속되는 야근에 지쳐들 있어서 그런지 팀장들이 회식으로 풀어주려는 모양이다. 자리를 정리하고 쇼파에 앉아 있는데 유영숙 이사가 내려와 문을 열고 들어온다.

"퇴근하지? 꼭 퇴근할 때 되면 바쁜 척해. 호호."

"하하. 능력이 없어서 그래. 나가자고."

두 사람은 주차장으로 나와 유영숙 이사 차를 타고 일출로 출발한다.

"1층은 잘 진행되고 있어?"

유영숙 이사가 업무 개발 프로젝트가 잘 진행이 되고 있냐고 묻는 것이다.

"지금이야 무리가 없이 진행은 되고 있는데 앞으로가 문제지."

"개발이라는 것이 통상적으로 계획한 것보다는 지연되는 게 정상이 아닌가?"

"대부분 그런데 이번 프로젝트는 너무 커서 한군데서 지연되면 대책 없이 망가지는 수가 있어. 그래서 끝날 때까지 긴장해야 돼."

"부 이사의 관리 능력이 대단해. 그런데 우리가 미국 있을 때 왜 못 봤을까? 잘하면 한인 학생회에서 볼 수도 있었을 텐데."

"하하. 시기가 겹치는 것이 짧았고 아니면 우리가 봤을 텐데도 그때는 서로 관심이 없었기 때문에 기억이 안 날 수도 있지."

버클리와 스탠퍼드는 같은 서부 지역에 있으니 한 번쯤은 만날 수도 있었을 텐데 못 만났다는 것은 조금은 의아한 일이기도 했다.

"하여튼 이상해. 그때 봤으면 눈 좀 맞았을 수도 있었을 텐데 말이야. 부 이사는 내가 좋아하는 스타일인데."

속으로 부 이사는 그때 후배들도 차고 넘쳤는데 동갑이야 좀 무리지 하는 생각을 한다.

"하하. 유 이사도 젊었을 때 꽤 미인이었겠어. 지금도 날씬하고 피부도 좋고."

일출에 도착하여 차를 직원에게 맡기고 들어간다. 조선족 종업원이 반갑게 인사를 하고 김호석 상무하고 같이 온 것을 안다는 듯이 인사한다.

"아니요. 둘이니까 조그만 방이나 하나 줘요. 술 한잔 하고 가게. 사장님은 어디 가셨나요?"

서 사장이 없고 조선족 종업원이 물어보자 부 이사는 이름을 물어본다.

"김태희입니다. 이쪽으로 오세요."

빈방으로 안내되고 조금 있으니 서 사장이 들어와 인사한다.

"어머, 부 이사님이네요."

"안녕하세요. 김 상무님도 오시나요?"

"아니에요. 내일 출장 가신다고 바쁘실 거예요."

서 사장이 김호석 상무의 출장 계획을 모르고 있는 것에 여러 가지 생각을 하게 만든다. 요즘 들어 일출로 식사나 술을 마시러 가자는 이야기를 전혀 하지 않았다는 것이 순간 머리를 스쳐 간다. 무엇인가 두 사람 사이에 문제가 있다는 것을 어렴풋이 느낄 수 있었다.

"김 상무님, 어디로 출장 가세요?"

"네, 신 부회장님하고 미국으로 가시죠. 한 일주일 가시는 것 같던데. 저희들도 뭐 먹을 거 좀 주시죠. 술 하고."

부 이사도 김 상무가 이혼했다는 이야기를 최근에 들었는데 서 사장하고 더 가까워지는 것이 아니라 뜸해졌다는 것은 심각한 문제가 있다는 것인데 김호석 상무의 사생활인지라 더 이상 고민하지 않기로 마음먹고 화제를 프로젝트로 돌려 유 이사에게 말을 던진다.

"유 이사. 지금 컨설팅은 어느 정도 진행된 거야?"

"음. 거의 다 끝나고 있고 일단 부탁한 컨설팅보고서를 만들고 있어."

윤 부장 쪽에 흘릴 컨설팅보고서를 이야기하는 것이다.

"그것 만들어지면 빨리 주라. 김 상무님 출장 기간 중에 윤 부장 쪽에 넘어가서 문제가 발생하여야 하니까."

"이런 전략은 나도 처음 해 봐. 누구 머리에서 나온 거야? 신 부회장? 김 상무?"

"누구에게서 나온 거라 생각하시나?"

"아무튼, 대단한 사람들이야. 이런 걸 이용해서 반대 세력을 쳐 낼 생각을 하다니."

윤 부장 쪽에서는 꿈에도 생각하지 못할 일이지만 완벽한 시나리오에 따라 내부와 외부에서 동시에 진행되고 있는 일은 빈틈없이 진행되고 있었다. 많은 이야기가 오가는 사이에 두 사람도 술에 취해가자 화제가 사생활로 옮겨간다.

"소문에 김 상무님 이혼하셨다고 하던데 사실이야?"

"아니, 극비사항인데 어떻게 알았어?"

"김호석 상무가 무슨 평범한 직장인이냐? 그 정도면 공인이야 공인. 업계에는 벌써 소문이 쫙 났더라고. 차기 후렉스코리아 대표라는 소문도 있는데 아무리 은밀하게 처리해도 레이더에 다 걸리게 되어 있어."

"이게 웃을 일이야? 상무님이 아시면 실망하시겠는데."

"아, 나도 이혼했는데 조언 좀 해드려야겠군. 호호호."

유영숙 이사가 이혼했다는 이야기는 오늘 처음 듣는 이야기지만 추측은 하고 있었다. 너무 자유스럽게 사는 것을 보고 애들도 없다는 것을 어느 정도 알 수 있었다. 두 사람은 앞으로 해야 할 일을 이야기하며 내일이 휴일이라 부담이 없는지 저녁을 먹고 술이 거나해질 때까지 마셔댔다.

서 사장에게 삼마 주차장에서 차를 가져올 대리기사를 부탁했더니 차를 가져다 놓고 주차장에서 대기하고 있다. 유 이사를 보내고 부태인 이사도 집으로 향한다. 서 사장은 가게 문을 닫고 아파트로 올라가면서 내일 출장 가는데 이제는 들려보지 못하는 자신의 처지가 미안하기도 하고 너무도 서러웠다. 집으로 들어온 남편은 이제는 다른 곳으로 옮겨 갈 생각도 하지 않은 채 집안에서 안하무인처럼 지내고 있다. 서 사장의 발걸음은 어느 때보다도 무겁게 보이고 끌려 들어가는 소처럼 보였다.

해외출장
그리고 비상

차량을 보험사 직원에게 넘겨주고 공항 카운터 앞에서 김호석은 신 부회장을 기다린다. 뉴욕행 KE001편 카운터에는 벌써 많은 사람들이 기다리고 있다. 신 부회장이 오자 두 사람은 1등석 카운터로 가 수속을 받고 출국장을 통과하여 일등석 라운지로 옮겨 차를 마신다.

"우리 오늘 제수씨 있는 곳으로 바로 가는 거냐?"

"네, 선배님. 그곳에서 자는 게 좋지 않겠습니까. 도착하면 토요일이니까 그날은 연희 아들이 집으로 와 있는 날이니까 자연스럽게 보면 되지요."

"아, 그렇구나. 다행이다. 많이 컸을 거야. 내일은 볼 수 있겠구나."

김호석 상무는 부회장을 두고 혼자 나와 아이들에게 줄 선물을 구매한다. 구매한 선물을 라운지 카운터에 맡기고 자리에 돌아와 신 부회장과 출장일정에 대하여 이야기한다.

"우리 떠난 후에 계획된 전략대로 가는 거지?"

"네, 선배님. 유 이사하고 부 이사에게 확실하게 이야기했습니다."

"그래, 잘 진행되어야 하니까 출장 중에도 신경 써라."

시간이 되어 두 사람은 탑승 수속을 위해서 라운지를 나와 탑승구를 통하여 비행기에 올라 긴장이 풀렸는지 잠에 빠진다. 뉴욕의 JFK 공항에 도착한 두 사람은 삼마 뉴욕지사에서 나온 차를 타고 연희의 집으로 이동한다.

"제수씨가 놀라는 거 아니냐? 연락은 했겠지?"

연희에게는 삼마그룹 해외 지사를 방문한다고 했고 와이프에게도 잠깐 들릴 것이라고 이야기는 해두었다. 연희는 이혼 사실을 아직 모르니까 자기 집에서 묵으라고는 했지만 어딘지 불편할 것 같아 하루만 묵으려고 한다. 신 부회장 때문에 왔지만 내키지는 않는 여행이었고 업무의 성격도 그랬지만 애들 본다는 생각이 없었다면 거절했을 지도 모른다.

"네, 와이프한테는 연락했습니다. 연희한테는 이야기 안 했습니다. 왔다 간 것은 집사람이 이야기 안 할 것이고요. 선배님, 저도 찍힙니다. 연희가 알게 되면, 하하하."

연희의 성격상 신 부회장이 이곳에 왔다 간 거 알게 되면 호석도 안 볼 수 있기 때문이다. 차는 호석의 집사람이 입주해서 관리하고 있는 연희의 집 앞에 도착했다.

"부회장님 오셨어요? 어서 오세요."

집사람이 밖으로 나와 두 사람을 맞으며 인사하고 기사가 짐을 내려 집안으로 가지고 들어간다.

"제수씨 이거 번거롭게 합니다. 하루만 묵겠습니다."

"무슨 말씀을요. 집에 빈방은 많지만, 호텔보다 불편하실 텐데."

"애는 집에 없나?"

호석이 묻는다.

"사기 방에 있어요. 성격이 조금 괴팍한 것인지 너무 똑똑해서 그런지 아직 얼마 안 돼 친하지도 않고 잘 모르겠어요. 호호호."

어차피 내일 오후에는 호텔로 옮길 예정이기 때문에 두 사람은 기거할 방에서 최소한의 짐만 간단하게 푼다.

"오늘 저녁은 다 같이 나가서 하면 안 될까요?"

신 부회장이 조심스럽게 김호석의 집사람에게 의견을 구하자 호석에게 연희의 아들에게 이야기해보라고 한다.

"제가 오전에 이야기는 했는데 호석 씨가 한번 이야기해보세요."

사실 호석의 집사람은 이곳에 온 후에 기분이 좋지 않았는데 연희 아들의 성격이 김호석 상무와 가끔 닮은 것이 있어 깜짝 놀랄 때가 있기도 하지만 뒷머리 목 부분에 큰 점이 있는 거하며 얼굴은 김연희 씨를 닮은 것 같은데 성격이나 하는 짓거리는 김호석을 많이 닮았기 때문이다. 부회장의 아들이라 하고 공부 잘히는 놈들은 다 그러려니 하고 생각했지만 깔끔하게 머리가 정리된 것은 아니다.

호석은 2층으로 올라가 연희의 아들과 이야기를 한다.

"어머니가 안부 전해 달라고 하더라. 잘 도착했고 방학하면 한국에 한번 오라고 하더구나."

한국어는 거의 모르는 모양인 것 같았다.

"네, 어머니에게 연락받았습니다. 어머니의 남자친구라고 하시던데요. 스탠퍼드 동창이시기도 하시고."

이미 연희로부터 연락을 받았는지 대화가 자연스럽다. 하긴 이상한 남자가 들이닥치면 애가 당황할 수도 있으니 세심한 연희가 그것을 모를 리 없을 것이다.

"그래. 우리 앞으로 친하게 지내자. 어머니에게 너에 대한 이야기 많이 들었어."

그러면서 후렉스코리아 명함을 주고 얼굴을 쳐다보니 이상하게 눈매가 어디서 많이 본 듯한 낯이 익다.

"네, 아저씨. 저희 어머니 잘 부탁드립니다. 어머니가 아저씨와 추억을 이야기 많이 해주셨어요."

말 뒤의 헛웃음을 하는 것이 호석과 너무 닮았다. 그러나 무딘 호석은 그것을 눈치채지 못하고 있다.

"우리 오늘 외식하자. 아저씨 친구하고 같이 왔는데 많은 사람 저녁준비 하기도 어렵고 그러니까 내가 맛있는 거 사줄게."

"네, 좋아요. 어머니도 아저씨 말을 잘 들으라고 당부하셨어요. 국적은 미국이지만 어머니가 한국 사람처럼 키우시려고 노력하셨고 그래서 간단하지만, 한국말도 많이 배우려고 애쓰고 있습니다."

"그럼 조금 있다 차 오면 같이 가자. 쉬어라."

이야기를 끝내고 1층으로 내려오니 두 사람은 무슨 이야기할 것이 많은지 웃으면서 이야기 중이다.

"오늘 저녁은 나가서 하기로 했으니까 이따 차가 오면 같이 나가시죠."

"그래, 어디가 좋을까? 연희 아들이 뭐 좋아해요?"

"생선회를 좋아하는 것 같고 채식주의자는 아닌 것 같은 데 고기는 별로 안 좋아해요."

호석도 육식을 싫어하지는 않지만 즐기는 편이 아닌지라 잘 됐다 싶은 생각이다. 학생 시절에 만나면 자주 스테이크 하우스로 가서 식사했던 신 부회장은 육식을 즐긴다.

"연희가 식성을 건강 식단으로 바꾸어 버렸군. 하하하. 연희도 채식을 좋아하는 미식가 아니냐? 예약해야 할 텐데."

신 부회장은 뉴욕지사에 전화를 걸어 맨해튼에 고급 일식당을 예약하라고 하면서 김 상무가 육식을 좋아한다고 생각을 한 모양이다.

"김 상무 괜찮은가? 고기를 좋아하잖아?"

"저는 괜찮습니다. 뉴욕에서 일식 괜찮지 않습니까?"

신 부회장은 김호석 상무가 유학 시절의 자기와 똑같은 것을 먹었으니 식성도 같은 줄 아는 모양이다.

"차가 오기로 했으니까 그때 이동하기로 하지."

신 부회장은 호석의 전 부인에게 집안 구경을 시켜달라고 해서 이곳저곳을 다녀보고 기대는 하지 않았지만 신 부회장과의 추억이 얽힌 것은 사진 한 장도 보이질 않는다. 그런데 김호석의 사진은

도처에 연희와 같이 있는 것이 발견된다. 호석의 집사람이 이곳에 오는 것을 뻔히 알면서도 버젓이 과거 학생 때 같이 있던 사진들을 걸어두고 있다니 호석과의 어떤 사이였던 것을 보여주려는 의도가 보인다.

"집이 엄청 크군요. 방도 많고 돈 많이 번 모양이네, 하하하."

"네, 부회장님. 구입할 때 350만 달러 줬다고 하네요."

"지금은 많이 올랐겠어요. 선배님. 완전 부촌인데."

연희는 골드만삭스 이사로 있으면서 탁월한 능력을 인정받았고 파생상품 투자의 귀재라는 별칭까지 얻고 있을 정도로 업계에서는 지명도가 있는 사람이다. 연봉이 한국 돈으로 250억 정도에다가 보너스까지 합치면 년 5,500만 달러 이상을 받는다고 하니 이 정도의 집은 사실 겸손하게 사는 것이라 할 수 있다.

"아, 그래. 김연희가 나를 쌀쌀맞게 대하는 이유도 있구나."

저녁때가 다 되자 뉴욕지사에서 차가 도착했다. 연희 아들과 신 부회장을 같은 차에 태우려 하자 연희의 아들 존이 자기가 엄마 차를 끌고 아줌마와 직접 가겠다고 한다. 할 수 없이 삼마 차로는 신 부회장과 김호석 상무가 타고 연희의 차는 존이 끌고 이동한다. 서로가 친족도 아니고 완전한 미국적 사고방식으로 살아온 존에게 뭐라 할 이야기도 없었다.

예약한 식당에 도착하자 전망이 좋은 창가 자리에 안내를 해주었고 네 사람은 사시미, 초밥과 켈리포니안 롤을 시켜서 맛있게 먹었다. 김호석의 와이프는 존과 김호석 두 사람의 식성을 살펴보고

닮은 구석이 많은데 숟가락과 젓가락이 가는 순서하며 먹는 스타일까지도 거의 똑같아 보여 자꾸 이상한 생각이 들게 만든다. 신 부회장이나 김호석은 예민하지 못해 느끼지 못하겠지만 섬세한 여자의 눈을 피할 수는 없는 것이다.

신 부회장은 밥을 먹으며 학교생활과 앞으로의 계획 등을 물어보기도 하며 관심을 나타내지만, 반응은 별로다. 집으로 돌아와 각자의 방으로 돌아간 두 사람은 시차에 적응하려고 억지로 잠을 청한다.

아침이 되자 호석의 전처가 간단하게 한국식 식단을 차리고 존도 한국 음식을 즐기는지 호석이 좋아하는 청국장을 맛있게 먹는다. 아침을 먹고 나니 존이 오늘 학교를 일찍 들어가야 할 일이 있다며 호석에게 이야기한다.

"아저씨, 저 좀 데려다주세요. 엄마가 아저씨한테 부탁하라고 하던데요."

존의 부탁에 김호석이 신 부회장의 눈치를 보자 부회장은 대수롭지 않다는 듯이 호석을 쳐다보며 말한다.

"김 상무가 좀 데려다주면 되겠네. 난 일단 짐 좀 싸고 있을 테니까."

"알겠습니다. 그럼 제가 데려다주고 오겠습니다. 천천히 차들 드시고 계십시오."

비록 연희의 다 성장한 아들이고 태어날 때 본 이후 어제 처음 봤지만 신 부회장의 마음속에는 늘 어려울 때 도와주지 못했다는 착한 죄책감이 있었고 그래서 도와줄 여지가 없을까 해서 일부러 시간을 내서 왔지만, 연희의 아들이 틈을 주지 않는 것도 있지만 반면에 호석을 마치 친아빠처럼 따르고 있으니 말은 안 하지만 신부회장의 속마음은 아쉬움이 많이 있을 것이다.

방안 구석구석에 호석과의 추억이 끈끈하게 배어 있어 마치 호석의 집에 온 것 같은 착각이 들 정도였다.

"그래, 조심해서 갔다 와라."

김호석의 와이프 나름대로도 어딘가 모르게 찜찜한 구석이 많이 있었다. 조금 있으면 무엇인가 잊어버리고 나갔다고 다시 올지도 모른다는 생각을 한다. 그 생각을 하는 순간 문이 열리면서 존이 후다닥 2층으로 올라간다.

"리포트 쓴 거 USB에 저장해 놨는데 안 가져갔어요."

김호석의 와이프는 서부에 있는 호석의 애들과 비교를 해 봐도 너무도 닮은 구석이 많은 것이다. 존을 데리고 학교로 향하는 호석은 학생 때는 다들 정신이 없으니까 이런 실수를 많이 한다고 생각한다.

"나도 매일 뭐 작성해놓고 빼먹고 가서 다시 오곤 했지. 공부에 빠져 사니까 정신이 없지?"

"네, 엄마도 저보고 이런 모습 보고 아저씨를 많이 닮았다고 하더라고요. 그게 공부 잘하는 사람들 특징이라나요. 하하하."

학교에 도착하자 토요일인데도 많은 부모들이 애들을 데리고 등교를 한 것을 보니 전교생이 참여하는 행사인 모양이다. 기숙사까지 따라 올라가 방으로 들어가 보니 3명이 쓰는 방인데 쓰레기장 같이 엉망이다. 호석이야 학교 다닐 때 연희가 잘 챙겨줘서 기숙사는 늘 깨끗하게 정리가 되어 있었지만, 고등학생들인지라 3명 모두의 자리와 침대는 엉망 그 자체였다. 어지럽게 사는 것 또한 호석은 이해하는 일이다. 호석의 애들도 도무지 감당을 못할 정도로 어지럽게 해놓고 있을 때가 많아 치워주려고 하면 그것을 극구 못하게 하기도 했다.

"존, 내가 좀 정리해 주고 갈까?"

"아니에요. 아저씨가 치우면 필요한 것들이 어디 있는지 찾기가 어려워 더 불편할 거예요. 별문제 없으니 신경 쓰지 마세요."

호석은 자기애들과 똑같은 이야기하는 존이 귀엽다. 짐을 놔두고 같이 내려오다가 기숙사 사감이 인사한다. 존이 하버드와 예일에 입학허가를 받아 놓았기 때문인지 몰라도 부모인지 알고 특별하게 아는 척을 한다.

"안녕하세요. 존의 아버지 되십니까?"

"아, 네. 존을 데려다주면서 와 봤습니다."

"네, 존의 어머니로부터 이야기 많이 들었습니다. 후렉스에 계신다고요. 만나서 반갑습니다."

호석은 잠시 어리둥절해 하다가 연희가 애아빠 이야기를 물어보니 호석의 신분을 이야기한 것 같아 당황하지 않고 자연스럽게 대답한다.

"네, 자주 찾아보지 못했습니다. 선생님들이 애를 많이 써주시는데."

"존이 워낙 성실하고 이번에 졸업식에서 대통령표창도 받게 되니 학교로서도 명예입니다."

사감과 이야기를 끝내고 존과 헤어져 집으로 돌아오는 길에 이제 서부에 있는 애들을 보러 간다는 생각에 마음이 설레고 기대가 된다. 머리가 다 커서 무어라고 말하기도 전에 자기들의 주장을 먼저 하는 놈들이지만 항상 미안하다. 호석 자신이 어렵고 외롭게 공부를 해서 애엄마를 딸려 보내려 했지만, 아내는 자기 삶을 찾아가 버리고 애들은 나름 스스로 살아가며 공부하자니 많은 어려움이 있었을 것이라 생각을 하니 가슴이 아팠다.

집으로 돌아오니 신 부회장과 애엄마가 아직까지 수다에 여념이 없다. 호석이 들어오자 관심이 없다는 듯이 힐끔 쳐다보고 나더니 무슨 이야기들을 했는지 얼굴을 마주 보며 웃고 있다.

"선배님, 사무실로 가셨다가 호텔로 돌아가셔야지요."

"응. 그러자고. 차 보내라고 했으니까 곧 도착할 거야."

월요일 부 이사는 출장 간 김 상무를 대신하여 여의도 사무실에 출근하여 강 비서가 가져온 결재서류를 꼼꼼하게 살펴보고 있다.

"부 이사님. 결재서류가 너무 많지요. 제가 한번 보고 김 상무님에게 하듯이 코멘트를 달아놨습니다."

"네, 알겠습니다. 빨리 처리해서 드릴게요."

강 비서의 일처리는 김호석 상무가 편안하게 결재를 처리하도록 먼저 살펴본 다음 신경을 써야 할 부분은 항상 인덱스를 붙여 표시해놓는다.

"부 이사님, 언제 삼마로 들어가시나요?"

"네, 점심 식사하고 들어갈 생각입니다. 같이 할까요?"

오랜만에 들어왔으니 강, 홍 두 비서와 식사하는 것이 당연하지만 상사의 비서다 보니 조심스럽다.

"저흰 좋지요. 저희들이 예약해 놓을게요."

김호석 상무를 대신하여 결재하다 보니 실수를 할까 더 신경이 쓰여 한참을 서류와 씨름을 한 부 이사는 결재를 마치자 원 비서를 불러 가져다주라고 한다.

"원 비서, 요즘 시어머니 같은 사람이 없으니 편하지?"

"호호. 안 편하고 불안해요. 시어머니께서 돌아오시면 무슨 말씀을 하실지 모르니까 오히려 불안하지요."

"하하, 그걸 내가 노리는 것이지. 원 비서도 가끔 삼마로 놀러와."

밀린 업무처리를 하고 두 사람과 함께 오랜만에 지하의 참치 전문점에서 맛있게 먹고 나와 부 이사는 김호석 상무가 지시한 업무를 진행하기 위하여 삼마로 향한다. 여의도만 벗어나도 한적한 느낌을 받을 정도로 직장인들이 많고 역동적인 지역인지라 요즘은 삼마에 나오면 심적으로는 상대적으로 편안함을 느낀다. 삼마에 도착한 부 이사는 먼저 9층의 컨설팅 사무실로 올라가 유 이사를 부르며 들어간다.

"유 이사님, 컨설팅보고서 초안 나온 것 같이 검토 좀 했으면 좋겠습니다."

부 이사가 박덕순이 들으라는 듯이 일부러 큰 소리로 이야기하자 유영숙 이사가 맞장구를 친다.

"네, 부 이사님. 회의실에서 이야기하시죠."

부 이사와 유영숙 이사는 회의실에 들어와 컨설팅보고서 초안으로 미팅을 한다.

물론 사전에 약속한 대로 윤 부장에게 전달되기를 바라는 가짜 보고서를 가지고 미팅을 하는 것이다.

"이거 우리 계획대로 전달될까?"

"여기 한두 시간 있어야 되는 것이 어려운 일이지 반드시 의도한 대로 움직일 겁니다."

두 사람은 출력하여 제본한 가짜보고서는 볼 생각도 안 하고 미국에서 온 컨설턴트들이 출력해준 하인즈의 ERP 도입 컨설팅 결과물을 가지고 이야기를 하고 있다.

"하인즈의 조직을 매우 심플하게 정리를 했네요. 불필요한 의사 결정 라인을 없애고 현장에 관리와 의사 결정을 할 수 있는 권한을 주고 움직이네요."

"그렇지요. 하인즈는 연구소도 현장마다 있는 이유가 지역마다 그곳 사람들에게 맞는 제품을 연구하고 연구 성과는 중앙연구소에서 취합해서 공유하는 시스템을 구축했지요."

부 이사는 박덕순에게 삼마그룹의 전체 조직도를 가지고 회의실로 들어오라고 한다.

"부 이사님, 여기 있습니다."

박덕순이 자료를 부 이사에게 주며 책상 위에 펼쳐져 있는 삼마그룹 신조직 체계 컨설팅보고서라고 적혀 있는 자료를 힐끔 본다. 주시하고 있다가 이것을 놓칠 리 없는 부 이사는 박덕순에게 프로세스에 대하여 물어본다.

"이 조직도에 따른 업무 프로세스 도출된 것 있지요? 하위 프로세스도 같이 나온 자료 말하는 것입니다."

"아직 하위의 상세 프로세스는 제가 받지 못했습니다. 후렉스코리아에서 아직 공개할 수 없다고 하던데요. 많이 변할 수도 있다고."

부 이사가 프로세스 개발팀 쪽에 조직도에 따른 통합 프로세스의 상세한 일람을 주지 말라고 한 것이다. 그래야 조직이 바뀔 수 있다는 것과 거기에 따른 업무 프로세스도 바뀐다는 것을 알리는 것이고 조직 변동에 더 관심을 가질 수 있기 때문이다.

"아, 그래요. 내가 지시할 테니까 상세한 업무 프로세스가 기술된 자료를 받아 오세요. 그거 가지고 다시 미팅합시다. 유 이사님. 여기서 두 시간 후에 다시 하시죠. 박덕순 씨가 자료를 좀 챙겨 와야 이야기가 될 것 같습니다."

"네, 그러시지요. 그럼 4시에 뵙죠. 이 자리에서."

박덕순이 가져가기를 기대하면서 모든 자료를 그대로 놓고 일어선다.

"박덕순 씨, 내가 자료를 주라고 지시할 테니까 받아서 와요. 그거 가지고 다시 이야기합시다. 그럼 4시에 다시 모이자고."

밖에 나가 볼 일이 있다고 부 이사는 1층 자신의 자리로 돌아가고 유영숙 이사는 은행에 일 좀 보고 오겠다고 박덕순에게 이야기하고 누가 찾으면 네 시쯤 돌아온다고 전해 달라고 이야기한다. 자리에 내려온 부 이사는 일부러 김병기 감리를 찾아 미팅하려고 하는 이유는 박덕순이 안심하고 회의실에서 자료를 가져갈 수 있는 기회를 주기 위해서다.

"한 비서, 감리 자리에 있으면 미팅 좀 하자고 해. 지금 가능하냐고 물어봐."

한 비서에게 감리를 찾아 미팅이 가능한지 물어보라 지시하고 자리에 앉아 티타테크의 매도자들이 어느 정도 들어왔는지 인터넷을 뒤져본다. 전부가 3~4만 주 정도 가지고 있는 소액 주주들인데 인터넷상에는 이미 유통물량이 확 줄어들자 매도가격이 600원을 넘어서고 있다. 그나마 연락이 온 사람들에게 연락하여 만나자고 한다. 전체를 합치면 90만 주 정도는 사들일 수 있을 것 같은 판단이 든다.

"이사님, 김병기 감리 오셨습니다."

"어서 오십시오. 긴히 의논드릴 일이 있어서 뵙자고 했습니다."

"네, 무슨 일이십니까? 부 이사님은 요즘 컨설팅에 신경을 많이 쓰시고 계셔서 무척 바쁘신 것 같아요."

"하하, 그것도 거의 결과가 다 나왔기 때문에 이야기 좀 하자고 한 것입니다."

"아, 그러십니까?"

"다름이 아니라 조직 구조에 변동이 좀 생길 것 같은데 감리 쪽에서 조직 변동에 따른 업무 프로세스가 확정될 때까지 감리 업무를 조금 보류하셨으면 해서요."

"조직 쪽만 그렇습니까? 프로세스 변동도 같이 따라가는 모양이지요?"

"아니요, 관리조직만 바꾸느냐 아니면 현업 쪽도 바꾸고 거기에 따른 업무 프로세스를 다시 그리느냐의 문제가 있어서 그렇습니다."

김병기와 윤 부장이 가장 촉각을 세우고 있기 때문에 궁금증을 최대한 유발시킨다.

"그럼 프로세스와 관련된 컨설팅 결과는 언제 나오나요."

"나왔지만 아직은 공개하지 못하고 신 부회장님이 오셔야 보고하고 결재가 나야 확정이 될 듯합니다."

더 이상 말을 하지 않고 스스로 알아보게 하기 위하여 컨설팅 결과보고서가 아직은 미공개라고 말해준다. 김병기가 정보에 대한 갈증을 가지고 자리로 돌아가고 나자 부 이사는 유 이사에게 전화하여 어디냐고 묻는다.

"은행에 나왔어요. 여기서 4시 정도에 사무실에 들어가려고 해요."

"하여튼 4시에 보자고."

계획대로 되어가고 있다는 확신은 자리에 돌아간 김병기가 윤 부장과 바로 미팅에 들어갔다는 점이다. 윤 부장 방에 들어간 김병기는 박덕순에게 전화를 걸어 조직 관련 컨설팅보고서를 보았냐고 물어본다.

"네, 오늘 유 이사하고 부 이사가 그거 가지고 미팅하다가 하위 업무 프로세스 자료 때문에 내려갔어요. 저보고 그 자료 받아와 4시에 다시 미팅하자고 했고 유 이사는 지금 은행에 갔습니다."

"그럼 자료를 봤겠군? 복사할 수 없겠어?"

"회의실에 그냥 놔두고 갔는데 그곳에 들어가 있기가 그래서 복사를 안 했어요."

"아니야. 부 이사가 나하고 프로세스 관련하여 만났는데 컨설팅 보고서가 곧 나온다고 이야기하면서 감리에서 프로세스 쪽을 당분간 건드리지 말라고 하더라. 그러니 그거 복사 좀 해와. 중요한 자료니까."

"네, 알겠는데요. 사장님께서 부 이사에게 자료가지고 있다고 이야기하면 안 될 것 같아요. 나중에 유출된 거 알면 시끄러우니까요."

"그래, 알았어."

급하게 윤 부장 사무실에서 나온 김병기는 부 이사 사무실로 다시 들어가 감리가 하고 있는 업무와 관련한 당근을 던지고 있다.

"부 이사님. 개발팀에서 하고 있는 프로세스는 감리 쪽에 2명이나 지원이 되었지만, 업무량이 많아 현업에서 테스트하면서 검수하는 것으로 해야 할 것 같습니다. 부 이사님 말씀이 맞는 것 같습니다."

김병기가 다시 부 이사의 사무실에 들어와 감리 업무를 조금 축소하겠다는 이야기를 할 이유가 없었기 때문에 이것은 부 이사의 주의를 돌리기 위한 목적이라고 생각하고 의도한 대로 움직이고 있는 것이라 판단했다.

"그치요. 진즉 그렇게 진행했어야 했지요. 개발 완료된 것이야 현업에서 쓰는 똑같은 형태로 테스트하는 것이니까요."

부 이사는 알면서도 맞장구를 치며 김병기의 의도에 넘어가 준다.

"그거야 그렇지만 프로세스까지 검수가 되면 해보려고 했는데 인력문제도 그렇고 기간도 그렇고 냉정하게 생각해보니 너무 어려울 것 같아요."

시간을 끌려고 이것저것을 양보하는 듯이 이야기하는 김병기는 자까지 달라 하여 마시고는 시간이 어느 정도 지나자 자리에서 일어난다. 4시가 가까워져 와서 부 이사는 9층의 컨설팅팀 회의실로 다시 올라간다. 회의실로 들어가니 모든 것이 그대로 있었고 자료를 건드린 흔적이 없는 것처럼 보였지만 나가기 전에 보고서의 맨 밑 장을 시계방향으로 5분 정도 돌려놓았었는데 지금은 보고서 전체가 반듯하게 놓여 있는 것을 보고 자료를 건드렸다는 것을 알 수 있었다. 시간이 되자 유 이사가 회의실로 들어온다.

"박덕순 씨 자료 가지고 왔어요?"

"네, 가지고 왔습니다."

박덕순에게 일부러 카피를 부탁하며 부 이사는 눈짓으로 성공했다고 유 이사에게 알려준다. 두 사람은 전략이 성공하는 길로 들어서고 있다고 자평하면서 회의가 아닌 엉뚱한 이야기를 화제 삼아 시간을 보내고 있다.

김호석은 호텔로 돌아와 노트북을 켜고 연희가 알려준 티타테크의 주식을 얼마나 더 매입했는지 확인을 하려고 한다. 추가로 110만 주를 더 확보해서 전체 500만 주가 되었다. 평균 매입 가격이 420원 정도 된다고 하니 21억 원 가까이 되는 돈이 투자된 것이다.

물론 거기에는 강 비서의 돈 1억 원이 포함된 것이었다. 강 비서를 시켜 놓았더니 기대를 저버리지 않고 신속하게 매입을 완료해놓은 것이다. 인터넷상에 정보를 검색해 보니 팔려고 내놓은 사람들이 어느 정도 눈치들을 챈 것인지 매도 물량이 거의 없고 가격도 많이 올라 있었다.

김호석 상무는 부태인 이사가 얼마나 또 매입을 잘했는지 궁금해서 출근하기 전에 메일을 보내 놓고 월요일 아침 삼마의 뉴욕지사로 출근한다. 부회장이 출장을 왔으니 비상이 걸릴 만도 했지만 이곳에서 오랫동안 근무한 신 부회장의 심복들로 채워져 있기 때문인지 긴장감이 느껴지지 않는다. 그룹의 일부 비자금이 미국 시장에서 만들어지고 있고 그 핵심이 뉴욕지사라 끈끈한 유대감이 형성되어 있기 때문이라 판단되었다.

"김 상무, 다른 팀은 언제 들어오지? 오전에 들어오나?"

"네, 오전에 도착합니다. 바로 호텔로 갔다가 짐 풀고 이곳으로 올 것입니다. 선배님과 저는 뭐 특별하게 할 것은 없습니다."

"그렇지, 뭐. 팀들 다 도착하면 같이 점심 먹고 우린 맨해튼으로 나가는 것으로 하자고. 서부에는 오늘 저녁 비행기잖아? 어디에서 자지?"

"샌프란시스코 공항 근처 메리어트호텔입니다. 내일 오후에 후렉스 본사에 들어가 선배님 기다리고 간단하게 보드미팅에 참석하고 나면 약속이 없기 때문에 애들 학교도 좀 가보려고 합니다. 선배님은 후렉스 본사 일정 끝나시면 회사에서 라스베이거스까지 모실 겁니다."

일주일간의 짧은 일정에 삼마와의 직접적 일정은 없지만 신 부회장의 후렉스 본사 방문과 개인적인 일정까지 빡빡하게 잡혀 있다. 신 부회장은 LA의 외곽에 위치한 공장으로 가서 상황을 살펴보고 후렉스 본사 방문 일정을 소화하겠다고 한다.

"나는 공장으로 갔다가 실리콘밸리로 넘어가 후렉스 행사에 참석하고 라스베이거스에 갈 거니까 김 상무는 애들 보고 나한테로 넘어와. 그게 둘 다 여유를 찾는 방법일 것 같고 너무 피곤하게 다닐 일이 없잖아."

"네, 그렇게 하도록 하겠습니다. 그럼 선배님은 공장에 도착하셔서 그쪽에다 라스베이거스의 호텔을 예약하라고 해주세요."

신 부회장은 학교 다닐 때도 밥 먹듯이 라스베이거스에 다녔지만 김호석은 한 번도 가보지 않았다.

"그래. 김 상무는 라스베이거스 잘 모르지? 알았어. 내가 연락해줄게."

이야기 중에 컨설팅팀이 도착해서 사무실에 들어오는데 긴 비행시간에 피곤한지 조금은 지쳐 보인다. 회의실에서 지사장의 업무 브리핑이 끝나자 앞으로 일정과 관련하여 준비사항과 필요한 자료를 요구한다. 신 부회장이 지사장에게 컨설턴트들의 업무에 적극적으로 협조하고 최대한의 편의를 제공하라는 말을 남기고 자리에서 일어나 김호석 상무와 둘이서 맨해튼 시내로 이동한다. 뉴욕의 중심가는 쇼핑도 좋지만, 유명한 식당들이 많이 있기도 한데 신 부

회장은 뉴욕지사장 시절 자주 가던 스테이크 전문 식당에 가려고
하는 것이다.

김호석 상무는 티타테크 주식과 관련된 업무를 마무리해야 하는
데 사적으로 노트북을 켤 시간이 없어서 차라리 맨해튼에서 식사
하면서 일을 볼 생각을 한다. 맨해튼으로 이동하는 차 속에서 이
번 프로젝트의 예산과 관련하여 신 부회장이 이야기를 꺼낸다.

"김 상무, 이번 프로젝트는 빽빽하지?"

"알아주시기 고맙습니다. 하지와 가격 경쟁이 붙으면서 출혈이
심했지요. 제가 요즘 머리가 많이 아픕니다. 하하."

"그러니까 이야기하는 거야. 나 같은 고객이 어디 있겠냐? 윤 부
장 쪽이 정리되고 조직 정비가 어느 정도 끝나면 추가 개발이란 명
목으로 자금 지원하는 방안을 검토하라고 할 테니까 너무 걱정하
지 마라."

김호석 상무에게 큰 도움을 받아야 할 처지이기 때문에 어느 시
점에서 이야기를 꺼낼 것이라 예상은 했지만, 또다시 자금 지원 이
야기가 의외다 싶을 정도로 빠르게 나왔다.

"감사합니다. 선배님."

너무 좋은 티를 내도 가볍게 보이니까 당연한 것을 받는 것이란
투로 인사한다. 뉴욕지사에서 부회장의 취향을 알고 예약해 놓은
레스토랑으로 들어가 오랜만에 정통 스테이크를 와인과 즐긴 두
사람은 공항으로 이동하여 각자의 일정대로 LA와 샌프란시스코행
항공권을 구매한다. 식당에서도 업무를 보지 못한 김호석 상무는

공항 라운지에 들어가 신 부회장과 차를 마시며 노트북을 켜서 부 이사에게서 온 메일을 살펴본다.

선배님, 교란용 컨설팅보고서가 윤 부장 쪽으로 넘어 갔다고 합니다. 곧 난리가 나겠는데요.

계획대로 진행이 되고 있는 것 같아 안심하고 답신한다.
"그러냐. 반응을 잘 살펴보고 수시로 보고해라. 일단은 계획대로 진행은 되네."

부태인 이사로부터 온 메일에는 어떻게 자료가 넘어갔는지 과정이 상세하게 보고가 되어 있다. 교묘하게 계획된 이벤트에 박덕순이 넘어오고 그것을 윤 부장이 이제 삼키려고 하는 것이다. 반응이 언제 날지는 두고 봐야겠지만 윤 부장의 목숨이 위태롭게 된 상황을 알고서는 신 부회장 동생들과 급박하게 협의를 하게 될 것이다. 부태인 이사에게서 온 메일의 내용을 신 부회장에게 알려주며 의견을 물어본다.

"선배님. 어떤 반응이 날까요. 윤 부장이 눈치가 빠르고 교활해서 동생분들을 배신하는 경우가 생길 수도 있습니다. 동생분들이 윤 부장의 위치를 보장해주지 못한다면 재무 관련해서 그룹의 약점이나 동생들의 비자금 문제를 폭로하겠다고 나올 가능성이 있습니다."

"그때는 윤 부장 라인도 권력의 무서움을 한번 보게 될 것이고 물론 동생들도 초기에는 어렵겠지만 그래도 물보다 진한 피를 나눈 가족이니까."

신 부회장의 말에서 이미 어떻게 처리를 할 것인가에 대한 시나리오가 완벽하게 결정된 것을 느낄 수 있다.

"김 상무. 나는 나간다. 탑승시간이 다 되었다."

김호석보다 탑승시간이 빨라 나가겠다고 일어서자 김 상무도 노트북을 접고 탑승구 쪽으로 같이 가 배웅한다.

"선배님. 그럼 후렉스에서 뵙겠습니다."

김호석 상무도 샌프란시스코행 비행기를 타기 위해 게이트로 걸어간다. 샌프란시스코 공항에 도착한 김호석 상무는 '옐로 캡'을 타고 예약한 메리어트호텔로 간다. 새벽에 도착한 김호석은 화요일 오후까지 시간적으로 여유가 생겨 객실에 들어와 샤워하며 본사 보드미팅에서 보고할 내용과 자료를 정리한다. 메일을 보니 오후 후렉스 본사에서의 신 부회장과의 상세한 일정이 나와 있다. 신 부회장은 후렉스 회장과 미팅, 제조라인 시찰, 그리고 간단한 칵테일을 포함한 다과회가 있고 김호석 상무의 일정은 명확하지 않지만 30분 정도 따로 잡혀 있다.

김 상무는 연희에게 메일을 보내며 아들 존을 만난 것, 학교에 갔었던 일 등 소소한 이야기를 적어 보낸다. 출장에 잠을 비행기에서 자고 한국 시간에 맞추어 일한 것은 신입사원 때 전 세계를 돌면서 세미나를 하는 업무를 맡았을 때 이후 15년 만에 처음 하는 것이다. 침대에 누워 티타테크 주식을 어떻게 배분해 놓을까 고민한다. 애들에게 상속의 형태로 넘겨줄 생각을 하며 지금도 팔겠다는 사람들의 희망가격이 치솟지 않는 것을 보면 그간 문제가 많았음을 충분히 알 수 있었다.

너무 많은 돈을 그곳에 쏟아 부어서 위험부담이 크다는 생각이 들지만 실수를 할 연희가 절대 아닌 것을 알기 때문에 걱정은 하지 않는다. 어느 정도로 가격이 오를지 예상을 안 되지만 최근 살펴본 내용으로는 대단한 사업성을 가진 것으로는 판단되었고 단지 어떻게 영업을 전개할지는 당사자가 아닌지라 우려된다고 할 수 있었다. 어차피 연희가 향후 어떻게 영업 마케팅을 전개하고 어느 분야에 적용하고, 제품을 제조하려는지 기다리는 수밖에 없다는 것이 궁금한 점이다.

애들에게 메일을 보내 내일 저녁에 집으로 갈 것이고 혼자 갈 수 있으니까 신경 쓰지 말라는 말도 해둔다. 보드미팅에서는 분명히 부사장 건에 대하여 물어볼 것이고 처리 방법도 물어 올 것이라 예상한다. 김호석은 졸음이 몰려오는 것을 이기려 하다가 옷도 벗지 않은 채 잠이 들었다.

부 이사는 박덕순이 가져온 카피 본을 건네받고 회의실 문을 닫고 유 이사와 이야기한다.

"유 이사, 계획대로 성공할 것 같아. 김병기가 유 이사 은행에 가고 난 뒤 내 방에 와서 별 쓸데없는 말을 걸면서 내 발목을 잡더라고."

"어머, 그래. 그러면 되었네. 호호호."

유 이사는 이번 일이 재미가 있는지 첩보영화의 주인공이라도 된 것 같은 착각이 드는 모양이다.

"하하, 재밌어? 잘못될까 봐 신경 엄청 쓰이는데."

"재미있잖아. 호호호."

두 사람이 회의실에서 미팅을 하고 있는 사이에 박덕순은 김병기와 함께 윤 부장의 사무실에서 가짜 컨설팅보고서를 펴놓고 심각하게 미팅을 하고 있다.

"보고 자료로 봐서는 그룹 재무라인을 보강한다는 의지가 들어있는데 윤 부장님의 권한은 단순하게 축소되는 것이 아니라 아예 없어 지내요?"

박덕순이 조직도상에 나온 직급들의 업무 권한을 살펴보고 분석한 것을 이야기해준다.

어설프고 짧은 경력의 컨설팅 능력이 가짜보고서에 깊이와 진실을 더해준다.

"어느 정도 예상은 했었는데 이렇게 나를 한직으로 몰아내는 것은 둘째고 생매장을 시키는 것은 받아들일 수 없는 거지."

그렇게 이야기하면서도 윤 부장의 얼굴은 화난 얼굴에 많이 일그러져 있다.

"그럼 부장님은 어떻게 대처하시려고 하십니까?"

김병기가 윤 부장의 눈치를 보면서 앞으로 벌어질 일을 걱정하듯이 말한다.

"일단 삼마DS 신 대표에게 이야기해야지. 무엇인가 대책을 제시하시겠지. 내가 내쳐지면 그룹에서 신 대표의 재무라인이 끊어지고 자신의 돈줄이 날아가는데 가만히 있겠어?"

"그렇겠지요. 그룹을 장악하기 위해서는 가장 중요한 부분인데 가만있지는 않겠지요."

"신 부회장이 전면전을 선포하는 형상이군. 시끄럽게 되지 않겠어. 나 좀 나가봐야 하니까 나중에 이야기하자고."

박녁순이 가져온 카피 본을 가방에 챙겨 넣고 급하게 나가는 것이 강남의 삼마DS 신 대표에게 갈 모양이다. DS 신 대표나 윤 부장에게는 보통 심각한 일이 아니기 때문이다. 김병기는 박덕순에게 앞으로 큰일이 일어날 것 같다는 예상을 하며 컨설팅 쪽의 움직임을 잘 살펴보라고 이야기한다.

"박덕순 씨는 그쪽에서 발생하는 모든 서류를 가능하면 무조건 카피해줘. 모두 민감한 자료일 테니까?"

"네, 사장님. 할 수 있으면 그렇게 하겠습니다."

박덕순은 내키는 일이 아니지만, 자신에게 일을 준 김병기에 대한 예의로 면전에서 거절은 못 하고 사무실을 나와 9층으로 올라간다. 9층으로 올라가기 위해서는 항상 부태인 이사 방 앞을 지나야 하니까 한 비서의 눈에 띄게 되어 있다.

"박덕순이 지금 자리에 없는 걸 보니까 김병기에게 갔을 거야. 완전 성공인 거 같은데?"

"그런가 봐. 술 한 잔 사야겠는데?"

"내려가서 확인해 보고 전화 줄게."

"내색하지 말고. 박덕순은 내일부터 1층에서 근무시켜야겠어. 용도폐기라 할 수 있지."

"부 이사 무서워. 용도폐기라는 말이. 호호호."

"일단 내일부터는 개발팀에 보내서 상세 프로세스를 분석해서 컨설팅팀이 만들어낸 조직하고 연결하는 방안을 만들라고 해야겠어. 사실 컨설팅팀에는 필요 없지만, 개발 쪽에서는 먼 미래를 위해서 꼭 필요한 작업이거든."

"그건 맘대로 해. 내가 부 이사 지시받아 일하라고 할 테니까."

두 사람은 어느 정도 전략이 성공한 듯 보이자 미국에 들어간 컨설턴트들의 업무를 화제 삼아 대화한다.

"미국 간 친구들도 뉴욕에 도착해서 업무 분석에 들어갔다 하더라고. 할 일도 없을 텐데 말이야."

유 이사는 자신이 가지 못한 것이 못내 아쉬운 모양이다.

"부 이사, 이번 출장이 큰 의미가 없는데 혹 다른 목적이 있는 것은 아니었지?"

유 이사가 조금 이상한 출장인 것을 눈치를 챘는지 캐묻는다.

"하하. 기업이라는 것이 꼭 필요해서 하는 것도 아니고 전략적으로 접근하는 경우도 있지. 나중에 이야기해줄게."

깊은 관심을 가지지 말라는 듯 유 이사의 입을 막고 부 이사는 1층으로 내려간다. 내려가는 엘리베이터를 기다리고 있는데 박덕순이 계단 쪽으로 올라온다.

"참, 박덕순 씨. 컨설팅팀에서 나오는 자료 중에 버리는 것은 모두 파쇄기에 넣어주세요."

"네, 이사님."

부 이사는 한 비서를 불러 상황을 체크한다.

"윤 부장은 얼굴색 안 좋아서 가방 들고 밖으로 급히 나갔고 그 뒤에도 김병기 사장과 박덕순 씨는 한참을 이야기하다 나갔는데 다들 표정이 안 좋았어요."

"알았어. 수고했어."

스마트 폰을 들어 유 이사에게 윤 부장이 강남 DS로 들어간 것 같다고 말을 해준다.

"저녁에 내가 한잔 사지. 어디로 갈 건가 정해."

부 이사는 전화기를 내려놓고 메일을 열어본다. 김호석 상무로부터 온 메일에는 이번 일을 빈틈없이 처리해서 꼭 성공해야 한다고 당부한 글이다. 부 이사는 조금 전까지 확인된 상황을 소상하게 적어서 답신을 주고 티타테크라는 회사 때문에 인터넷에 들어갔더니 비상장 주식이지만 매도가격이 자꾸 오른다. 아주 적은 수량을 팔겠다는 소액주주들 외에는 남아 있는 것 같지가 않았기 때문에 더 이상 매입을 중단한다. 김호석 상무가 또 다른 정보를 줄 것이라고 믿기 때문에 당분간 잊기로 하고 묻어 두려고 한다.

윤 부장이 급하게 강남으로 이동하여 삼마DS 신덕수 대표이사 방에 들어가 컨설팅 결과보고서를 보여주면서 대책을 협의하고 있다. DS 대표이사도 윤 부장도 심각한 표정으로 어떻게 대처할 것인가 대책을 이야기하고 있다.

"윤 부장 밑에 실무과장 2명이 있는데 이 사람들을 우리 쪽 사람들로 채워야 하는 것 아닌가?"

"사장님. 우리 쪽 사람으로 채우려고 했다면 조직을 이렇게 만들지도 않았을 것입니다."

"그렇지. 윤 부장 라인을 끊고 내가 재무라인에서 더 이 상 힘을 못 쓰게 하려는 의도로 만든 거니까 그쪽에 앉힐 사람들도 준비해 두었겠지."

"지금 강력하게 대처하지 않으면 계속 밀리게 됩니다."

자리가 심각하게 위태롭게 된 윤 부장은 신 대표의 불안감을 자극하여 대책을 세워야 한다고 주문하고 있다.

"그런데 우리가 뚜렷한 명분이 없잖아. 형님이 작정하고 움직이는 것 같은데 우리가 꺼내놓을 카드가 뭐가 있을까?"

두 사람은 발등에 떨어진 불을 끄려고 애를 쓰면서도 마땅하게 상황을 반전시킬 카드를 찾기가 어려웠다.

"그래도 사장님께서 대응하지 않으시면 비자금 조성한 것도 있고 앞으로 그룹 재무 쪽에 소외되는 것이니 계열사 사장 정도에 만족하셔야 합니다."

윤 부장은 그간 만들어 왔던 비자금 조성 사실을 언급하며 신 대표를 강력하게 압박한다. 윤 부장의 말에 신 대표도 움찔하며 비자금 사건이 터지면 사법처리도 가능할 수도 있다는 생각을 해본다.

"비자금 이야기는 왜 하는 거야? 협박하는 거야? 일단 진정하고 내가 형님을 만나보고 협상을 해볼게. 윤 부장도 대처방안을 잘 생각해 봐."

윤 부장을 내보낸 후 신 대표는 자신의 아킬레스건인 비자금이 폭로되는 것은 시간문제라 생각하며 어떻게 접근하는 것이 좋을지 심각하게 고민한다. 그룹의 최고 경영자나 마찬가지인 신 부회장을 정면으로 거역하는 것은 동생으로서 몽니 정도 부리는 것이 아니라 권위에 대한 도전이라고 판단될 것이기 때문에 위험할 수도 있나고 생각한다. 지금까지 부회장인 형님에게 반발하며 버텨온 것도 심적으로 엄청 부담을 느꼈기 때문에 사실은 언제 형님에게 백기를 들 것인가 고민하고 있었다. 여기에 윤 부장의 재무라인을 통해 조성한 비자금이 형님에게 알려지고 외부에 문제로 부각되면 그룹 내 자신의 위치도 문제겠지만, 아버지인 신 회장에게 완전히 패륜아로 찍히게 될 것이고 불같은 아버지의 성격상 사법처리도 각오해야 할 것이라는 판단이다. 자신에게 주어진 골든타임이 그리 길지 않다는 것을 잘 알고 있는 신덕수 대표는 신 부회장이 귀국하기 전에 어떤 형태로든 거취를 결정해야 한다고 마음먹는다.

신 대표의 사무실을 나와 삼마 본사로 돌아오면서 윤 부장은 신덕수 대표의 우유부단하고 나약한 대응이 걱정되었고 비자금까지 들먹이며 압박을 하는데도 미적지근한 반응을 보이는 것에 걱정에 화까지 치밀어 오른다. 신 대표에게 온갖 비판을 감수하면서도 충성을 다했는데 풍전등화 같은 윤 부장의 입지를 알면서도 적극적인 대응은 커녕 부회장에게 항복할 생각을 하며 자신만 살아남을 생각을 하는 신 대표의 처신에 배신감을 느낀다. 윤 부장도 최악의 경우 신 부회장과 직접 담판을 지을 수밖에 없다는 생각에 협상 자료를 준비해야겠고 판단한다. 비자금 부분이 밖으로 새나간 다면 그룹의 이미지도 문제고 가족인 신 대표에게 심각한 피해가 돌아갈 것이기 때문에 어느 정도 협상이 될 것이란 생각이다.

여의도에 마련된 골드만삭스코리아 사장실의 연희는 김호석 상무로부터 받은 메일을 열어보고 웃음을 짓고 앉아 있다. 존의 학교에는 처음부터 존의 아버지로 김호석을 등록시켜 놓았기 때문에 기숙사 안까지 아무런 저지 없이 들어갈 수 있었을 것이다. 사감도 김호석을 보았을 때 존하고 무척 닮았다는 것을 발견했을 것이기 때문에 별다른 이야기를 하지 않고 존에 대해서 이야기를 했을 것이다. 처음부터 신 부회장과 같이 자기의 집으로 갈 것을 예상했고 모른 척하고 있었다. 분명히 신 부회장은 실망만 했을 것이고 김호석 상무의 와이프는 아들과 김호석이 같이 있는 것을 보면 너무도 닮았다는 것과 하는 짓도 너무 비슷한 것을 느끼고 의문을 가질 것이라는 것도 다 예상을 하고 있었다. 그러나 천성이 자기일 외에는 무감각한 김호석 상무만 전혀 눈치를 채지 못할 것이라는 것도 알고 있었기에 웃음을 짓고 있는 것이다. 김 상무의 메일에 아들에게서 느낀 내용이 전혀 없는 것을 보면 연희는 정확하게 알 수 있었다.

"대표님. 티타테크 대표가 오셨습니다."

오늘은 골드만삭스에서 그동안 공들 들여 인수하려고 하는 티타테크의 사장을 만나 마무리를 하는 날이다. 여비서의 안내를 받아 들어온 티타테크 사장의 행색은 초라해 보였고 조금 음흉스러워 보인다. 오랫동안 기술만을 가지고 살아온 사람들은 기술유출에 대해 병적으로 의심이 많고 자꾸 감추려는 면이 있다. 밤을 새운 내기 바둑에 오후나 되어야 회사에 출근하고 또 일찍 퇴근하여 내기 바둑을 반복하는 환자 수준이라는 조사보고서를 받았었다. 그렇게 회사를 운영하니 그 많은 투자를 받고서도 아직도 이렇다 할 매출 한 번 일으켜본 적이 없어 투자자들로부터 시달리게 되고 갈수록 찌들어 가는 것이 당연했다.

"어서 오세요. 반갑습니다. 김연희입니다."

"네, 안녕하세요. 저 유빙수입니다. 전화통화는 몇 번 했는데 처음 뵙습니다."

티타늄 분말을 고열로 가열하지 않고 사출할 수 있는 기술을 보유하고 있고, 이것은 아직까지 개발된 사례가 없는 대단한 기술이라는 것은 미국 본사에서 이미 검증하였으니 마지막으로 인수계약에 사인만 하면 되는 일이다. 딴소리를 할 것 같아 가계약을 체결했고 일부 자금이 경영권 양도의 대가로 넘어간 상태이기 때문에 걱정은 안 하지만 유빙수가 가지고 있는 지분을 몽땅 가져오려고 하는 것이 연희의 생각이기 때문에 사소한 협상이 남아 있는 셈이다. 국제특허까지 취득한 상태인 것이 확인하였고 골드만삭스 내부에서 연희의 직속으로 기술팀을 가동하여 티타늄 분말 원재료 확보와 영업을 진행하고 있었다. 돈 냄새를 귀신같이 맡는 골드만삭스에서 최고의 사업이 될 것이라고 판단한 것이지만 유빙수 대표를 보면 아무리 좋은 기술이 있어도 경영자의 성실한 능력과 주변 사업 환경이 일치하지 않고 마케팅 능력이 없으면 무용지물이 되어 다른 사람의 손에 넘어가게 되는 것을 극명하게 보여주는 것이다.

"서로 자료는 오랫동안 검토하였고 말씀하셨던 경영권 보상과 관련하여 합의만 보면 될 것 같습니다. 이미 넘어간 자금도 꽤 되고 말씀 한번 해보세요."

"네, 제시한 조건은 제가 잘 알고 있습니다. 다른 조건은 다 좋은데 경영권 양도에 따른 보상을 조금 더 생각해 주셨으면 해서요. 그것만 해결되면 다른 것은 문제가 없습니다."

최종 사인을 남겨둔 상황에서 직원 한 명 없이 텅 빈 사무실만 있다는 것을 뻔히 알고 있는데도 정상적으로 회사 운영이 되고 있다는 듯 유빙수는 거짓말을 하고 있다. 처음부터 연희는 녹음기를 테이블에 올려놓고 한국말을 잘 모른다는 핑계로 양해를 구한 다음 미팅한다. 2년 가까이 협상하면서 유빙수가 말을 하도 바꾸는 바람에 애를 먹었다는 보고를 받았기 때문이기도 하다.

"그럼 경영권에 대한 보상은 어느 정도를 원하십니까? 지분을 어느 정도 소유하고 계시니 그것으로 보상이 될 것이라 생각하는데 욕심이 과하신 것 아닌가요?"

연희는 일부러 거칠게 이야기하며 어떤 반응을 하는지 지켜보고 유빙수의 의지를 들여다보고자 한다.

"아, 네. 그런 것은 알지만, 경영권을 내려놓고 가진 지분에 대해서도 의결권도 제한한다는 조항에 지분 소유는 의미가 없을 것 같고요. 제가 가진 지분을 전부 내놓고 완벽하게 이곳을 떠나는 조건으로 경영권에 대한 보상을 협상하고 싶습니다. 제가 개인적으로 빚을 진 것도 많고 해서."

"그럼 대표님 주식을 양도한다는 계약서를 지금 써 주실 수 있으신가요?"

사실 연희는 경영권에 대한 보상을 추가로 더 줄 생각을 가지고 있었기 때문에 부담스러워하지는 않는다. 처음 협상을 시작할 때부터 티타테크의 재무 상황을 보고 있었고 유빙수 개인의 채무도 훤히 알고 있었기 때문에 최저 비용부터 시작했고 이를 덥석 물었기 때문에 사업성에 비해서 경영권의 보상이 적은 것은 사실이다. 나중에 회사를 헐값에 빼앗았다는 비난을 들을 이유가 없기 때문에 적정 수준에서 보상은 이미 계획하고 있었다. 다행히 다른 요구 사항 없이 돈만 더 주는 것으로 끝나는 것이 다행이고 유빙수 사장의 입장에서는 계약을 늦출 경우 발생하는 선지급금의 이자와 부대비용 등을 자신이 부담해야 하는 악조건이 있으니 늘어지는 요구조건을 제시하지 못하는 것이다.

사실 티타테크의 내부를 정밀 감사해본 결과 자본금이 잠식된 것은 오래전 일이고 유일하게 회사의 자산이라고 할 수 있는 기술 이외에는 전혀 없는 상황이었다. 유빙수의 지분이 과반이 안 되는 수준이었지만 대표에서 물러나기 전에 3자 배정 유상증자를 의결하기로 했기 때문에 지분비율은 그다지 문제가 되지 않았다. 유빙수 자신이 10%를 소유하는 것으로 해서 30억 원의 보상을 이야기했고 처음에는 동의하고 15억 원을 선금으로 받아 갔다.

유 사장이 가지기로 했던 10%의 지분인 160만 주를 존의 명의로 사 놓겠다는 생각을 한다. 자본금이 80억이지만 이번 3자 배정 유상증자로 5배 정도로 늘어나게 되고 무상증자를 합치면 800억 정도의 자본 규모를 가지게 될 것이다. 전체 투자 금액 1조 2천억 원이 투입되면 티타테크는 일약 스타 기업으로 바뀔 것이고 추진하고 있는 영업 결과가 발표되면 세계 최고의 우량기업으로 성장할 것이다.

"말 돌리지 마시고 요구사항을 이야기하세요. 회사를 완전히 살리느냐 마느냐의 문제 아닙니까. 유빙수 사장님께서 지금 여러 건의 소송이 진행 중인 것으로 알고 있는데 빨리 결정해야 좋지 않나요?"

연희의 밀어붙이기식 어투에 기가 꺾인 유빙수 사장은 표정이 많이 상기되어 있다. 이미 책상 위에는 작성된 계약서가 있고 그곳에 금액을 바꾸고 몇 줄 수정하면 사인할 수 있게 준비되어 있다. 연희는 이미 80억까지 대주주 경영권에 대한 보상을 해줄 생각을 하고 있었다. 지금 미국에서 들여온 30억 불은 두솔은행에 예치되어 있고 오성식 지점장이 유치한 것으로 하여 지금은 본점 부행장으로 복귀한 상태이다. 30억 달러를 유치하고 골드만삭스에 단단한 인맥이 있다는 소문이 났으니 금융계에서 큰 주목을 받고 있는 것은 두말할 필요도 없는 것이다.

"말씀하신 것에 두 배를 주십시오. 그 정도면 제가 기분 좋게 회사를 떠날 수 있을 것 같고 지분 양도 계약서에도 바로 도장 찍겠습니다."

"그럼 계약서를 수정해서 도장을 찍읍시다. 먼저 이 비밀유지 계약서에 도장 찍으시고 잘 읽어 보시면 계약체결 사실을 발설하지 말라는 것입니다. 그리고 여기 대주주 지분 양도 계약서도 있어요."

두 사람은 2년간을 끌어온 계약서에 서명하고 악수하며 남겨진 일의 처리를 위해 변호사를 부른다. 오후에 이사회가 열리고 미국 측 인사들로 이사진이 교체될 것이고 기존 이사들은 3자 배정 유상증자를 결의하는 것으로 임무가 종료될 것이다. 당분간 연희가 대표이사로 취임하여 전문경영인이 들어올 때까지 겸직하며 운영하게 될 것이다. 고문 변호사를 불러 계약서를 넘겨주고 이사회 등과 관련된 뒤처리를 지시한다. 2년간을 끌어온 지루한 협상을 끝내자 연희는 긴장감이 풀어지고 임신을 한 탓인지 몸이 노곤해진다. 유빙수 사장이 돌아가자 연희는 미국에 있는 아들에게 전화를 걸어 근황을 물어보며 같이 학교에 들어간 호석에 대하여 물어본다.

"그분 어떻더냐?"

"응, 마미. 되게 핸섬하고 부드럽고 마음이 맞았어."

연희는 목까지 '그분이 너의 아빠야'라고 이야기해주고 싶었지만, 충격이 될 수도 있기 때문에 꾹 눌러 참는다.

"그래, 너하고 식성도 비슷할 텐데."

"어머닌 남자 보는 눈이 있나 봐요. 하여튼 엄마 남자친구 마음에 들었어요."

"그래, 잘 지내고. 금요일에 나오면 아줌마 말 잘 듣고."

전화를 내려놓고 내일 이사회에서 대표로 추대되었을 때 할 인사말을 준비한다. 수요일 오전에 공식 인터뷰를 통해서 티타테크에 대한 대규모 투자 계획과 새로운 비즈니스를 개척한 사실들을 발표할 것이다.

샌프란시스코 메리어트호텔에서 하루를 보내고 아침에 일어난 김호석 상무는 호텔 식당에서 오리엔탈 블랙퍼스트로 식사한다. 조금 있으면 후렉스 본사에서 내준 차를 타고 신 부회장과 함께 본사로 들어갈 예정이다. TV에나 나오던 GM의 긴 리무진을 타고 후렉스로 들어가면 신 부회장의 기분은 날아갈 것이다. LA 공장 시찰을 마친 신 부회장은 호텔 로비에 이미 도착한 모양인지 김호석에게 빨리 내려오라고 벌써 두 번이나 전화했다.

"선배님, 오늘 칼츠 회장 만나 나눌 이야기 좀 준비해 놓았어요?"

"하하, 나야 뭐 할 이야기가 있나?"

"선배님하고 몇 년 차이 안 날 걸요. 동문이고."

칼츠 회장은 곧 워싱턴의 정계진출을 고려하고 있다는 소문이 파다하게 나 있다. 미국 정계 특히 공화당에 영향력이 크고 경제계에 영향력 또한 만만치 않은 인물이다. 리무진을 타고 실리콘밸리로 들어가는 길은 101고속도로의 명성만큼 이동 차량이 많다.

회사 본관에 도착하자 칼츠 회장과 몇몇 얼굴이 익은 임원들이 직접 맞으러 나왔다. 삼마그룹을 이어갈 후계사라고 호석이 이야기했고 단일 규모로는 제법 큰 프로젝트의 오너이기 때문이다.

"어서 오십시오. 신 부회장님."

"네, 반갑습니다. 칼츠 회장님. 이렇게 환영해 주셔서 감사드립니다."

"미스터 김, 어서 와요."

신 부회장과 김 상무를 보며 반갑게 맞는 칼츠 회장은 동문이라 그런지 부담감이 적다. 회의실로 자리를 옮긴 일행은 차를 마시며 환담한다.

거물급들답게 삼마 프로젝트에 대한 내용이 나왔지만 세계 경제의 최근 동향을 주제로 대화를 이어간다.

"선배님, 간단하게 나인 홀 라운딩이라도 돌겠습니까? 두 시간 정도 일정인데."

"아니야. 여기서 있다가 생산시설이나 둘러보지, 뭐."

신 부회장이 공식일정의 하나인 공장의 생산라인을 보러 간 사이 김 상무는 후렉스의 칼츠 회장을 포함한 경영진들과 미팅을 시작한다.

"미스터 김, 시간이 별로 없는 것 같으니 본론으로 들어 가겠습니다."

칼츠 회장이 이야기를 시작한다.

"후렉스코리아에서 발생한 부사장 사건에 대한 조사가 끝나고 위원장인 연구소장으로부터 초안을 받았고 곧 공식 보고를 보내겠다고 합니다. 제가 보기에는 연구소장은 매우 신뢰할 만한 사람이고 여러 가지 불미스러운 사건도 있었지만 사실 그대로 적은 보고서인 것 같았어요."

영문으로 만들어진 보고서는 거의 완결본이라 할 수 있을 정도로 완성도가 있었고 그간의 발생한 모든 상황에 대한 보고도 정기적으로 받아 온 것 같았다. 칼츠 회장은 이어서 부사장에 대한 처리를 언급한다.

"이 보고서는 부사장의 파면 및 사법처리에 대한 권고안이 들어 있습니다. 그리고 여비서의 의지도 완고하고 만약 회사가 확실한 조치를 하지 못하면 후렉스를 상대로 성희롱 사건으로 몰고 갈 가능성이 있고 그렇게 되면 회사 이미지에 큰 손실이 발행할 수 있을 거란 판단이 듭니다. 그러니 원안대로 조치할 생각인데 이에 대한 김 상무의 의견을 듣고 싶습니다."

보고서의 내용이 심각하다는 것과 취할 조치도 이미 결론이 난 것 같다는 느낌이 들었다.

"저는 이 사건에 대하여 정직하게 처리하는 것이 가장 좋은 방법이라 생각하며 저 또한 연구소장의 보고서에 대하여 전폭적인 신뢰를 보냅니다. 그러나 한국적인 문화에서 배신자가 더 비난받을 수도 있다는 것인데 문제의 여비서가 두 번 피해를 보지 않도록 조치하는 것이 중요하고 사법처리 부분은 횡령 부분이 원상복구를 조건으로 잘 수습되었으면 합니다. 지금 상황에서 문제의 여비서는 앞으로 한국 내에서 취업하기가 어려울 것이기 때문에 완벽한 해결을 위해서 아시아태평양 사업본부로 보내 차별 없이 근무를 시키는 방법도 고려해야 할 것입니다."

대부분의 임원들이 김호석의 방법에 동의한다는 듯이 고개를 끄덕인다. 칼츠 회장이 심각한 표정으로 다음 안건을 꺼낸다.

"그리고 한국의 대표이사 교체 건에 대한 내용입니다. 지금의 미스터 양은 이번 사건 처리에 많은 무능력을 보여주었고, 연구소장의 위원회 활동에 영향력을 행사하려는 비도덕적인 행동을 하였습니다. 이렇게 도덕적으로 확고한 가치관이 없는 CEO는 향후 후렉스의 명성과 업무에도 도움이 되지 않을 것입니다. 지금 후렉스 본사와 코리아에서 은밀하게 추천을 받은바 다양한 조직에서 공통적으로 미스터 김이 추천되었습니다. 그래서 격식이 갖추어지지 않았지만, 출장을 온 김에 발표하게 된 것을 이해하시기 바랍니다."

김호석 상무는 미팅이 단순히 부사장 건으로 모인 것이라 생각했는데 공식적으로 개최된 보드미팅이었다고 한다.

"그리고 후렉스 본사의 이사회 구성원에 추가로 미스터 김이 올라온 안건이 있기 때문에 오늘 이 건도 만장일치로 의결했으면 합니다."

참석 임원 전체가 기립하여 박수를 치자 김호석 상무는 많이 혼란스럽고 어리둥절한 표정을 지어 보인다.

"김호석 상무의 이사회 구성원 진입은 칼츠 이사회 의장님의 강력 추천이 들어와 결정된 사항입니다. 김호서 상무는 일본과 미국 등 후렉스의 다양한 지역에서 근무한 경험이 있고 능력에 있어서도 모든 사람이 인정한다는 점이 가장 크게 감안되었습니다. 그래서 이사회에서는 김호석 상무를 한국의 대표로 임명하기 전에 본사 이사회 구성원으로 등록하는 것이 타당하다고 판단하여 결정한 것입니다. 이사회를 통해서 규정대로 연봉은 1,700만 불로 결정되었으며 다른 지원 사항에 대해서는 추후 메일을 통해서 알려지게 될 것입니다. 단, 본사의 이사회 구성원이 한국의 대표로 파견되는 형식이기 때문에 격지 수당을 별도로 지원받게 될 것이고 주택 및 차량지원은 본사 임원의 기준으로 하게 될 것 입니다."

보드미팅 대변인의 세부적인 발표가 끝나자 모든 참석임원들의 박수 소리와 악수 세례가 이어졌다. 사전에 통보가 없던 갑작스러운 발표에 김호석은 약간 당황이 되었지만 이내 냉정을 되찾으며 소감을 이야기한다.

"감사합니다…. 큰 선물에 감사드리며 회장님과 모든 이사회 구성원께도 다시 한 번 머리 숙여 감사드립니다."

김호석 상무가 즉석에서 짧게 인사를 마치자 다시 한 번 박수 소리가 이어진다. 김호석에게는 두 가지의 보너스가 주어진 것이다. 본사의 이사회 구성원, 즉 본사의 이사가 되었으며, 동시에 후렉스코리아의 대표이사가 된 것이다. 미국에서 근무한다면 업무출장에 회사의 임원들 전용기를 이용할 수 있겠지만, 한국에서 근무하니 불가능할 것이다. 김호석을 위한 행사가 끝나자 모두 오늘의 고객인 신 부회장과 함께하는 다과회장으로 자리를 옮긴다. 그러나 분위기는 당연하게 김호석 상무의 승진에 대한 이야기가 큰 관심사였고 축하파티 분위기다.

후렉스코리아 대표이사 취임은 내년 3월에 가야 공식적으로 이루어지게 될 것이기 때문에 그 전까진 가능하면 몇몇을 제외하고는 비밀을 유지해야 할 것이다. 그 전이라도 양 대표가 스스로 물러난다면 이야기가 달라질 수 있지만 양 대표가 경영상 문제점이 없기 때문에 발생 가능성이 거의 없을 것이다. 이번 일은 후렉스 내 김호석의 선후배로 이루어진 지인들의 추천이 있었을 것이고 무엇보다도 칼츠 회장의 적극적인 지원이 있었을 것이다.

"미스터 김. 다시 한 번 축하해요. 이번 일은 미스터 김 이외에는 적임자가 없었어요."

신 부회장하고 이야기하다가 김호석의 옆으로 온 칼츠 회장은 김호석의 능력과 성실함을 치켜세운다.

"감사합니다. 회장님 열심히 하겠습니다."

칼츠 회장과 이야기를 하다가 신 부회장을 발견한 김호석 상무는 환한 얼굴로 다가간다. 신 부회장도 후렉스와 외부에서 온 실리콘밸리의 경제계 인사들과 이야기를 나누며 친분을 쌓고 있다.

"선배님을 위한 자리이니 많은 사람과 이야기하십시오. 제가 한국 재계 서열 3위 삼마그룹의 공식 후계자라고 약력란에 적어 놨었습니다."

"그래, 어쩐지 대접 분위기가 틀리나 했어. 기업 분위기가 이 정도는 되어야 하는데 말이야."

"삼마도 이보다 좋은 문화가 있는 기업으로 키우세요. 칼츠 회장이 온 후로 더 좋아진 것입니다. 선배님이 칼츠 회장보다 못한 게 뭡니까?"

"하하하. 인정해 주는 건 너밖에 없구나."

주위 사람들이 고개를 돌릴 정도로 크게 웃는 신 부회장은 호석의 말과 환대에 기분이 좋은 모양이다. 다과회를 끝내고 칼츠 회장 일행의 배웅을 받으며 회사를 나와 공항으로 이동한다. 김호석은 신 부회장을 라스베이거스로 보내고 근처에 있는 스탠퍼드 대학으로 애들을 만나러 가기로 한다.

샌프란시스코 공항에 도착한 김호석은 라스베이거스로 가는 항공권을 발권받아 신 부회장을 보내고 회사에서 지원해준 차를 몰고 애들이 있는 스탠퍼드 대학으로 간다. 이번 기회에 회사에서 지원해주는 주택 구입비로 애들을 위하여 집을 하나 사둘 생각을 해본다. 애들이 살고 있는 집은 방 두 칸짜리 허술한 랜탈하우스로 학생이라 괜찮다 싶지만, 어차피 회사에서 지원해주니 이참에 사두는 것도 좋겠다는 생각이 든다.

집에 도착하니 애들이 기다리고 있다.

"잘 있었냐? 내 새끼들아. 하하하."

"아빠! 오랜만에 들어왔지. 자식들한테 신경 좀 써."

어느덧 어른이 되어버린 딸애가 이야기한다. 유일하게 싫은 소리도 곧잘 하는 호석이 제일 무서워하는 사람이다.

"그래, 미안해. 아빠가 무심했지? 믿으니까 그런 거야."

"아빤 그런 이야기가 어디 있어. 하여튼 이번에는 용돈을 많이 주고 가야 해, 알았지?"

벌써 아빠와 협상을 하려 든다.

"아버지 언제 돌아가세요? 오늘 저녁은 우리하고 먹을 거지요?"

굵은 목소리에 여드름이 잔뜩 난 아들이 이야기한다. 자세히 얼굴을 들여다보니 빳빳한 수염이 입 주위에 나 있고 어렸을 적 젖살이 다 빠진 모습이다.

"물론이지. 니들 보러 왔는데. 아빠 내일 오전에 라스베이거스로 넘어갈 거야. 지금 저녁 먹으러 나갈까?"

셋은 애들이 좋아하는 초밥을 먹기 위해 호석의 차를 타고 다운타운으로 나간다. 호석이 풍족하게 용돈을 주지 않으니 평소에는 쉽게 사 먹기 어려운 음식 중의 하나인 것이다. 다 자란 애들과 식사를 하면서 와인도 한 잔씩 곁들인다. 호석이 먼저 최근 아내와 이혼한 이야기를 꺼낸다.

"미안한 이야기인데 엄마하고 아빠는 이혼했다. 한마디 상의도 없이 아빠가 결정해서 미안하구나. 거기에 대해서는 할 말이 없다."

"아빠, 우리도 눈치는 채고 있었어. 우리가 무슨 어린애인 줄 알아요? 그래도 이해는 하지만 속은 상해. 이젠 4명이 모두 모이는 것은 불가능하잖아요."

딸애가 장녀답게 이해는 한다고 말한다. 호석을 닮아서 눈물이 많은 아들의 눈이 젖어 있다. 막내라 그런지 마음이 많이 여리다는 것이 걱정이고 좀 강하게 살아가기를 바라는 마음도 있지만 요즘 같은 각박한 세상에 이리 순수하게 사는 것도 괜찮다고 생각했다. 자신을 비롯해 다들 자기 것만 움켜잡고 살아가며 남에게 상처를 주며 살지만 조금 손해를 봐도 선을 베풀며 사는 것도 괜찮다는 생각을 해본다. 호석이 그렇게 살아오지 못해서 그런 생각이 들었는지 모르지만 아까운 줄 모르고 남에게 퍼주기를 좋아하는 아들이 걱정되는 것은 사실이다. 그래도 아들이 아버지가 혼자되었다는 것이 걱정스러운지 물어본다.

"아버지는 이제 어떻게 사실 거예요? 재혼하실 거예요?"

"아니, 아직은 특별하게 준비한 계획이 없어. 여자친구들은 있지만, 아직 가까운 사이도 아니고 얼마나 되었다고 재혼 이야기를 하겠냐?"

딸이 아들의 이야기를 막고 화제를 돌린다.

"아빠, 신문에서 보면 기러기 아빠들이 우울증에 많이 걸린다고 하던데 여자친구 빨리 만들어 바쁘게 사는 게 좋지."

"알았고, 애들아. 우리 밥 먹자. 오늘은 나를 위해 시간을 내주었으니 아빠 노릇을 제대로 한번 해 봐야지. 후배들아, 아빠가 이번에는 좋은 소식을 전해줄게."

애들이 오랜 객지 생활로 철이 일찍 든 것이 가슴 아프기도 하지만 이혼 문제에 있어서는 다행이다 싶다. 객지 생활에 고생하며 빠듯하게 생활하니 어른이 빨리 되었다.

"아빠가 후렉스 본사 이사회 구성원이 되었다. 오늘 본사 들어갔다가 회장님한테 통보받았어. 연봉이 1,700만 불이야, 기쁘지?"

"와, 우리 아빠 드디어 꿈을 이루셨네. 그럼 미국으로 언제 오는 거야, 아빠?"

딸애가 본사 이사가 되었다니 미국에서 근무하는지 아는 모양이다.

"아니야. 그 대신 후렉스코리아 대표로 취임할 거야."

오늘 들은 신상변화에 대해 상세하게 이야기해준다. 애들은 호석이 미국에서 근무하지 않고 후렉스코리아 대표로 계속 한국에서 근무해야 한다니 섭섭한 모양이다.

"니들 4학년이니까 대학원은 어디로 갈 거냐?"

"아빠, 나는 동부의 하버드나 로스쿨도 고민하고 있는데 대성이는 여기서 아빠처럼 쭉 다니겠다 하네요. 직장을 다니다가 갈까 아니면 그냥 갈까 생각 중인데 아빠가 자금 여유가 되니 그냥 가도 될 것 같은데 아빠 생각은 어때?"

"그래? 그냥 가는 것이 좋을 것 같다. 니들이 대학원 갈 때쯤이면 묵을 만한 곳도 장만이 될 건데 둘이 갈라지면 좀 그러네."

호석은 샌프란시스코나 LA 근처에 주택을 구매하는 것을 생각하고 있다고 말해준다. 이왕이면 집값이 잘 내려가지 않는 고급주택가에 사서 투자도 고려했으면 한다는 이야기도 한다.

"그러면 골든게이트 맞은편 바다 보이는 경치 좋은 곳이 있는데 여기서는 제일 좋다고 하더라고요."

"그래, 일단 너희들 상황을 보고 다시 이야기하자."

호석은 딸애가 동부로 가면 연희의 집에 거주하게 하는 것도 괜찮겠다고 생각했지만, 말은 하지 않는다. 오랜만에 저녁을 맛있게 먹은 세 사람은 다운타운에 온 김에 쇼핑하러 가기로 했다. 미안한 마음도 많이 있고 학생이라 하지만 입고 다니는 행색이 호석의 생각에도 아니라는 생각이 들어서다. 쇼핑하는 누나를 기다리며 아들이 호석에게 무뚝뚝하게 말을 꺼낸다.

"아버지, 대학원 졸업 전에는 한국에 안 들어가려고 하는데요."

여기서 대학원까지 졸업하고 나면 여기서 일을 찾게 되고 들어갈 기회가 많지 않다는 것이다.

"군대 문제는 어떻게 하고?"

"그건 해야지. 일단 키가 너무 크고 체중이 많이 나가서 6개월 아니면 면제 가능성 있어. 대학원까지 연기하고 들어가 신검받아 보려고."

이것은 아들이 아버지에게 국적문제에 대한 도움을 요청하는 사인을 보내고 있다고 생각을 한다. 몇 가지의 옷과 신발 그리고 노트북까지 구입해 집으로 돌아온 애들은 리포트 쓸 게 있다며 자신들의 방으로 들어가고 호석은 조그만 거실 쇼파에서 노트북을 켜고 회사의 시스템에 접속한다. 연희로부터 메일과 기다리던 부 이사로부터 메일이 들어와 있다.

연희의 메일의 제목이 눈에 띈다. 열어보니 '그렇게 무뎌요'라는 제목 외에는 아무 내용이 없는 빈 메일이었다. 호석은 자신이 뭔가를 또 놓친 것이 있나 곰곰하게 생각해 봐도 없다는 것을 알고 도대체 여자의 마음을 알다가도 모른다고 생각하며 부 이사의 메일을 열어본다. 부탁하고 온 일들이 잘 진행되고 있다는 말과 상황을 자세하게 적어 보내준 것이 걱정을 달아나게 했다. 주식을 일부 구매했다는 말에 호석은 티타테크 주식이 상장하면 적어도 5~6만 원은 갈 것이라 생각을 했다. 이제 둘 다 매입을 어느 정도 완료했으니 어떻게 진행될 것인가는 연희를 믿고 기다릴 수밖에 없는 것이다.

다음 날 아침 어제 쇼핑해온 재료들을 가지고 호석은 멋들어진 아침상을 한국 식단으로 차려준다. 짧은 만남을 뒤로하고 호석은 신 부회장이 있는 라스베이거스로 가기 위해 공항으로 간다.

티타테크의 대회의실에는 유빙수 사장이 임명했던 주요 이사와 김연희 지사장이 합석한 가운데 임시 이사회가 열린다. 최우선 안 건인 골드만삭스를 대상으로 하는 3자 배정 유상증자가 결의된다. 이사들의 거취는 모두 신임 대표이사에게 일임하고 유빙수 대표이 사의 사임안건도 결의하며 종료한다. 즉석에서 이미 계획했던 이사 들을 선임하고 정관변경 등 티타테크가 새롭게 활동하는 데 근거 를 만들고 이사회가 끝나자 김연희 대표가 준비한 인사말을 한다.

회계 쪽은 당분간 김호석 상무가 소개해준 B&K의 도움을 받기 로 한다. 어느 정도 회사가 안정되면 본사에서 대표를 파견할 것이 고 신임대표가 조직을 정비하게 될 것이다. 유상증자로 티타테크 는 골드만삭스가 세계최초로 1조 이상을 투자한 외국기업이 되는 것이다. 오후에 김연희 대표의 기자회견을 통하여 10억 달러의 투 자가 이루어지는 것과 기업의 경영 주체가 골드만삭스라는 것도 알려지게 될 것이다. 새롭게 입사한 관리부장과 기획팀장을 불러 내일 기자회견을 준비하고 업무 전반에 대하여 설명할 자료를 준 비하라고 지시한다.

골드만삭스 내부에서 티타테크 인수 계획을 승인했을 때부터 유 사업계 인력들을 대상으로 인력전문회사를 통해 채용을 진행해 왔 고 미리 채용한 관리이사와 공장 운영자에 대한 교육을 병행했기 때문에 당장 회사의 운영에도 문제는 없었다. 다만 여러 분야에서 모인 인력이고 일명 기름밥을 먹는 사람들이 많아서 이들을 순한 양처럼 이끌고 갈 카리스마가 넘치는 공장장을 고용하는 것이 어려웠었다. 다행히 대규모 생산 공장의 공장장을 파격적인 연봉을 제시하고 채용하였는데 공장장을 통하여서도 해당 업종의 전문 인력들을 많이 모을 수 있었다. 관리적인 측면의 정비는 B&K에서 미래지향적인 조직과 복지 등을 기획하여 연희의 승인을 받았기 때문에 세계 어느 나라의 기업들도 따라올 수 없는 기업문화 구축의 토대를 만들었다.

내일이면 일차적으로 미 육군에 티타늄 헬멧 30만 개를 시험 납품하기로 계약한 사실도 발표하게 될 것이다. 골드만삭스 내부에서 분석한 것을 토대로 상장 시 시초가는 30만 원대를 유지할 것으로 예상하고 있다. 이번 사업의 성사 대가로 연희는 80만 주의 스톡을 액면가로 받게 되니까 시가로 따진다 해도 적지 않은 금액이 될 것이다.

친분을 쌓았던 기획재정부 장관의 강력한 권유도 있었지만, 연희도 사업성을 평가하기 전부터 한눈에 알아보았다. 한국인이 움직이고 있다는 것을 알았다면 유빙수 사장이나 다른 세력들이 방해를 할 수도 있다는 판단에서 골드만삭스 내부에서도 임원들 외에는 추진사항을 알지 못했을 정도로 비밀리에 진행해 왔던 사업이다. 상장하게 되면 일약 시가 총액이 몇십 조가 넘는 큰 기업으로 상장하게 될 것이며 골드만삭스가 투자한 회사라고 소문이 나면서 글로벌 투자자금이 가세하면 내재가치보다 부풀려지게 되는 주가의 특성상 어느 수준까지 올라갈지 아무도 모른다. 상상 이상의 부를 가져다줄 것이라는 생각을 한다.

본사의 자원개발 투자팀으로부터 온 메일을 들여다보니 중국 정부의 승인 아래 중국기업과 티타늄 원석의 공급권을 15년간 확보했다는 내용이다. 장기적이고 안정적인 원재료 확보가 가장 취약한 부분이었는데 이것이 15년간 해결된 것이다. 미국에 답신을 보내 자원개발 투자팀이 확보한 티타늄 원석 공급 계약의 계약주체를 티타테크로 바꾸어 다시 작성해 보내라고 지시한다. 티타테크를 염두에 두고 작성되었으리라 생각했지만, 다시 한 번 확실하게 확인을 하기 위한 것이다.

"기획부장과 관리부장이 정신 바짝 차리고 움직이세요. 그리고 입사 시에 전 직원에게 직급과 관계없이 차량 구입비를 조건 없이 2천만 원씩 지급하세요. 모든 경비 결제는 관리부장 선에서 처리하고 권한을 부여받은 만큼 성실히 일하세요."

텅텅 비었던 회사에 입사한 전 직원들에게 축하 보너스를 지급하고 공장 근무 직원에게는 전세자금 전액을 무이자로 대출해줄 예정이니 직원들 사기가 엄청 올라간 것이다.

"지금 공장에 내려갈 거니까 차량 좀 준비하세요."

내일 언론 인터뷰에서 발표할 기사를 준비하고 공장으로 가기 위해 차에 오른다. 이번 미군용 헬멧 납품은 2.6억 달러 정도지만 초기 시범 납품이라 일단은 전략적으로 접근한 가격이다. 미국 정부 쪽의 인맥을 활용하여 미리 주문을 확보한 상태에서 비밀리에 협의하여 작성한 헬멧 도면을 가지고 공장으로 가는 것이다. 공장에 도착하여 공장장과 금형 기술자들이 기다리고 있는 회의실에 들어가자 관리부장이 김연희 대표의 보너스지원 지시를 전했는지 분위기가 무척 밝아 보인다.

"여러분이 입사하시기 전에 비밀리에 작성된 이 금형 도면을 가지고 제작을 해보세요."

"네, 사장님. 그런데 티타늄 원재료 제고가 절대적으로 부족합니다."

"아, 그것은 걱정하지 마세요. 중국과 15년간 안정적인 공급 계약을 했습니다."

이들이 김연희 대표의 이야기에 놀라는 것은 유빙수 사장이 회사를 운영할 때도 자금력이 1차 문제이었긴 했지만, 전략 물질이라 수출입 절차가 까다로웠기 때문이다.

"네, 사장님 대단하십니다. 25일이면 시제품 만들 수 있습니다. 도면이 있으니까 금형팀에서 바로 작업하겠습니다."

사출기에 금형을 걸고 하는 것이니까 공정 자체는 매우 간단하지만, 인명과 관련된 제품의 금형 제작은 정밀하게 해야 한다. 티타늄 분말에 유동화 물질을 넣어서 찍은 다음 고열로 기화시키거나 유동화 물질을 완전하게 제거할 수 있는 액체 속에 입수시켜 유동화 물질이 제거되면서 분말의 다공성 성질로 서로 강하게 용접이 되게 하는 것이다. 물론 줄어드는 것을 감안해서 금형의 크기를 정밀하게 조정하여 완제품을 100% 사이즈로 만드는 것이다.

"기술에 대한 보안을 잘 유지하면서 작업하세요. 그리고 공장장님은 공장의 기존 설비를 현대화하는 방안을 신속하게 만들어 보고하세요."

"네, 사장님."

"그럼 난 25일 후에 사무실에서 세계최초의 공법으로 만들어진 제품을 만져볼 수 있겠군요. 생명과 관련된 것이니까 비용에 구애받지 말고 정밀 금형으로 하자 없이 만드세요."

"네, 최선을 다하겠습니다. 사장님."

저녁 시간이 다 되어서야 서울로 올라오며 공장장이 만들어 올 새로운 공정의 현대식 공장을 미국에 설립하려는 계획을 머리에 그려본다. 전 세계를 대상으로 영업할 수 있는 제품이 되겠지만, 특히 중국과 미국 시장이 크기 때문에 미국은 생산 공장을 현지에 세우고 중국시장은 한국에서 생산하고 판매를 총괄하는 구조를 가져갈 예정이다. 일본을 포함한 아시아 태평양을 관장하는 사업 본부를 한국에 두려는 계획을 세우고 있고 한국 정부의 기획재정부와도 이미 협의를 마친 사항이다. 사업 분석을 한 결과로는 이번 미군 납품처럼 생명과 관련된 분야의 수요와 자동차 부품, 임플란트, 공구 등에는 상상할 수 없는 시장성을 가지고 있디고 보고되었다.

임신한 상태이고 업무를 보느라 피곤한 하루를 보냈는지 눈꺼풀이 감겨와 뒷좌석의 히터를 켜고 잠을 청한다. 첫애를 낳기 이틀 전까지도 먹고 사는 문제에 일하러 다녔던 연희는 너무 힘이 들 때마다 호석에게 이야기하고 도움을 청해볼까 생각도 했지만, 그 당시는 절대 용납이 안 되었기 때문이다. 그렇다고 집을 얻어주고 같은 집에 가끔 기거했던 신 부회장은 더더군다나 아니라고 생각했었기 때문이다. 그런데도 신 부회장은 순진한 김호석에게 부회장과 연희 사이에 생겼던 거짓 소문의 진실을 해명하려는 시도조차 하지 않고 있었고 심지어 동문들에게는 연희하고 동거까지 한다는 이야기가 돌고 있다는 것을 알았다. 그것이 그저 소문이라고 치부하며 신경 쓰지 않았고 호석이 결혼한 것은 알았지만, 사랑이라는 마음이 더 컸기 때문에 출장 온 김호석을 만나 같이 지내게 되었고 아들 존이 태어나게 된 것이다.

몸이 피곤하고 약해질 때마다 연희의 머리에서 자꾸 떠오르는 이러한 사실이 곧 해소될 것이라는 생각을 해본다. 부 이사가 출장 간 김호석 상무를 대신하여 본사로 출근하자 기다렸다는 듯이 강 비서가 결재할 서류들을 하나 가득 가져온다.

어제 김 호석 상무가 알려준 티타테크 관련 기사를 봤더니 대표이사가 김연희 선배로 바뀌고 대규모 투자가 골드만삭스에서 들어온다고 발표되어 있다. 이럴 줄 알았다면 김호석 상무님의 말대로 다 긁어모아서 살 것을 그랬나 하는 생각이 든다.

"강 비서, 상무님 들어오시는 날이 결정되어 있나요?"

"상무님, 연락 왔었는데 후렉스 본사 이사회 구성원에 선임되셨다고 하시던데 축하할 일인 거죠?"

강 비서는 미국 본사의 일과 이사회 구성원으로 들어간 것이 어떤 의미인지 잘 모르는 모양이다.

"와, 그래요. 본사 이사회 구성원에는 양 대표도 끼지 못할 정도로 그건 엄청난 자리예요. 일단 연봉이 최소한 1,500만 불 이상이 될 거니까 우리가 상상하는 것 이상이고 그리고 대우가 완전히 달라지고 양 대표도 눈치를 볼 정도로 맘대로 못 할걸. 칼츠 회장이 선배고 수요 요직에 친구들도 많으니까 예상은 했었지만 그래도 엄청 빠른 거예요."

"어머, 그래요. 너무 놀라운 사건이네요. 난 한국의 상무직급이 더 높은 줄 알았어요. 호호호."

후렉스코리아 전 임원들이 김호석 상무의 눈치와 감시를 받아야 할 처지인 것이다. 양 대표는 아마 이 사실이 알려지면 자기 부하직원이 본사 임원으로 승진되었으니 사직하는 것이 좋은 것을 의미하는 것임을 잘 알 것이다.

"그래도 일단 오픈하지 말고 상무님 들어오실 때까지 기 다립시다. 양 대표와의 관계설정이 애매할 수도 있거든요. 아무튼, 엄청난 사건입니다. 코리아에서 본사 임원이 나왔다는 사실이 한 번도 없을 정도로 대단한 뉴스입니다."

"상무님, 하여튼 대단한 분이란 것은 알고 있었지만 엄청난 뉴스네요."

부 이사는 다시 한 번 외부에 발설하지 말라 당부를 하고 삼마로 출근한다. 부 이사는 김호석 상무의 빠른 성장을 예상도 하고 기대도 하였지만 이 정도로 빠르게 변화의 중심에 세워질 줄은 예상을 못 했다. 일본에서 근무할 때 일본후렉스를 세계 최고의 매출을 발생하는 회사로 올려놓은 장본인이 김호석 상무이었고 전략수립과 추진력에서는 타의 추종은 불허했다. 지금 후렉스 미국 본사의 인맥을 보면 경영진의 대다수가 김호석 상무의 동문이거나 후배, 친구들이다. 그들에게 김호석 상무는 능력과 신의 그리고 성실한 사람으로 알려져 있고 그것이 사실이기 때문이다.

이혼한 형수가 이 소식을 알면 실수했다는 판단도 들 수 있겠다 생각을 하며 미소를 짓는다. 물론 형수가 돈이 없어서 이혼한 것은 아니지만, 남편의 사회적 지위만 본다면 실수는 분명한 것이다.

"이사님, 박덕순 씨가 기다리고 있습니다."

출근하자 컨설팅팀에서 유 이사가 박덕순에게 지시를 한 것인지 부 이사를 기다리고 있다.

"유영숙 이사에게 작업지시를 받은 모양이죠? 오후에 내려와도 되는데 말입니다."

"네, 유 이사님이 부 이사님 업무지시를 받으라고 해서 기다리고 있습니다."

"김호석 상무님 출장 가서서 본사에서 일을 보고 오느라 정리가 안 되었는데 오후에 미팅할까요? 먼저 감리팀에 요구해서 삼마그룹 전체 프로세스 관계도를 확보해서 생산과 관련한 프로세스를 골라 상세 레벨까지 그려야 하니까 준비해서 미팅합시다."

당장 생산 조직의 변화가 없기 때문에 하지 않아도 되는 일이지만 그렇다고 9층에서 박덕순을 아예 배재할 수는 없기 때문에 먼

미래에나 적용해 볼 수도 있는 일을 시키는 시늉이라도 해야 하는 것이다.

"네, 알겠습니다. 그런데 컨설팅과 별 상관이 없는 것 같은데요."

"아니요. 지금 미국 친구들이 도출하는 프로세스가 생산 조직 관련 분야니까 그것하고 현업의 업무하고 연결하려는 것이고 중요한 업무라 할 수 있어요. 박덕순 씨가 그거 그리고 나면 현업과 컨설팅팀이 같이 미팅해서 확인하는 작업을 해야 합니다."

박덕순을 내보낸 후 일단 업무를 정리하고 메일을 열어보니 김 상무로부터 온 메일은 강 비서가 이야기해준 것이 좀 더 상세하게 적혀있다. 3월의 대표취임 내용과 절대 오픈하지 말라는 이야기가 들어있어 강 비서의 입단속을 잘 시켰다는 생각이 든다.

"이사님. 윤 부장 전화입니다."

한 비서가 평소 전화가 없던 윤 부장을 연결해 준다.

"네, 부 이사입니다."

"윤 부장입니다. 미팅하실 시간이 좀 있으십니까?"

"네, 제가 그리로 갈까요."

서서히 반응이 오는 것이라고 판단을 하고 무슨 이야기를 꺼낼지가 무척 궁금해진다.

"어서 오십시오. 차나 한잔 마시려고 갔더니 어제 오후에는 자리에 안 계시던데요."

"제가 약속이 있어서 외부에 있었습니다."

"오늘은 무슨 일로. 뭐 문제 있는 프로젝트라도 보고가 올라왔습니까?"

부 이사는 시치미를 떼고 엉뚱한 프로젝트 관련 이야기로 둘러
댄다.

"프로젝트야 부 이사님이 관리를 잘하시니 별문제는 없는 것 같
습니다."

"삼마DS 인력문제 때문에 지난주에 미팅했던 내용을 근거로 보
고서 만들고 있습니다. 방치하면 프로젝트에 큰 장애가 될 것 같
아서요."

"아, 네. 지금 DS에서 인력은 계속 뽑고 있는 것 같던데 일정 기
간 늘어지는 것은 감안해야 하지 않겠습니까?"

전과 다르게 윤 부장의 태도가 무척 부드러워졌다.

"기간이 늘어지면 삼마도 현업에서 문제가 나오기는 해도 기존
시스템으로 일정 기간 운용이 가능해서 큰 문제는 없겠지만 후렉
스코리아는 10개 협력사의 인력이 추가로 투입되어야 하기 때문에
부족한 예산 때문에 골치가 아픕니다."

부 이사는 윤 부장의 의도를 뻔히 알면서도 인력문제를 들어 다
시 한 번 은근 부담을 준다.

"컨설팅팀은 언제까지 운용하십니까? 제가 알기로는 4개월 예정
으로 움직이는 것으로 알고 있는데요."

"네, 맞습니다. 4개월 일정으로 움직입니다."

"보고서도 어느 정도 나와 있겠네요?"

윤 부장은 뻔히 알고 있는 컨설팅팀의 진행 상황을 확인하듯 떠

보려고 물어본다. 그러나 부 이사는 미리 만들어 놓은 가짜 보고서 초안이 유출된 것을 모르는 듯이 천연덕스럽게 이야기한다.

"나올 때가 되지 않았겠습니까? 30일 정도면 보고서를 쓸 시간밖에 없으니까 결론은 이미 나와 있을 겁니다."

"그럼 추가로 작업하지 않는 이상 바뀌는 것은 없고 정리 작업에 들어가겠군요."

"보통은 그럴 겁니다. 다시 수정하고 고치고 할 시간적 여유가 없을걸요. 비용도 워낙에 고가이기 때문에 저희 입장에서는 프로젝트 기간을 늘리지는 않을 겁니다."

윤 부장의 표정이 순간 어두운 기운이 깃들고 눈살을 살짝 찌푸리는 모습이 보였다. 자신이 본 가짜보고서가 어느 누구의 힘에 의해서 바꾸어질 수 없는 것이라는 것과 그것을 고칠 시간적 여유도 없다는 것을 알고 실망하는 눈치인 것이다. 횡설수설하듯이 이야기를 하는 윤 부장을 보면서 심적으로 많은 갈등과 동요를 하고 있는 것을 느낄 수 있었다. 자리에서 일어나 나오며 김병기 사장의 모습이 보여 인사를 건넨다.

"김 사장님, 감리 업무에 문제는 없지요? 언제 차 한 잔 주십시오."

대답도 기다리지 않고 방으로 돌아온 부 이사는 유 이사에게 전화를 건다.

"유 이사 분위기 좋은 것을 보니 완전 성공이야. 어제 한잔 못 한 거 내가 오늘 한잔 살 테니까 오늘은 내 차로 가자고. 내가 모실 테니까."

"잘 되었네. 저녁에 보자고. 요즘은 남는 게 시간이야."

프로젝트는 삼마DS에서 인력을 온전하게 파견하지 못하는 것 빼고는 모든 분야에서 잘 진행되고 있다. 협력사들이 고생을 많이 하지만 대체적으로 무리는 없다.

부 이사가 나가자 윤 부장은 자신의 컴퓨터에서 있는 비자금 관련 파일들을 자신의 USB에 옮기고 모조리 지워버리고 있다. DS 신 대표 쪽에서 자신을 보호하지 못하고 보고서를 바꿀 수도 없는 최악의 경우가 발생해서 자신만 토사구팽당하는 상황이 발생하면 신 부회장과 담판을 지어야 할지도 모른다는 판단이 들어서다.

삼마DS 신 대표의 미적지근하고 우유부단한 대응으로 볼 때 모든 것이 순식간에 무너져 내릴 수도 있다. 윤 부장 스스로는 20년 넘게 삼마를 위하여 일하면서 신 부회장 동생들에게 충성을 다해왔다고 판단한다. 물론 그 와중에 자신의 이익도 많이 챙겼지만 모든 업무의 중심은 삼마DS 신 대표였고 아직도 충성을 다하고 있다고 생각하고 있으니 어제 신 대표의 표정과 행동은 깊은 실망감과 배신감을 가져왔다. 윤 부장이 사건을 저지르면 주변에 다치는 사람이 많이 생길 수 있기 때문에 겁 많은 신 대표의 속마음은 그렇지 않았을지도 모른다고 생각했지만 만일을 대비해서 준비를 철저하게 해두는 것이다. 윤 부장은 사용하던 컴퓨터의 중요한 파일을 다 지우고 나서야 이 정도면 자신은 살아남을 수 있을 것이라고 스스로에게 위로한다. 복잡하고 아픈 머리를 식히기 위해 일찍 퇴근한다.

주목받는 여자

오전 10시 골드만삭스에서 준비한 김연희 대표의 기자회견장에는 국내외 유수의 TV 방송 기자까지 나와 있다. 조그만 중소기업에 무려 10억 달러의 투자가 이루어지고 대대적으로 신규 사업이 발표된다고 보도 자료를 돌렸으니 자연스럽게 관심이 폭증하고 있다.

"잠시 후 김연희 골드만삭스코리아 지사장이 나오셔서 보도 자료를 발표하고 직접질의에 응답하시게 될 것입니다."

잠시 후 김연희는 분홍색의 화사한 원피스를 입고 나와 마이크 앞에 서서 발표 내용을 읽고 있다.

"어제 날짜로 저희 골드만삭스에서는 티타테크의 지분 37%를 인수하고 3자 배정 유상증자를 통해 경영권을 인수히면서 **총** 10억 달러의 투자를 결정하였습니다. 또한, 티타테크는 핵심 사업의 원재료인 티타늄 분말을 확보하기 위하여 티타늄 원석에 대한 안정적 공급원을 정부 차원에서 향후 15년간 보장받는 계약을 체결하였습니다."

골드만삭스는 너무 잘 알고 있었지만 티타테크는 생소한 회사이었기 때문에 일순 장내는 조용해졌다.

"또한, 티타테크는 2억6천만 달러 규모의 티타늄 헬멧 완제품 공급 계약을 미육군과 체결하였으며 현재 초도 물량을 납품하기 위해 제작을 진행하고 있습니다."

김연희 대표가 티타테크의 경영진이 교체된 것과 조만간 한국 증시에 사업성을 근거로 신속상장하는 문제와 이어서 나스닥 상장도 추진할 것이라고 발표한다. 가격과 품질의 경쟁우위를 지속 유지하기 위하여 거점 지역에 생산 공장을 직접 운영하는 것도 추진하고 있으며 일차로 미국에 새로운 공법의 제조방식으로 생산하는 첨단 공장 설립 준비와 한국이 일본을 포함한 아시아태평양 지역의 사업본부가 될 것이라고 발표한다. 발표가 끝나고 기자들에게 질문의 기회가 주어진다.

"향후 5년간 매출과 이익은 어떻게 보고 계십니까?"

매경의 김범식 기자가 질문한다.

"영업 마케팅 채널을 본격 확충하고 세계 각국에 거점 판매망을 갖추는 내년 말 이후 예상 매출은 기본적으로 16조 원 이상을 유지할 것으로 예상하고 있습니다."

"골드만삭스가 직접 운영하게 되는 것입니까?"

"네, 금융회사가 웬 제조회사냐고 궁금해하시지만 엄청난 사업성을 가지고 있는 첨단 산업이라는 메리트로 장기적인 수익을 확보할 수 있고 주주분들에게 더 많은 이익을 공유할 수 있다는 판단에서 이례적이지만 골드만삭스에서 직접 자회사로 가져갑니다. 매출 대비 수익률은 세계 최고의 회사가 될 것으로 판단합니다."

김연희는 장래 비전까지 밝히면서도 장기적으로 고려하고 있는 본사 이전 문제는 언급하지 않았지만, 미국에 첨단 생산라인이 만들어지고 나스닥에 상장하게 되면 불안한 한국보다는 정치의 영향을 훨씬 덜 받는 미국으로 이전하자는 공감대가 주주와 많은 사람에게 형성될 것으로 판단하기 때문이다.

"항간에 골드만삭스에서 금융기관 인수를 할 것이라는 소문이 있던데 그것에 대하여 말씀해 주십시오."

조산신문 사주의 장녀이자 경제 관련 케이블 방송사 여성앵커인 조원숙 기자의 질문이다.

"네, 그것은 아직 계획하고 있지 않습니다. 나중에 그런 계획이 생긴다면 기자님에게 가장 먼저 알려드리겠습니다."

"지사장님께서 미혼이라고 말씀 들었는데 사실입니까?"

"그것은 매우 사적인 질문인데요. 남편이 있다고 써 주셨으면 좋겠습니다. 호호호."

연희의 노련한 대응에 모인 기자들의 웃음이 터졌다.

"무엇을 하시는 분인지는 발표하실 수 없나요?"

"기자님은 혹시 잡지사 파파라치이신 거 아니죠?"

"한국 국적이라고 들었는데 이러한 위치까지 오른 비결은 무엇이라고 생각하십니까?"

"그건 지금이 공개석상이니까 열심히 노력하고 성실하게 일한 결과라고 발표해야 되지 않겠어요?"

"향후 상장하신다면 예상 주가는 얼마까지로 보고 계십니까?"

"티타테크는 이제 재무관리를 비롯하여 철저하게 한미 양국에서 요구되는 수준에 따를 것이고 그보다 훨씬 엄격한 골드만삭스의 윤리규칙에 따라 통제를 받게 될 것입니다. 가장 중요한 것은 주주 제일의 원칙에 따라 경영을 하게 될 것이고 그런 대원칙하에서 주가는 기업의 가치를 따라가는 것이니까 여러분이 상상하실 수 있으실 것입니다."

"그럼 국내 최고 수준이라고 판단해도 되겠습니까?"

"티타테크는 글로벌 기업을 지향합니다. 저는 그 점을 강조하고 싶습니다."

기자회견이 끝나자 참석자들을 위하여 점심을 겸하여 간단히 다과가 제공된다. 유수의 다국적 기업 출신 CEO답게 참석자들과 자유스럽게 대화를 하는 것이 색다른 느낌이다. 다들 세계 최고 금융회사의 여성 최고 임원에 대해 관심을 표시하며 특히 그녀가 한국인이라는 것에 대해 신기한 모양이다.

아침에 김호석으로부터 받은 메일에서 호석이 후렉스코리아 대표로 곧 취임할 것이라는 이야기와 함께 후렉스 임원으로 등재되었다는 소식을 받았다. 미국에서 그 편안한 자리를 때려치우고 일본을 거쳐 한국 근무를 자원하여 국내파의 텃세에 엄청 고생한 지 16년 만에 대표의 자리에 오르는 것이다. 자신이 학생 때부터 사람을 정확하게 봤다는 결론을 내리며 스스로 기뻐한다. 한국에 돌아오면 간단하게라도 파티라도 열어줘야겠다는 생각을 한다.

　기자회견장에 참석한 기획재정부 관계자와 은행 인수 관련 이야기를 은밀하게 주고받으며 조만간 장관실로 한번 방문하기로 약속한다. 골드만삭스에서 한국 정부의 국정자문을 하고 있으니 주기적으로 만나지만, 장관의 바쁜 일정상 독대를 하기가 어려워 긴밀한 대화를 하기가 어렵기 때문이다.

　김호석 상무는 라스베이거스의 신 부회장이 묵은 호텔에 도착하여 1박 2일의 여정을 준비한다. 도착 일정을 알려 주었으니 지금쯤 신 부회장이 연락할 텐데 아직 연락이 없는 것을 보니 어제 밤새워 술을 마신 모양이다. 편안한 복장으로 갈아입고 급한 업무가 없는지 회사 메일을 뒤져본다. 연희와 강 비서, 부 이사가 축하한다는 인사말을 보내왔다. 연희는 티타테크의 소식 들었냐고 물어왔다. 티타테크 홈피에 들어갔더니 기자회견 내용이 올라와 있어 열어보니 대단한 반응의 기사에다가 연희도 대단한 입지전적인 인물로 그려져 있다.

　"김 상무, 도착했어? 나 호텔 카지노인데 내려와. 자유 좀 누려야지."

　카지노에 빠져 전화를 하지 못한 모양이다. 낮에는 카지노, 밤에는 쇼를 보고 내일 오전에는 샌프란시스코를 통해 한국으로 돌아가야 한다.

　"네, 선배님. 곧 내려가겠습니다. 블랙잭이시죠?"

　"그래. VIP룸인데 오늘 성적이 괜찮아."

　전화를 끊고 카지노의 큰 손들이 모인다는 VIP룸으로 내려가 안내를 받는다.

"선배님 많이 따셨습니다. 선배님 따라가야겠는데요. 하하하."

경영자들은 적은 돈이라도 잃고는 못 사는 고집을 가지고 있고 아무리 적은 돈이라고 자기 것으로 가져와야 하는 습성을 가지고 있다. 그래서 비록 욕을 먹는 사업이라 할지라도 돈이 된다 하면 기를 쓰고 하는 것이다.

"같이 하자."

신 부회장은 자기가 가지고 있던 칩 일부를 호석에게 주며 오랜만에 회사의 업무에서 벗어난다.

"김 상무. 동생이 전화해서 언제 돌아오냐고 하는데 느낌으로는 우리 전략이 완전하게 먹혀들고 있는 것 같아."

"하하. 부 이사가 잘 처리한 모양입니다. 메일은 받아서 내용을 알고 있었는데 축하드립니다."

신 부회장이 기분이 매우 좋은 이유를 알 것 같았다.

"그래 이번에 들어가면 부 이사에게 술이나 한잔 거하게 사줘야 할 것 같아. 1등 공신 아니냐?"

저녁 식사 때가 되어서야 자리를 털고 일어났는데 20만 불 가까이 땄다. 두 사람은 딜러에게 팁을 두둑이 주고 쇼를 보면서 식사를 하기 위하여 호텔 식당으로 움직인다. 그 사이 김호석은 본사 관리부에 전화를 걸어 자동차를 샌프란시스코 공항에 두고 왔다고 이야기해준다. 위치추적이 되니까 이 정도면 찾을 수 있을 것이다. 저녁 식사를 하면서 김호석은 후렉스에서 일어난 자신과 관련된 일에 대하여 상세하게 이야기를 해준다.

"축하한다. 김 상무. 드디어 우리 동문이 지사지만 한국에서 다국적 거대 회사의 대표가 되는구나."

"하하, 형님은 대그룹 회장이 되신 분이 말입니다."

"나야 다른 케이스고 아무튼 축하한다. 이거 오늘은 네가 한잔 사라."

호텔 객실로 돌아와 내일 귀국 준비를 하면서 애들에게 다시 전화를 걸어 잘 지내라고 하고 한국에 한번 들어오라고 한다.

"아빠, 항공료는 아빠가 주는 것이지?"

"하하, 내가 부담하마. 한번 들어와라. 곧 방학이잖아."

"알았어요. 아빠. 방학하면 바로 들어갈게요. 조심히 들어가세요."

이번에 돌아오면 연희에게도 소개를 해주어야겠다는 생각을 한다. 짐을 다 챙겨 놓은 김호석은 잠을 청한다. 샌프란시스코까지 비행기로 이동하자면 시간이 촉박하다.

다음 날 아침 라스베이거스에서 샌프란시스코로 이동하여 환승을 지루하게 기다리는 두 사람은 피곤한지 일등석 라운지에서 졸고 있다. 인천공항에 도착한 부회장과 김호석이 짐 검사를 마치고 나오자 삼마그룹 관계자들이 여러 명 마중을 나와 있다. 부회장의 차를 얻어 타고 김 상무의 집으로 먼저 간다. 출장 오기 전에 강 비서에게 귀국 일자 이야기를 해 주었더니 일하는 사람을 불러 시킨 모양인지 들어와 보니 깨끗하게 정리가 되어 있다.

짐을 풀어 정리하고 샤워했지만 시차에 적응하려고 잠을 자지는 않는다. 일부러 비행기에서 한국 시간에 맞추어 수면을 조절하였다. 젊어서야 장거리 출장이 흥분되고 좋지만, 나이가 들면 힘에 부치는 것은 아니지만, 진짜 어렵고 힘든 것이다.

트레이닝복을 입고 헬스장으로 간다. 내려가는 길에 서 사장의 식당도 눈에 띄었지만, 일부러 본체만체 가면서 내일 출근하면 강 비서가 확보한 주식을 가지고 어떻게 처리를 해야 할 것인지 생각을 하며 헬스장에 도착해 격렬하게 운동을 한다.

라스베이거스의 일정을 하루 줄여 빨리 들어 온 관계로 하루 쉴 수도 있지만 김호석 상무는 아침에 회사로 출근한다.

"강 비서. 나 왔어. 놀랐지?"

"어머, 상무님 출근은 내일부터였잖아요. 오늘 하루 더 쉬시지 왜 나오셨어요?"

"하하, 집에서 할 일이 없어 나왔는데 별일 없지?"

"부 이사님이 이곳으로 출근했어요. 상무님 출장 후에는 매일 이곳에 출근하셨다가 삼마로 가셨거든요."

"웅. 내 방에 오라고 해줘."

"상무님, 벌써 오셨습니까? 일은 잘 보셨습니까?"

부 이사가 쏜살같이 달려와 반갑게 인사한다.

"그래. 삼마 건을 잘 처리했더구나. 신 부회장이 술 한잔 거하게 사겠다고 하시더라."

"하하, 당연한 걸 했는데요."

김호석은 그간의 업무보고를 받고 앞으로 진행할 전략에 대하여 이야기한다. 부 이사에게 식사하고 삼마로 들어가라 하며 향후 조직을 인수하기 위하여 필요하다는 판단에서 후렉스코리아 전체 조직을 분석해서 영역별로 묶어보라고 지시한다. 김호석의 의도를 잘 이해하는 부 이사는 두말없이 업무를 접수한다.

　"알겠습니다. 상무님."

　부 이사와 말을 마친 김호석은 연구소장의 방으로 가서 차를 한 잔 하며 완성된 보고서를 살펴본다.

　"이제 완성되었군요. 수고하셨습니다."

　"네, 상무님. 생각보다 심각하더군요. 제가 볼 때는 정밀한 감사가 대대적으로 이루어져야 할 것 같다는 판단입니다."

　김호석도 대표이사 취임 전이나 직후에 한 번 정도는 필요할 것이라 생각은 한다. 자율이라는 명목하에 창사 이래 한 번도 감사가 이루어지지 않아 바닥부터 썩어가고 있다는 것을 호석은 너무도 잘 알고 있기 때문이다. 못된 시어미니 밑에서 생활한 며느리가 더 독한 시어머니가 된다는 이야기처럼 김호석이 경험으로 이것을 잘 알고 있기 때문이기도 했다.

　"그렇습니까? 그럼 보고서에 감사 필요성에 대하여 언급해 주십시오. 저도 집행부에 연락해서 전사적인 회계와 직무 감사의 필요성을 요구하겠습니다."

　어차피 후렉스코리아 대표로 취임하기 전에 과거를 깨끗하게 정리하고 넘어가는 것이 조직을 장악하는 데 유리할 것이라 생각한다.

"그러잖아도 보고서에 강력하게 요구하였습니다. 반드시 필요한 것입니다. 자료를 봤더니 설립 이후 한 번도 감사가 없었더라고요. 안 보서서 모르겠지만, 진짜 심각합니다."

"네, 잘 알겠습니다. 앞으로도 회사를 위해서 많은 도움을 주십시오."

"물론입니다. 그리고 축하드립니다. 본사에 이사회 구성원이 되셨다고요?"

"어떻게 아셨습니까?"

"저도 본사에서 근무하여 소식은 자주 듣고 있습니다."

연구소장은 본사 출신이라는 것을 강조하며 자신도 인맥이 있다는 것을 은근히 과시하는 것이다.

"하하. 당분간 오프 더 레코드로 해주십시오."

"물론입니다. 상무님."

자리로 돌아오는 길에 김호석 상무는 부 이사 자리로 가서 부 이사를 다시 데리고 온다.

"내 방으로 들어와."

"네, 상무님. 이번 출장은 어떠셨습니까. 애들도 만나봤습니까?"

"응. 잘 크고 있기는 한데 내가 너무 쪼여서 그런지 힘든가 봐."

김호석은 본사에서 지원해주는 비용으로 집이나 하나 장만하는 것도 고려하고 있다고 이야기한다. 본사에서 일어난 일들을 상세하게 이야기해준다.

"그리고 너 티타테크 60만 주 정도 샀다며. 왜 내가 메일 보내자

마자 사지 않았냐? 가격이 자꾸 오르던데."

"하하. 좀 더 싸게 사야겠다는 욕심이 생기더라고요. 기다리다 보니 가격이 자꾸 올라 접었습니다."

"하하. 30만 원은 갈 거 같던데 잘 보관하고 있어라. 우리 인생을 바꾸는 계기가 될 수도 있으니까."

연희가 발표한 내용을 이야기하며 산술적으로 계산해도 수백억 정도 되니 두 사람은 기분이 들떠있다.

"일단은 숨죽이고 조용히 기다리며 여러 사람의 이름으로 주주 등재신청을 하자고. 우리가 드러내고 움직이면 연희에게 부담을 주게 되는 것이니까. 연희가 그러는데 무상도 있다더라. 연희가 아무에게도 말하지 말라는 거 이야기해준 거니까 나한테 은혜를 갚아라."

"네, 당연하게 은혜를 갚아야지요. 걱정하지 마십시오. 상무님."

"농담이야, 농담. 이 사람은."

점심을 먹으러 밖으로 나가면서 기분이 아주 흡족해서 강 비서에게 농담을 건다.

"강 비서, 요즘 원 비서는 일 잘하고 있나? 부 이사 없다고 아주 엉덩이에 풀이 나게 앉아 있는 것은 아니냐? 좀 움직여가며 근무하라고 해."

"상무님은 보시지 않았으면서 너무 잘 아시네요. 그래도 요즘은 부 이사님이 가끔 들어오셔서 괜찮은 편이지만 조금 그런 편이죠."

"우리 어디 가서 먹을까? 뭐 좋은 것 없어?"

"상무님 우리 저번에 먹었던 생태탕 어때요?"

강 비서가 속초 사람이 하던 식당에서 한번 먹어봤던 생태탕이 생각나는 모양이다. 가족과 같이 부드러운 분위기로 식사를 마치고 근처의 카페에 들러 차를 마시며 출장을 화제 삼아 수다를 떤다. 점심시간이 끝나가는 것을 확인하고 부 이사와 같이 삼마로 출발한다.

백기투항

신 부회장의 방에는 삼마DS 신 대표가 들어와 전에 없이 다소곳하게 앉아 있다.

"형님. 그룹의 경영 컨설팅이 거의 종료되고 있다고 해서 왔는데 결과가 어떻게 나왔나 해서요."

윤 부장을 통해서 가짜보고서를 봤을 거라는 것을 이미 알고 있는 신 부회장은 덤덤하게 이야기한다.

"조직 관련해서 최종 보고서를 정리 중이라는 보고는 받았는데 언제 나오는지는 정확하게 모르겠네. 나도 아직 컨설팅 결과가 어떻게 나올지는 모르겠어."

두 사람은 핵심은 감추고 주변만 때리는 이야기를 하다가 결국은 먼저 답답한 산 대표가 형에게 본론을 꺼낸다.

"형님께서 그룹을 완전하게 장악하기 위하여 재무 쪽을 가장 먼저 손을 보실 것이란 예측을 했는데 제가 정확하게 보고 있는 거지요? 저도 그 라인을 손보지 않을 수가 없을 겁니다."

"너도 잘 알고 있었구나. 그 부분을 좀 효율적으로 개선하려는 의지는 있는데 컨설팅 결과는 어찌 나올지 모르겠네. 지금은 좀 예민한 분야니까 서로 견제가 되어서 특정한 사람들이 장난치지 못하게 하는 구조가 되어야지. 한 사람에게 집중되면 사고가 나게 되어 있지."

두 사람은 그룹의 경영과 관련하여 이야기하다가 신 부회장이 화제를 불쑥 바꾼다.

"그리고 메일로 후렉스코리아 PM이 인력 관련하여 보고서 보내 왔던데 너희들 인력수급에 진짜 문제 있는 거냐 아니면 나에게 협조를 안 하는 거냐?"

"형님은, 협조를 안 하는 것이 아니라 수준도 높고 많은 인력이 필요한데 후발업체인 우리가 인력 구하기가 쉽겠어요? 시간이 좀 더 필요한 상황입니다."

"그럼 내가 어떻게 조치를 취해야 하나? 후렉스코리아 인력 들어와 놀고 있는 거 어떻게 할 거야?"

"빠른 시간 안에 조치할게요.

그리고 형님. 윤 부장 라인은 유임시켜주시고 재무 쪽 업무도 계속 수행할 수 있도록 해주세요. 회사에 20년 넘게 근무했고 또 충성을 다했잖아요."

갑자기 찾아온 동생의 목적이 드러나자 신 부회장은 오히려 더 강경하게 이야기하며 일부러 짜증을 낸다.

"신 대표, 나는 이번에 컨설팅보고서가 권고하는 대로 움직일 생각이고 결과에 관여하지도 않고 있어. 수십억을 들여서 선진화된 시스템으로 그룹의 미래를 결정하는 결과물에 영향을 끼칠 생각이 없고 주저하지도 않을 거니까 그렇게 알고 있어라. 나 약속이 있어 나가야 한다."

신 부회장의 강경한 어조에 주눅이 든 것 같은 신 대표는 잠시 수저하는 듯하더니 심각한 표장이 되어 형인 신 부회장에게 사정하듯 말한다.

"형, 나만이 아니라 우리 가족 전체와 그룹에 큰 문제가 발생할 수도 있어. 윤 부장이 그룹의 자금 분야를 오래 잡고 있어서 너무 많은 걸 알고 있어. 조금 시간을 두고 천천히 처리하면 안 돼?"

"신 대표, 너 무슨 소리야. 윤 부장하고 같이 사고 친 거 있냐?"

신 부회장은 신 대표가 우려하는 부분에 대해서는 이미 어느 정도 파악해두고 있었다. 윤 부장의 컴퓨터 하드디스크와 메일을 조사하여 비리자료를 확보해 두었고 주거래 은행으로부터도 그룹의 금융거래 자료를 받아서 정밀하게 조사하여 윤 부장의 반발에 대비해왔다.

"형. 내가 그동안 경영과 관련해서 비자금을 윤 부장을 통해서 만들어 왔는데 조직이 갑자기 바뀌어 윤 부장이 잘리게 되면 사고 칠 가능성이 농후해서 그래. 그럼 회사 이미지 그렇고 나도…."

사실을 고백하는 신 대표의 말과 얼굴에는 힘이 하나도 없어 보이고 측은하기까지 했다.

"신 대표. 너 얼마 정도 만들어 놨는데? 사실대로 이야기해야 대책을 제대로 세운다. 나 약속 다 취소할 테니까 편안하게 이야기하자."

신 부회장은 여비서에게 오늘 일정 다 취소하라고 지시하며 사무실에 아무도 들이지 말라고 이야기한다. 김호석 상무가 이러한 상황을 예상하고 전해준 녹음기를 꺼내 켜놓고 이야기를 구체적으로 시작한다.

"형. 규모는 700억 정도 되고 유럽하고 중동지사에 수출하는 물량과 베트남에서 수입하는 원재료 가격을 부풀리는 방법을 동원했는데 그게 모두 윤 부장 라인을 이용해 만들어진 거야."

신 대표는 거의 자포자기를 한 듯이 가감 없이 이야기를 꺼내놓는다. 매년 일정 금액을 만든 것이 700억 정도 되었고 윤 부장이 개인적으로 챙긴 것과 수수료로 나간 돈을 합치면 천 억대를 훨씬 넘기는 금액이었다. 신 부회장은 김호석 상무와 사전에 대응전략을 논의하며 처리방안을 마련한 대로 이야기한다.

"그럼 비자금을 그룹의 경영정상화 자금으로 개인적으로 출연하는 것으로 하고 일단은 윤 부장이 모르게 처리하자. 윤 부장은 내가 방법을 찾을 테니까 그건 기다려. 쓰지도 않을 돈을 왜 만들어서 부하직원한테 약점 잡히고 이리저리 끌려다니냐. 그리고 넌 경영 일선에서 물러나 2~3년 공부하러 나갔다가 내가 깨끗하게 처리하면 들어와."

달궜으니 두들기라고 신 대표의 신변정리까지 일사천리로 밀어붙인다.

"형님. 나보고 일선에서 물러나라는 거예요? 이건 너무한 거 아네요? 그래도 난 가족인데 자리는 보장해줘야지요."

"신 대표. 윤 부장이 이거 언론에 터뜨리면 회사고 뭐고 넌 사법처리 가능성이 커지는 거야. 그때는 우리 쪽에서 어떻게 해 볼 수도 없는 거야. 그러니까 사건 터지기 전에 미국이나 중국에 가 있어. 처리가 되고 잠잠해지면 그때 다시 들어오면 되니까."

신 부회장의 제안에 신 대표는 잠시 갈등이 생기는 듯 생각에 잠긴다. 그럴 것이 자신이 그룹에 돌아와 계열사 경영에 참여한다는 것은 신 부회장이 절대 용납하지 않을 것을 누구보다도 잘 알고 있기 때문이다. 그러나 조용히 넘어가기에는 비자금의 규모가 크고 윤 부장이 없어지는 상황에서 문제가 커질 가능성이 크다는 판단이 들기 때문에 선뜻 거절하지 못한다.

사실 신 부회장의 동생들은 지주회사 격인 삼마의 지분이 미미하고 큰아들을 후계자로 지목한 아버지와 형인 신 부회장이 대부분 가지고 있기 때문에 한 번 밀려나면 말썽조차 일으킬 여지도 없다.

"빨리 결정해라. 이번 컨설팅 끝나면 감사도 시작할 예정인데 난 너희가 이 700억으로 끝나기를 바란다. 내 성격을 알겠지만 아니면 원칙대로 처리한다."

다시 한 번 밀어붙이는 신 부회장의 협박성 어투에 갈등은 생기지만 신 부회장의 의도대로 결정한다. 신 부회장이 내민 백지 위에 700억에 대하여 회사에 경영정상화 자금으로 내놓을 것이며 이에 대한 처분을 신 부회장에게 위임한다고 작성한다.

"그래, 잘한 거야. 출국할 준비 끝나면 임시 이사회를 열어서 DS 대표 이 사직을 내려놓고 이사들 사임서도 받아 놓아라. 그러면 이 건으로 문젯거리가 되는 것은 내가 다 막을 테니까."

"알았어, 형. 윤 부장이 이거 언론에 터뜨리면 어쩌지? 그렇게 되면 형도 방법이 없잖아. 아버지한테 나는 완전히 찍혀 버리는데."

"터지면 그게 문제가 아니라 넌 출국도 못 해. 일단 네가 한국에 있으면 문제만 복잡해지는 거야. 그러니 이 형 말 듣고 빨리 움직여."

신 대표는 펜을 내려놓으며 마음을 굳힌 듯 신 부회장이 이야기하는 대로 순순히 응한다.

"가족을 데리고 나가야겠어. 와이프도 애들 교육 때문에 혼자라도 미국으로 가겠다고 했는데 잘 되었지 뭐. 난 형만 믿고 나간다."

이야기가 끝나고 신 대표는 사무실로 가서 자리정리나 해야겠다고 나가고 신 부회장은 다음 수순을 고민해 본다. 신 부회장이 미국지사에서 들어왔을 때 왜 들어왔냐는 듯이 깐깐하게 굴던 놈들이 아버지 신 회장이 형에게 힘을 실어주자 그때부터 조직적으로 방해하고 몽니를 부리더니 대세가 형 쪽으로 기울자 비자금 조성 건으로 위기감과 불안감을 많이 느낀 모양이다. 김호석 상무의 이야기대로 동생이 먼저 고개를 숙였다. 다음은 윤 부장이 말썽 일으키지 못하게 조용히 자리에서 떠나는 작업을 해야 하는데 김호석 상무와 다시 미팅해서 꼼짝 못 하게 방안을 만들어야 할 것 같았다.

"1층에 후렉스코리아 연결해줘."

여비서가 부 이사 집무실에 전화를 걸었지만, 후렉스코리아 여의도 사무실에 출근했다가 점심 후에 들어온다는 보고를 신 부회장에게 한다. 부태인 이사와 삼마에 도착한 김호석 상무는 1층 프로젝트 룸으로 들어가자 한 비서가 신 부회장이 찾았다고 전해준다.

"상무님. 부회장님이 찾으시는 전화가 왔었습니다."

"그래. 일단 시원한 물 한 컵 줄래? 점심 먹고 급하게 왔더니 갈증이 나네."

한 비서가 가져다준 물을 마시며 김호석은 신 부회장이 무슨 이야기를 할까 예상을 해본다. 9층 부회장실에 가자 여비서가 반갑게 인사하며 안내한다.

"선배님, 피곤하신데 일찍 나오셨습니다."

"아, 어서 와. 잠이 문제가 아니야. 너는 전화가 안 되냐? 동생들이 내가 들어오기를 눈이 빠지게 기다리고 있더라고."

그럴 것이 윤 부장이 이쪽의 의도를 알았고 힘의 균형이 무너지고 있다는 것을 눈치를 챘을 테니 DS 신 대표는 조바심이 났을 것이다.

"그럼 일은 잘되고 있습니까?"

"김 상무가 예상한 대로 움직이고 있는데 윤 부장이 아직 동생이 비자금 700억에 대한 처분 위임장을 쓴 것하고 내일 DS 임시 이사회에서 대표이사 사임하는 것을 모르고 있는데 알고 나면 반응이 궁금해."

"신 대표는 솔직하시네요. 깔끔하게 내려놓으신 줄도 아시고요.

윤 부장은 정면충돌을 해야 자기가 핸들을 꺾을 스타일이니까 2~3일 후에 불러서 협상해야지요. 일단 밝혀진 80억은 내놓고 조용히 회사를 떠나는 것으로 말입니다."

신 부회장과 김호석 상무의 최종 목표는 윤 부장과 DS 신 대표 라인의 반발 없는 조용한 퇴진이었는데 비자금 700억과 윤 부장의 횡령금액 80억이라는 의외의 소득이 생긴 것이다. 윤 부장의 80억 중 어느 정도 회수가 가능할지는 이야기를 해보아야 알겠지만, 금융통인 윤 부장이 잘 보관해 놓고 있을 것이다.

"선배님, 일단 사법처리를 전제로 강경하게 던져보고 반응을 한번 보시는 것이 좋을 것 같습니다."

"그래, 그게 좋겠지. 우리가 증거자료를 가지고 있으니까 가능할 거야. 횡령한 돈은 최대한 회수를 하는 것으로."

"그런데 돈 없다고 뒤로 자빠지면 어쩌지요?"

"하하. 금융 업무를 하는 재무통들은 돈을 만들 때는 재미를 느끼며 잘하는데 사고에는 간이 작아서 밀어붙이면 집까지 팔아서라도 수습하려고 할걸."

"그러긴 할 거예요. 자기 돈도 아니고 큰돈인 데다."

두 사람은 다음 주 화요일까지는 모든 사건을 종료시키기로 하고 최종 컨설팅 결과보고서의 발표를 어떻게 할 것인가 논의한다. 저녁에 연희가 술이나 한잔하자고 전화가 왔었기 때문에 호석은 미팅을 지루하게 끌고 갈 수가 없었다.

"선배님 일단 보고서 발표는 윤 부장 처리를 완료하고 나서 결정하시는 것으로 하시지요. 왜냐하면 수습이 잘 안 되어서 문제가 시끄러워질 수도 있고 그러면 발표의 효과가 반감될 수도 있기 때문입니다."

"그럴까. 내 생각에는 다음 주 월요일이면 그냥 머리 숙이고 올 것 같은데 하하. 덕분에 총 한 방 안 쏘고 의외의 소득도 생기고."

신 부회장은 한국에 들어와서 처음으로 날아갈 듯이 마음이 홀가분해지는 기분이다. 처음에는 미국생활을 정리하고 들어왔을 때 그룹 내에 어떻게 적응해서 아버지의 기대에 부응할 수 있을까 걱정을 많이 했었다. 해외에서 근무하는 동안 그룹 내에 자신 편이라고 할 수 있는 사람이라고는 아버지 신 회장 외에는 아무도 없었기 때문이다.

"동생의 비자금은 그대로 비자금으로 관리해야겠어. 구태여 신고하여 분란의 빌미를 줄 이유도 없고."

"그렇지요. 선배님. 국내 기업이야 선거도 있고 뭐 여러 곳에 돈 쓸 일 많으니까 필요할 겁니다."

"동생한테는 2년 이야기했는데 자식들 교육문제도 있고 하니까 미국에 한 5년 내보낼 생각이야. 그러면 자기 사람들도 다 교체되어 있고 힘없이 돌아왔을 때 계열사 하나 맡기면 될 것 같다는 판단이야. 여동생은 자동으로 자기 친정 쪽으로 갈 거고."

"선배님 당분간은 해외 지사를 맡기시면 안 됩니다. 그룹에 어떠한 영향력도 미치게 해서는 안 됩니다. 선배님의 도움 없이 어떤 것도 할 수 없다는 것을 보여주어야 하니까 정에 끌려 풀어주면 동생분들을 바라보는 자들에게 오판의 빌미를 제공하게 되고 바로 살아나 문제를 일으킬 수도 있기 때문입니다."

호석이 아는 신 부회장은 겉으로는 강하고 냉정한 척하지만 약한 성격이라 어떤 잘못을 했다 해도 먼저 머리 숙이면 악한 짓을 못 한다.

"알았어. 그건 내가 철저하게 지킬게. 이번에 흔들리는 지도력은 치명타가 될 수 있다는 것을 많이 알았으니까 절대 실수를 하면 안 되지."

"그거 아시면 됩니다. 최소한 3년은 긴장하게 해서 조직을 가져가야 합니다. 꼭 기억하셔야 합니다."

"김 상무가 우리 쪽으로 와서 같이 하면 좋겠지만 후렉스코리아 대표로 가면 더 어려워지는 것이고 더군다나 본사 이사회 멤버까지 되었으니 김 상무의 수준을 어떻게 맞추겠냐?"

"하하, 선배님. 선배님이 계시는데 무슨 걱정이에요. 나중에 경영 자문단 하나 만들어 저에게 사외 이사 자리나 주세요. 그럼 정기적으로 선배님께 조언도 하고 좋지요."

"그래, 그렇게 하는 방법도 있겠다."

두 사람은 조직 구조 변화의 성공 가능성이 눈앞에까지 오자 흡족한 듯이 자화자찬을 하고 있다. 부회장과 이야기를 마치고 1층으로 내려오자 김병기 감리가 부태인 이사와 이야기하고 있다.

"김 사장님, 오랜만입니다. 협조를 잘해 주신다는 이야기는 들었습니다."

"네, 상무님 잘 계셨습니까? 미국 출장 다녀오셨다고요?"

"김성조 상무는 잘 있어요? 요즘 통 연락이 없어서 말입니다."

성조는 하지시스템의 경영진단 결과에 따른 대대적인 변화의 주체가 되어 무척 바쁘다는 통화를 하고 난 후 거의 두 달째 연락을 못 하고 지내고 있다.

"네, 경영진단이 끝나고 그 결과 가지고 일본에 들어가 계신 것으로 알고 있습니다. 사모님과 이혼하고 집을 나오신 것 같던데요."

"김 사장은 개인의 사생활을 이렇게 사적인 자리에서 말해도 되나? 프라이버시와 관련된 이야기를."

일부러 김호석이 이야기한 것이지만 순간 김병기의 얼굴이 벌게진다.

"죄송합니다. 알고 계신 줄 알고 그랬습니다."

"전 모르고 있었어요. 이 이야긴 그만합시다."

성조가 그토록 바라던 이혼을 드디어 한 모양이다. 자신도 똑같은 처지이고 괜히 화를 낼 일도 아니지만, 갑자기 이혼이라는 단어에 기분이 상한 것은 사실이다.

"네, 알겠습니다."

분위기가 차바람이 돌자 부 이사가 끼어든다.

"상무님. 김병기 감리가 우리 쪽에서 파견한 감리 인력을 빼도 될 거라고 이야기합니다. 프로세스 전체에 대한 정의가 끝났기 때문에 이제는 혼자 하셔도 충분하다고 합니다."

윤 부장과 그 주변의 분위기를 빠르게 읽었는지 부태인 이사에게 김병기가 백기를 들고 온 모양이다.

"그래, 잘 되었네. 그동안 고생하셨네. 고맙습니다. 이렇게까지 신경을 써주시다니요."

분위기를 느낀 듯 김 상무는 약간 오버해서 감사를 표시하며 김병기를 띄워준다. 그 시커먼 속마음은 뻔히 알고 있으면서 여우 같은 김병기에게 속아주는 듯이 기뻐한다.

"무슨 말씀을요. 열심히 하겠습니다."

김병기가 나가자 부태인과 김호석은 삼마 개발 프로젝트의 진행 사항을 협의한다.

"삼마 경영 컨설팅이 끝났으니 이제 발표회 일정 잡아야 하는데 유 이사가 하나 아니면 분야를 나눠서 하게 하는 것도 좋을 것 같은데."

"어떻게요?"

"조직은 유 이사가 비전과 생산, 마케팅 분야는 미국에서 온 애들이 하면 효과가 더 있지 않을까?"

"그렇게 준비시키겠습니다. 윤 부장 건은 잘되고 있습니까?"

"응, 월요일쯤 결판낼 거야. 모른 척하고 있어. 만에 하나 그럴 리는 없겠지만 시끄러워지면 1층 프로젝트에 부담 갈 수도 있으니까. 그리고 부 이사는 내가 대표로 취임하면 이곳에서 나와 본사로 들어와야 하니까 능력 있는 부장에게 업무 인수인계를 서서히 해야 할 거야. 내가 지시한 조직분석은 하고 있는 거지?"

"네. 만들고 있습니다. 곧 보고하겠습니다. 구심점이 있는 사람

이 없는 것이 어찌 보면 긍정적이라 할 수 있지만, 오합지졸의 느낌
도 듭니다."

"그래, 일단 성향과 특징, 인맥, 학맥을 잘 연결해 봐."

"알겠습니다. 오늘도 약속 있으십니까?"

"응, 김연희 지사장하고 약속이 있어서 나가봐야 해."

5시가 다 되어서 삼마를 나와 여의도 본사로 들어간다. 사무실
에 들어가서 자료를 정리하는데 연구소장이 차 한잔 하자고 찾아
왔다.

"들어오십시오. 아직 안 나가셨네요."

"네, 상무님. 보고서를 마무리하고 있어서요. 본사에서 빨리 정
리해서 보내 달라고 연락이 왔네요."

"지금 부사장은 근무하고 있나요?"

"네, 근무는 하고 있는데 이 보고서의 결론이 날 때까지 결재권
이 모두 정지된 상태입니다."

조사위원회 업무가 끝나가는 것을 알고 또 다른 자리를 불쑥 제
안한다.

"제가 회계감사를 시행하게 되면 연구소장께서 책임을 맡아 주
셨으면 합니다."

오전에 이야기를 나누었던 후렉스코리아 최초의 전사적인 회계
감사를 이야기하는 것인 줄 아는 연구소장은 김 상무가 CEO가 되
는 것도 확정되었다고 본사에 있는 친구로부터 들었기 때문에 그
준비라 생각했다. 이번 기회에 후렉스코리아 경영에 깊숙하게 관여

할 좋은 기회라 생각을 하고 흔쾌히 수락한다.

"감사합니다. 믿어주시고 그런 중책을 주시다니요. 하게 되면 최선을 다하겠습니다. 어차피 이번 기회에 정비하면 좋을 테니까요."

연구소장은 김호석 상무의 후렉스코리아 대표이사 취임 사실은 전혀 모른다는 듯이 대답한다.

"아닙니다. 연구소장께서 이번 위원회 건에서도 믿음을 주셨다는 것을 칼츠 회장도 이사회 미팅에서 언급하시며 높이 평가하고 있습니다. 일정이 잡히면 부탁드리겠습니다."

두 사람은 이번 김 부사장의 사고를 기회로 대대적인 정비가 필요하다는 것에는 동감을 하지만 새로운 출발이 쉽지는 않을 것을 예상하고 대화를 나누며 적극적으로 협력을 약속한다.

사무실을 나선 김호석은 김연희가 일하는 일흥증권 빌딩의 골드만삭스 사무실로 간다. 사무실에 들어가기가 까다롭지만, 출입카드를 하나 받아 놓았기 때문에 자연스럽게 들어간다.

"사장님 계신가요?"

여비서가 안내를 해주어서 김연희 사장의 방에 들어가니 공장의 업무로 통화하다가 수화기를 내려놓는다.

"퇴근 안 하시나. 너무 열심히 일하는 거 아니야? 하하하."

"일찍 나오셨네요. 후렉스코리아 사장님 되실 분이 이렇게 퇴근 시간 전에 나와도 되는 거예요? 호호호."

연희는 호석을 보면 괜히 기분이 좋아지고 편안해진다.

"내가 이거 김유신도 아니고 발을 어떻게 처리해볼까?"

"조금만 기다리세요. 티타테크를 맡았더니 몸이 열 개라도 모자라네요. 우리 티타테크 정보화 시스템 컨설팅 좀 해주세요. 제안서 제출해주면 빨리 진행할게요. 전사 업무를 대상으로 글로벌 기업에 맞게."

"뭘 이렇게 빨리 움직이려고 하시나. 아직 시간이 많은데. 티타테크는 장난이 아니던데 언제 이런 걸 발굴했어. 우리 계측장비 케이스도 금형 만들어 제작 하나 해줘 봐. 국내 공장에서 가격 경쟁력 있으면 도입할게. 전자파 차폐 효과도 뛰어날 것 같던데."

"호호. 내가 거의 3년 가까이 공들였던 사업이에요. 향후 매출은 몇십 조를 넘어가게 될 것 같아요. 주식 좀 샀어요? 무상증자도 할 거니까 잘 가지고 있어요."

"하하. 나야 조금 샀지. 일단 끝까지 가보려고. 얼마까지 갈지 모르겠지만 말이야."

"계속 신규 계약이 계속 들어오고 있고 국내외의 어떤 제조업체보다도 수익률과 투자 안정성 측면에서 최고라 생각하면 될 거예요. 투기 자본들이 주식 매수하려고 난리를 칠 텐데."

삼태전자가 200만 원대를 유지하고 있으니 과거에 비하면 엄청난 수직 상승이지만 같은 액면 수준으로 따지면 20만 원 정도 하는 것이다. 수익성이 40%를 넘어가고 주주 위주의 배당 수익도 괜찮을 것 같으니까 상장하면 삼태보다 10배 정도 비싸게 올라가는 것도 가능할 것이라는 증권사들의 분석이다.

"나가요, 오빠."

두 사람은 사무실을 나오자 자연스럽게 팔짱을 끼고 중년의 부부같이 거리를 걸어 호석의 차 있는 곳으로 간다.

"일하는 아줌마보고 음식 준비 좀 하라고 했어요. 내가 시간이 있으면 했을 텐데. 괜찮지?"

"아, 그래. 물론이지. 마음이 중요한 것 아닌가? 고마워."

"고맙기는 미국 가서 아들에게 한 것도 감사하고 귀국도 승진도 축하할 겸."

임신한 상태인 김연희는 호석의 차에 조심해서 올라타고 자신의 아파트로 간다. 아파트에 도착하니 벌써 간단한 파티준비가 되어 있다.

"누가 또 오나?"

"응, 오빠. 지인들 몇 명 불렀어. 재정부 차관도 올 거고 오 부행장도 오라고 했어요. 괜찮지?"

"그래, 괜찮은데 후렉스코리아 대표로 취임하는 내용은 우리 양대표 입장도 있으니까 비밀이야."

"물론이지요. 그냥 재정부 차관 정도는 알아두면 좋잖아요. 차기 장관 후보 1순위로 거론되니까요."

단둘이서 조촐하게 저녁이나 먹는 것을 기대했더니 호석에게 필요할 거라 생각되는 사람들을 부른 모양이다. 사람들이 하나둘 들어오고 서로가 인사를 하고 이런저런 화제를 중심으로 사교적인 파티가 분위기 있게 돌아간다.

"호석아, 오랜만이다. 미국 잘 갔다 왔냐?"

두솔은행 부행장으로 승진한 오 부행장이 인사한다. 김연희 하면 껌뻑 죽어버리는 상태까지 온 사람이다.

"아, 오랜만이다. 승승장구한다는 이야기는 들었는데 축하한다."

"호석아, 다 네 덕분에 여기까지 온 거지. 친구 잘 둔 덕분에 고맙다."

"부행장님이 능력이 있으니까 그런 거지 내가 무슨."

연희가 열 명 정도의 참석자에게 오렌지 주스를 들고 김호석의 귀국과 한국인으로 다국적 대기업 본사 임원이 된 호석을 위해 건배하자고 제안한다.

"건배!"

"감사합니다. 안면이 있는 분들도 계시고 오늘 초면인 분들도 계시는데 감사합니다. 호스트인 김연희 사장께도 감사드립니다. 특히 바쁘신데 참석하신 차관님께도 감사드립니다."

의례적인 인사를 하고 자연스러운 대화가 오고 간다. 이런 자리에서 오렌지 주스를 들은 연희가 조금 의아스럽게 보여서 호석이 물어본다.

"연희야, 너 몸이 안 좋냐? 어울리지 않게 웬 주스야?"

"응, 감기 기운이 좀 있어서."

"그럼 이 파티를 무리하게 왜 하냐? 좀 쉬어야지."

아무것도 모르는 호석은 연희의 말을 그대로 받아들인다. 누구의 말이든지 받아들이는 성격, 다들 바보스럽다고 하지만 그런 따뜻한 마음을 가진 사람이 세상에는 흔하지가 않기 때문에 그런 호석이 연희는 좋다.

"괜찮아요. 가벼운 거니까 금방 좋아질 거예요. 오빠가 끓여주는 해장국이라도 먹는다면 금방 날 거 같은 생각은 드네."

"하하하. 그 해장국 아직도 기억하나?"

사교모임답게 많은 술을 마시지는 않으니까 두 시간 반 정도 지나자 거의 끝나가는 분위기다. 다들 정신이 또렷또렷 하니까 일찍 집에 돌아가려 한다. 오 부행장이 가면서 언제 한번 보자고 한다.

"오빠 오늘 자고 가도 되지? 내일 국경일이니까."

"그래, 알았어. 나 옷도 안 가져 왔는데."

"내가 다 준비해 놨으니까 걱정하지 마. 그 정도는 내가 하지용."

자고 간다는 호석의 말에 연희는 기분이 좋아진다.

"오빠, 우리 지금 쇼핑하러 가요. 저녁이 조금 모자라니까 맛있는 것도 먹고."

"나가자고. 허허, 뭐가 먹고 싶은데?"

"우리 함흥냉면 잘하는 곳으로 가요. 새콤달콤한 것을 먹고 싶어요."

두 사람은 삼성동 방향으로 가서 연희가 먹고 싶어 하던 냉면을 먹고 옷도 사고 식료품도 쇼핑한다. 북엇국을 먹어야 감기가 낫겠다고 하는 말을 들었으니 안 끓일 호석이 아니기 때문에 아침에 일찍 일어나 어제 사 온 북어로 해장국을 끓였다.

"아침 먹자. 해장국이야."

"어머, 고마워요. 오빠."

같이 옆에 자면서도 몸이 안 좋다는 핑계로 무리하지 않는 것은 몸이 무거워지는 것을 어쩔 수가 없었기 때문이다.

오후 늦게 되어서야 연희의 집을 나와 아파트로 돌아온 호석은 옷을 벗어 세탁기에 넣고 스위치를 돌린다. 오랜만에 조용히 집에 앉아 생각할 시간이 생겼다. 예전에 서 사장과의 관계를 정리했다고 생각했으나 아직 본인과 직접 통화하지 못했다. 이혼하지 않고 남편이 있는 한 어떤 관계도 유지해서는 안 된다는 것이 호석의 원칙이다. 국경일을 푹 쉬고 출근한 부 이사는 삼마의 사무실에서 유 이사와 함께 컨설팅 보고회 일정을 논의한다.

"유 이사가 그럼 전체 도입부와 결론을 하면서 조직 부분만 하고 미국 애들이 나머지를 하는 것으로 하지."

부 이사는 김호석 상무가 이야기한 발표방안을 유 이사에게 제시하며 조정한다.

"그렇게 하면 될까? 아니면 미국 애들에게 전체를 다 맡기는 것은 어때? 듣는 사람들 스트레스 좀 받게, 호호."

"신 부회장은 괜찮겠지만, 나머지 사람들을 위해서 어차피 동시 통역사를 준비할 거니까 걱정하지 마."

두 사람은 정확한 일정을 다음 주에 다시 잡는 것으로 하고 발표 형식은 유 이사와 미국에서 온 컨설턴트가 나뉘 하는 것으로만 정한다. 신 부회장은 아침에 김호석 상무와 W호텔에서 식사하면서 다시 한 번 윤 부장의 처리 방법을 조율하고 같이 삼마 사무실로 출근한다.

"김 상무, 일단 윤 부장을 불러올린다."

"선배님, 차부터 한잔 마시고 하시죠. 칼자루는 우리가 쥐었는데 우리가 더 조바심을 내는 것 같습니다. 하하하."

신 부회장은 삼마그룹의 조직 장악을 마무리하는 핵심사항을 처리한다는 것에 흥분되는 모양이다.

"그렇지. 우리가 서두를 필요가 없지."

"선배님. 눈치 빠른 윤 부장이 의외로 쉽게 두 손 들 수도 있는데 그러면 무혈 입성하는 것이니까 현장, 덕장 이런 소리도 들으실 겁니다. 하하하."

두 사람은 천천히 차 맛을 음미하면서 곧 벌어질 일에 혹시나 있을지 모르는 최악의 상황을 예상해본다.

"윤 부장이 선택할 수 있는 최악의 상황은 무엇일까?"

"제가 볼 때는 자신이 처벌을 감수하고 달려드는 상황인데 이때는 우리도 빨리 변호사에게 맡겨야 하고 즉시 고발 조치를 하는 기민함을 보여야 할 겁니다."

"그럴 가능성은 적다고 보는 거지?"

"그럼요. 사실 액수가 너무 많아요. 자신이 횡령한 금액이 80억이니까 평생감옥에 있을 각오도 해야 할 겁니다. 경영상 필요에 의한 것도 아니고 그냥 꿀꺽 먹은 케이스니까 죄질이 비난받을 아주 안 좋은 거지요."

"그렇지. 그래서 뒤로 넘어질 가능성이 좀 낮을 거야."

"가능성이 큰 것은 손들고 오면서 횡령금액에 대하여 면죄부를 요구하는 것인데 모든 것에 입 닫고 자신도 해외든지 어디든지 나가겠다는 하면서 협상을 제안해 오는 것이지요. 이 상황에서도 선배님께서 동생들이 비자금 이외에 다른 비리나 기타 문제 될 만한 일이 없기 때문에 강경하게 나가야 합니다."

3가지 정도의 예상 상황에 대한 이야기가 다시 한 번 정리가 되자 윤 부장을 부르라고 비서에게 지시한다. 비서실에서 온 전화를 받고 부회장실로 올라가려고 일어선 윤 부장은 살이 많이 빠져 있다. 꽤 많은 고민과 갈등을 겪은 흔적이 얼굴에 고스란히 나타나 있는 윤 부장은 나름대로 이번 위기를 빠져나갈 대책을 생각해보았다. 장기간의 근무로 그룹의 내부 사정을 너무도 잘 알고 비자금 등의 불법적 자금의 규모도 잘 알고 있어서 언론플레이를 한번 해볼까 하는 생각도 해봤다. 그러나 자신이 먹은 돈이 경영진이 아님에도 너무 많다는 생각에 오히려 비난을 받고 자신만 희생되는 사태가 올 수도 있을 것이라 생각하고 그만두기로 했다. 주거래 은행이 부회장의 일에 협조하다 보니 자신의 금융거래가 적나라하게 드러나 있다는 것을 여러 상황을 통해서 느끼고 있었다.

오늘이 삼마에서 마지막 날이 될 거라는 생각이 들어 자리를 일어나 한 바퀴 둘러본다. 작은 공장에서부터 시작하여 관리를 맡으며 신 회장과 그 아들들을 거의 자신이 후견했었다는 생각이 들 정도로 애정이 많았던 기업이다. 이러한 긴 여정을 인정해서라도 명예퇴진이라도 가능했으면 하는 마지막 기대를 해본다. 부회장실에 가니 비서가 벌써 기다리고 있었다는 듯이 문을 열어준다.

"어서 오세요. 윤 부장."

부드러운 신 부회장의 목소리에 윤 부장의 눈에는 눈물이 자꾸 흐르려고 한다. 그러나 후렉스코리아 김 상무가 옆에 있는 것을 보고 애써 태연함을 유지 한다.

"네, 부회장님."

"차 한잔 하세요. 긴장하지 마시고 무슨 건으로 만나는 것인지는 알 테니까 말이요."

"네, 부회장님 잘 알고 왔습니다. 각오하고 올라왔습니다."

윤 부장의 얼굴에는 마음의 정리가 되었다는 듯이 편안함마저 들어 보인다.

"여기 김 상무는 신경 쓰지 마세요. 내 경영 관련 고문을 겸하고 있으니까요."

신 부회장이 윤 부장의 눈치가 조금 이상하니까 김호석을 내부 사람으로 생각해도 된다는 듯이 말한다.

"아, 네. 잘 알겠습니다. 부회장님께서 이미 다 알고 계시기 때문에 제가 먼저 말씀 올리겠습니다. 제가 가지고 있는 이것이 80억 원 상당의 무기명 CD고 가져간 것은 전혀 건드리지 않고 가져왔습니다. 물론 돈에 눈이 어두워 저지른 큰 잘못을 용서받기를 바라는 것은 제 욕심일 수도 있지만, 저의 마지막 소망입니다. 한때는 언론이나 다른 방법을 동원해서라도 막 나가 보려는 나쁜 마음도 있었지만, 오랫동안 애정을 가지고 성장을 같이해온 저로서는 도저히 그럴 수가 없었습니다. 정말 죄송하고 부회장님 처분에 따르겠습니다."

만감이 교차하는지 윤 부장은 끝내 눈물을 보인다. 윤 부장이 오랫동안 회사에서 고생하며 기여했던 긍정적인 면을 아는 신 부회장도 마음이 착잡해진다.

"윤 부장이 이렇게 사실대로 이야기해주고 마지막까지 회사에 애정을 보여주니 고맙습니다. 윤 부장이 명예로운 퇴진을 원하니 내가 그렇게 조치하겠고 더 이상 사건을 확대하지 않을 것이요. 나도 윤 부장이 이 삼마그룹에서 많은 고생을 하며 회사를 일으킨 사람 중의 한 명인 것을 잘 알고 있지만, 문제는 문제니까 윤 부장을 회사에서 내보내는 것은 어찌할 수가 없습니다. 그러나 파면이 아니라 사직원을 받고 처리하는 것으로 할 것이고 퇴직 후 생활을 위해 삼마그룹의 지역 거점 대리점 한 곳을 운영하도록 조치는 해주겠소. 이것이 내가 해줄 수 있는 최선의 것이니까 업무 인수인계를 잘해달라는 부탁을 드리고 싶습니다. 내가 할 말은 이것이 다입니다. 더 할 말 있습니까?"

윤 부장은 신 부회장의 조치에 감격했는지 눈물을 하염없이 흘리자 신 부회장이 티슈통을 끌어다가 윤 부장 앞에 가져다준다.

"감사합니다. 부회장님. 이 은혜 잊지 않겠습니다."

실제로 지역 거점 대리점 하나 개설하려면 20억 정도의 보증금을 내야 할 정도로 수익성이 높다는 것을 잘 알고 있으니 전화위복의 감격일 수밖에 없을 것이다. 김호석은 신 부회장의 또 다른 매력을 보는 것 같았다. 상대편이 전혀 예상하지 못한 특혜를 베풀어 자기 사람으로 만들어 버리는 것이다.

"자, 이제 이것은 끝냅시다. 길게 끌어 좋을 것 아무것도 없으니까. 삼마DS 사장도 곧 해외로 나가니까 더 이상 접촉하지 말기를 바랍니다."

"네, 잘 알겠습니다. 부회장님."

윤 부장은 조금 진정이 되는지 서류 가방에서 무기명 CD와 지금까지 임원들에게 넘어간 격려금 명목의 지급 내역 등이 적힌 수첩도 건네준다.

"나중에 그룹 운영에 요긴하게 도움이 되길 바랍니다. 그럼 홀가분하게 내려가 정리하겠습니다. 감사합니다. 부회장님."

윤 부장은 진심으로 감사하며 자리에서 일어선다. 윤 부장이 나가자 두 사람은 이 문제에 대해서 많이 긴장들을 했던 모양인지 스스로도 일이 의외로 쉽게 끝났다는 것에 큰 안도의 숨을 내쉬고 있다.

"모두 780억의 비자금이 생겼군. 이거 다 김 상무가 만든 건데 어떻게 보답하지?"

"하하, 선배님은. 대가를 바라고 한 것도 아닌데요."

"하긴, 농담이고 나중에 내가 확실하게 보답하마. 고맙다. 모든 게 조용히 끝나서 다행이다. 난 동생들보다 윤 부장을 제일 걱정했거든."

"저도 그랬어요. 집안이야 회장님 계시니까 문제가 커지지 않을 것이라 생각은 했지만, 윤 부장은 직원이었으니까요."

사전에 가짜보고서를 가지고 윤 부장 라인을 압박하고 관계된 사람들이 가족을 제외하면 윤 부장 혼자니까 싸우기는 힘들었을 것이다.

"컨설팅이며 주거래 은행이며 모든 방향에서 자신을 조여 갔으니까 심적 부담은 많았을 거야. 그래도 회사에 애정은 많았던 사람이야. 문제를 여기서 덮을 줄 아는 것 보면."

"선배님의 조치가 감동을 잡아내기에 충분했습니다. 고생하셨습니다."

두 사람은 이제 정상적인 경영에 매진해야 한다고 이야기하며 컨설팅 결과보고회를 언제 할 것인가 일정을 잡는다.

"따로 잡을 것 있나. 보고서 나오면 부장 이상 전 직원을 참여시킬 테니까 바로 하자고."

"네, 그렇게 지시해 놓겠습니다."

난제가 끝나고 프로젝트도 별문제 없이 진행되고 다음 주면 경영 컨설팅 결과물이 인쇄되어 9층 컨설팅 룸에 도착하게 될 것이다. 신 부회장은 비서실에 내일 일정을 이야기해주고 신 상무에게 전화해 결과 발표에 부장급 이상 전원 참석시킬 것을 지시한다. 발표회가 끝나면 전격적으로 새로운 조직과 인사이동을 하려고 계획한 신 부회장은 당분간 그룹 전체가 매우 뒤숭숭해질 것 같은 생각을 한다. 조직은 심하게 변동되고 개발에 투입된 인력들도 소속 변동이 되지만 프로젝트 파견 인력은 추후에 보직으로 돌아가는 것으로 방침을 정했기 때문에 중복은 있어도 프로젝트 진행에는 문제가 없게 조치했다.

"선배님, 개발팀 내에도 변동이 있지만, 성공적으로 개발이 끝나면 인센티브를 부여한다는 발표도 같이 하시는 것이 좋을 듯합니다."

신 부회장은 관리이사를 불러 인사방안을 설명하고 빠른 시간에 새로운 조직구조를 설계하라고 지시한다.

"점심이나 하지. 오랜만에 구내식당에서 김 상무 좋아하는 생선요리를 푸짐하게 준비하라고 할게. 부태인이도 같이 하지, 뭐."

"전 일단 1층에 내려 가봐야 할 것 같습니다. 조금 있다 뵙겠습니다."

새로운 준비

부회장실을 나온 김 상무는 부태인이 있는 사무실에 내려와 발표회 이후 인력 운용에 대하여 지시한다.

"그리고 B&K 사장 좀 들어오라고 해."

"무슨 일로 그러십니까? 컨설팅 때문에 그러십니까?"

부태인은 컨설팅에 무슨 문제가 있어서 그런가 하는 생각을 하는 모양이다.

"아니야. 놀라긴. 김연희 사장 티타테크가 경영정보시스템 개발을 해야 한대서 한번 해보라고 하려고. 좀 싸게 줘야지."

"아, 그렇습니까. 티타테크 난리던데요. 전 세계적인 관심에 인터넷에 난리가 났습니다."

"그래? 그래야 우리가 더 좋아지는 것 아닌가? 지금은 살 수도 없을 거야."

"다들 언제 상장하는지 주가가 어느 정도까지 갈 건가 추측만 난무합니다. 500원짜리가 50만 원을 넘어갈 것이라고 이야기합니다. 이거 완전 대박인데요. 요즘 잠이 안 옵니다."

"B&K 애들 어디 회계법인하고 붙어서 일을 하지?"

보통 다국적 컨설팅 회사들이 국내의 회계전문 법인하고 파트너쉽을 맺고 일들을 많이 한다.

"네, 삼익 회계법인하고 같이 하던데요. 왜요?"

"우리도 전사적으로 회계감사 한번 하려고. 새롭게 시작하기 전에 정리하고 가야 할 것 같아."

김 상무는 부태인과 함께 프로젝트에 누구를 후계자로 세워 넘어갈 것인가를 협의한다.

"최소한 3개월은 같이 일을 해야지. 누가 심복이냐?"

"네, 있긴 있는데 누구한테 맡기는 게 좋을까 고민하고 있습니다. 제일 맘에 드는 놈이 제일 후임이라 좀 그렇긴 합니다."

"그게 무슨 문제야? 빨리 인사명령 올려서 준비해. 후렉스코리아에서 자네도 그거 빨리 고쳐라."

후렉스코리아의 장점이 조직의 유연성이고 능력이 있으면 항상 성장할 수 있다는 것인데 한국 문화에 젖어 들다 보면 서열이 항상 앞에 서 있게 된다. 그래서 스스로 조직문화를 움직이지 않고 눈치나 보는 경직된 조직으로 만들어 가고 있는 것이다.

"네, 상무님. 알겠습니다."

"그리고 자넨 영업 쪽으로 가야 돼. 계속 컨설팅에서 근무했잖아. 그래도 영업 쪽을 한번 관리해 봐야지. 앞으로 큰 그림을 그리며 성장하는 데 도움이 될 거야."

서서히 김호석 상무는 후렉스코리아 대표이사로 취임하기 위한 준비를 하고 있다. 15년 이상을 근무했으니 문제 될 것은 없으나 재무 쪽은 미국 쪽에서 받은 보고서 수준의 자료 외에는 가지고 있지 못했기 때문에 정밀 회계감사를 하려고 하는 것이다. 어제 미국 본사에 감사 계획과 감사에 따른 추천 조직도를 보냈는데 김호석이 주도해서 하는 것이 아니라 연구소장과 부태인을 담당자로 해서 투명하고 객관성을 보장하는 결과를 받으려고 하는 것이다.

"조직 관계도는 어느 정도 되었나? 이번 주는 가능하겠지?"

"네, 거의 다 되었습니다. 하루 이틀 정도면 정리될 겁니다."

"그리고 발표는 부장 이상 다 참석한다니까 잘 준비해라."

부 이사는 이제 프로젝트든 후렉스코리아 업무든 한 획이 그어지며 정리가 되는가 싶은 생각이 든다. 우려했던 감리와 윤 부장이 정리되고 프로젝트의 걸림돌이 없어지니 후임에게 좀 편안하게 부담 없이 인계하고 갈 수 있어 좋았다.

"오늘 시간 있어? 저녁이나 먹자. 일전에 갔던 복집 알지?"

"네, 알겠습니다. 저만 가면 됩니까?"

"그러지, 중요한 것은 아니지만, 출장도 있고 둘이 만나 이야기한 지도 오래되었고 해서."

괜히 부 이사가 마음에 부담을 가지고 올까 봐 미리 할 이야기의 내용이 별거 아니라는 것을 말해준다. 부하직원이 상사가 이야기 좀 하자 하면 온종일 일손이 안 잡히는 법이니까 배려해서 한 말이다.

"점심이나 하러 가자. 조금 있다 연락이 올 거야."

오늘은 이상하게 부하직원의 사무실에 앉아 있으려니 뭔가 모르게 어색하고 답답하다. 칸막이가 없는 사무실이면 그런대로 괜찮은데 오늘따라 더 답답함이 느껴진다.

"상무님. 부회장님 비서실에서 전화 왔습니다."

점심 먹으러 가자는 이야기일 거라고 생각하고 자리에서 일어나 지금 내려간다고 이야기하라 한다. 두 사람은 삼마의 VIP 식당으로 내려간다. 김 상무를 좋아하는 영양사가 오늘은 무슨 반찬을 중심으로 내어놓을지 궁금하다. 내려가니 신 부회장은 벌써 와서 앉아 있다.

"어서들 와. 배고프다. 오늘 아침이 좀 부실했어."

"호텔 식단이 원래 부실합니다. 선배님."

"고생하는 부 이사 이리 와라. 후렉스코리아는 선후배 두 사람이 다 해먹는 거 아니냐?"

"하하, 선배님은. 해먹다뇨. 말아먹고 있는 중인데요."

김 상무는 신 부회장의 농담에 껄껄대며 맞장구를 친다. 그러고 보니 몇 명 안 되는데 3명이나 모였으니 동문회를 해도 될 것 같다. 주로 생선요리 중심의 반찬이 영양사가 호석을 생각하고 신경을 많이 쓴 것 같아 보인다.

"오늘 이 식탁도 다 비우고 가야 해. 우리 영양사가 김 상무 좋아하나 봐. 눈들은 있어 가지고 조금만 준비하라니까 이게 뭐야."

부회장의 VIP 손님을 위한 식당답게 푸짐하게 차려졌다.

"선배님, 감사합니다. 혼자 사는 후배 건강도 챙겨주시고 말입니다."

"우리 영양사 좀 파견해 줄까? 아님 영양사가 반찬 좀 챙겨다 주라 하던가, 하하하."

세 사람은 지금까지의 업무에 만족하는지 기분들이 무척 좋아 보이고 맛있는 음식을 앞에 두고 흥겨운 식사를 하고 있다. 식사를 마치고 부 이사의 사무실에 돌아온 김호석은 다시 여의도 사무실에 들어가기도 어정쩡한 시간이라 B&K 한 대표에게 전화해서 삼마로 들어올 수 없냐고 이야기하자 한 대표도 지금 여의도에 들어와 있다고 하며 바로 이동하겠다고 한다.

9층 컨설팅 사무실로 올라가자 박덕순이 먼저 눈에 띄고 후렉스 코리아 직원들도 보고서와 별도로 출력된 결과물 정리에 정신들이 없는 모양이다.

"유 이사 어디 계신가?"

김호석 상무의 방으로 들어가며 물어보자 자기 방문을 열고 얼굴을 내민다.

"아, 상무님. 저 여기 있습니다."

유영숙 이사는 언제나 밝고 정중하다.

"내 방에서 차 한잔 합시다. 괜찮을까요?"

"네, 상무님 괜찮습니다. 곧 가겠습니다."

김호석의 방으로 들어온 유영숙 이사는 편안한 캐주얼 복장으로 들어온다. 공통으로 지원하는 여비서가 차를 내오고 자리에 앉자 김호석 상무가 이야기를 꺼낸다.

"발표회 준비는 잘 되고 있지요? B&K가 삼익하고 같이 하지요?"

"네, 상무님. 준비는 다 끝났습니다. 삼익하고는 전략적 관계로 움직이고 있습니다."

"음, 이 팀들에게 컨설팅 끝나고 일 좀 주려고 내가. 요즘 내가 한 대표를 먹여 살리려고 하는 것 같아."

"호호. 가난한 백성에게 은혜를 베푸셔야지요."

유 이사도 몇 개월 겪어보니 숨김이 없이 솔직하고 소탈한 성격인 것을 알 수 있다.

"티타테크라고 들어봤나?"

"티타테크요. 요즘 가장 유명한 회사가 되어버린 것 같던데요. 그 여사장 TV 인터뷰한 것 봤는데 대단하던데요. 회사에서 제조하는 제품들도 그렇고요."

TV 인터뷰도 봤다니 유영숙 이사도 이야기를 많이 듣고 있는 모양인지 알고 있는 것을 쏟아 낸다.

"그 여사장 엄청 미인이던데요. 능력 있고 골드만삭스인가 거기 한국인 최초의 파트너이면서 한국 사장도 겸임하고 있고요."

"야, 자세하게도 알고 있네요. 어디 기사에 났나 봐."

"네, 여성 잡지에 추측성 기사가 난무하고 있지요. 인터뷰를 안 하니까요."

순간 호석은 오해라도 사지 않을까 걱정이 들었지만, 이왕 시작한 이야기니까 끝마무리를 해야겠다고 생각한다.

그때 한 대표가 도착해서 허둥지둥 들어온다.

"상무님, 출장은 잘 다녀오셨습니까? 인사가 늦었습니다."

"한 대표, 잘 왔어. 타이밍 좋아. 여의도에는 무슨 일로?"

"어떤 회사가 우리 회사와 전략적으로 사업진행을 하자는 제안을 해 와서요?"

"컨설팅 폼과 전략적 제휴를 제안한 여의도 회사라. 하지시스템 김 상무를 만난 것 같은데?"

"헉. 상무님이 어떻게 안 보고도 알 수가 있으십니까? 와, 대단하십니다."

"어떻게 하기로 했는데요? 같이 하기로 했나요?"

김호석 상무는 만약 한 대표가 하지시스템과 전략적 제휴를 하기로 했다면 이야기 자체를 꺼내지 않는 것이 좋겠다는 생각을 하고 재차 물어본다.

"아뇨. 국내 시장에서 하지시스템의 비중이 거의 유명 무실해지고 있다는 판단을 하고 있고 그렇게 전략적 제휴를 해서 묶인다면 둘 다 망하게 될 가능성도 크다는 판단을 해서 거절했습니다."

"하하. 김 이사가 제 고등학교 친구예요. 잘 좀 해주시지."

"아, 그러세요? 그것도 모르고 죄송합니다. 그런 평가를 함부로 해서 말입니다."

"아니에요. 평가는 정확하게 하시는군요. 난 또 한 대표가 급한 마음에 아무거나 먹자고 후다닥 결정했을까 봐 물어본 것입니다."

"하하, 상무님은 명색이 5대 컨설팅 폼인데 함부로 결정할 일이 있겠습니까. 5대 강력 아닙니까."

"자, 그건 그렇고 유 이사에게 이야기하다 말았는데 티타테크에 대하여 계속 이야기합시다."

김호석은 유 이사와 나눈 이야기를 다시 한 번 한 대표에게 설명한다.

"그 김연희 사장이 내 후배야. 그쪽에서 신정보시스템을 개발하겠다는 연락이 와서 그것을 같이 하자고 제안하는 거예요. 그런데 전략적으로 조금 싸게 들어와야 해. 삼마하고는 조금 다르게 봐야 하고 규모도 작으니까."

유영숙은 순간 잡지에서 읽은 티타테크 여사장의 남편이 김 상무가 아닌가 하는 생각이 들었지만 그렇다면 공개하지 않았을리가 없었다는 판단에 아니라고 단정한다.

"그럼 저희들이 무엇을 해야 하는지요. 저흰 후렉스코리아와 같이 가는 것에는 최선을 다해 맞추어서 나갈 생각이니까 걱정하지 마십시오."

B&K 한우영 대표는 또 다른 업무가 티질 것이라는 판단에 적극적인 대응 의사를 표시한다. 내심 하지시스템과 전략적 제휴 제안을 거절하기 잘했다고 생각한다.

"B&K는 비즈니스 컨설팅을 하고 우린 업무개발 부분을 하는 게 역할 분담 아닌가요? 그 대신 우리 쪽 컨설팅 인력은 여기 참여한 인력을 넣고 구성하는 조건으로 갑시다. 그래도 B&K의 인력이 꽤 들어가야 할 겁니다."

김호석 상무는 장기적으로는 비즈니스 컨설팅 분야도 후렉스코리아에서 가져가야 할 중요한 분야라고 판단하고 인력을 훈련시킬 기회를 갖는 것이다.

"네, 알겠습니다. 그럼 언제 한번 방문하여 인터뷰도 해야 할 것 같고 사장님도 한번 만나야 할 것 같습니다."

"네, 스케줄을 한번 잡겠습니다. 그리고 다음 건은 일단 비밀로 진행해 주시기를 당부 드리면서 동의하시면 이야기하겠습니다."

두 사람이 김호석의 제안에 동의하는 의사를 표시한다.

"후렉스코리아 정밀회계감사 건으로 의논을 좀 하려고 합니다. 후렉스코리아가 지금까지 협력하던 회계법인과 관계 없이 창업부터 지금까지 내부든 외부든 감사를 한 번도 받은 적이 없기 때문에 이번에 하려고 합니다. 일단 저는 B&K에 주려고 하지만 그쪽에서 삼익에 입이 무겁고 실력 있는 사람들을 확보할 수 있느냐가 관건이 되겠지요. 잘하면 회계법인을 바꾸는 일이 될 수도 있으니까."

B&K 한 대표는 후렉스코리아 내부에 지각 변동이 일어날 모양이라는 상상을 하지만 김호석 상무가 대표를 맡은 것이라고는 생각을 못 한다.

"그거야 저희들이 최고의 인력으로 구성하겠습니다. 미국계 회사니까 미국의 회계사도 포함하여 조합할 테니까 그건 염려하지 마십시오."

"그럼 사전에 한 대표와 유 이사. 삼익 관계자들이 모여 서 미팅하고 참여 가능 인력에 대하여 영문 이력서를 제출하는 것으로 하지요. 미국 본사에 보내야 하니까요."

한 대표는 속으로 신이 난다. 국내에 들어와서 인맥이 없어 프로젝트를 따는 것이 어려웠는데 김호석 상무를 만나 재계 3위의 삼마그룹 컨설팅을 했고 지금 업계의 화두인 티타테크의 신정보시스템 구축으로 인지도를 올릴 수 있으니 엄청난 결실을 거두고 있는 것이다. 보너스 중의 보너스라 할 수 있는 후렉스코리아의 회계감사 프로젝트까지라니 기분이 좋을 수밖에 없다.

"네, 약속 잡고 전화 드리겠습니다. 오늘 저녁 시간 있으십니까? 같이 저녁이나 하시죠."

"아, 그래요. 오늘 부 이사하고 약속이 있는데 거기 끼시든가. 저녁은 내가 살 테니까. 유 이사도 같이 가지요."

사무실로 내려온 김호석 상무는 강남 복집에 전화를 걸어 4명을 예약해 놓는다.

"부 이사, 오늘 한 대표와 유 이사도 같이 하기로 했다. 한 대표 오랜만에 이곳에 왔으니 같이 하지, 뭐. 컨설팅 관련해서 한 대표에게 내가 이야기했어. 후렉스코리아 정밀 회계감사 건도."

업무를 정리하고 두 사람은 각자 차를 가지고 약속 장소로 이동을 한다.

"윤 기사, 여기서 저녁 먹고 차는 집에다 갖다 놓고 먼저 퇴근해. 차가 집에 있지? 나는 여기서 택시 타고 들어갈 테니까."

"네, 상무님. 저녁은 구내식당에서 먹었습니다."

식당에 도착하자 안으로 들어가 자리를 잡자 뒤이어 한 대표와 유 이사, 부 이사가 들어온다. 식사가 나오고 술도 오늘은 좀 과하다 싶게 빨리 마신다.

"상무님, 천천히 드시죠. 너무 빠르십니다."

"하하. 오늘 술맛이 아주 좋아. 자, 오늘은 마시자고 고생했어."

잠시 화장실로 나가면서 김호석은 연희에게 전화를 건다.

"김연희 사장님, 난데 어디야?"

"오빠, 집이에요. 어디세요? 한잔 한 것 같은데."

"오늘 손님 3명 데리고 그리로 가도 되냐? B&K 알지? 한국지사장하고 밑에 이사야. 부태인하고 같이."

"좋지요. 술상 좀 봐 놓을까요?"

"먹고 싶은 것 있으면 이야기해 봐. 내가 사갈 테니까."

"그럼 올 때 골뱅이 통조림하고 튀김 좀 사와요. 술은 와인으로 준비해 놓을게요."

방으로 돌아온 김호석은 일행들에게 제안한다.

"우리 오늘 유명인사 한번 만나 한잔 더 할까? 어때?"

"어머, 어떤 유명한 사람인데요. 혹시 티타테크 사장님 아녜요?"

역시 여자의 직감이라는 것은 대단한 것이다. 유 이사가 대번에 눈치를 채버린 것이다. 그러나 그렇고 그런 사이라는 것은 전혀 모르는 눈치다.

"야, 유 이사 뭐야, 이거. 어떻게 알았어?"

"상무님이 아까 저와 이야기할 때 나왔던 분이잖아요. 그러니 찍은 것이죠."

"하하. 대단합니다. 우리 어느 정도 했으니 나갑시다. 부 이사 대리기사 2명을 불러야 하나, 아니 3대지."

종업원에게 대리기사를 부탁하고 올 때까지 밖에서 서서 기다린다.

"티타테크 그 여사장님 대단하시던데요. 막강한 자금동원 능력과 투자 성공으로 월가에서도 유명하시고 큰 영향력을 미치는 분이라고 하던데요."

"하하, B&K에 주는 프로젝트 발주자니까 잘 만나보세요. 엄청난 인맥과 영향력이 있으니 한 대표는 알아두면 좋을 것이고 정부 과제도 많이 하고 자문도 하니까요."

"상무님, 대리기사 왔습니다. 가시죠."

차를 타고 가다가 슈퍼마켓 앞에 세우고 연희가 이야기한 것을 사고 옆의 포장마차에서 튀김을 사 가지고 간다. 집에 도착하자 연희가 여느 여염집 안주인 같은 모습으로 손님을 맞는다. 튀김은 조금 식은 것 같아 다시 데우라고 이야기해준다.

"이거 너무 늦게 온 거 아니냐? 미안하게."

"아네요. 고맙지요. 이렇게 오빠가 밤늦게 찾아주니 황공하옵니다."

"하하. 수라상을 올려라."

이들의 농담을 바라보는 세 사람은 마치 부부 같은 모습에 의미심장한 웃음을 짓는다.

"사장님, 제가 도울 일이 없을까요. 전 B&K 유영숙 이사입니다. 삼마 컨설팅팀장으로 일하고 있습니다."

"아, 그래요. 이야기는 들었어요. 제가 오늘 와인과 골뱅이 소면

이 잘 어울린다는 것을 보여드리려고요. 일하는 아줌마는 주무시라 했어요. 제가 김호석 상무님께 음식을 만들어 드리는 것이 기쁨이거든요, 호호호."

벌써 다른 것은 준비되었는지 뚝딱뚝딱 만들어 낸다.

"유 이사님. 이 튀김을 다시 튀겨 주세요. 베란다 쪽에 나가면 튀김용 레인지가 있으니까 그거 켜고 기름 온도 올라가면 넣으면 됩니다."

간단하게 안주를 만들어 와인과 함께 상차림이 이루어지자 다들 테이블에 앉아 이런저런 화제로 이야기한다.

"여기 B&K와 같이 티타테크 경영정보 시스템 컨설팅을 하고 후렉스코리아에서 개발할 겁니다. 여기 계신 분이 B&K 한우영 대표, 유영숙 이사."

"잘 부탁드립니다. 티타테크는 작은 회사라 어렵진 않겠지만 하는 김에 김 상무님께서 같이 움직여 주셔서 티타테크의 새로운 비즈니스 관련해서도 컨설팅 해주세요."

"네, 최선을 다해서 작업하겠습니다. 현업은 언제라도 방문할 수 있는지요?"

"네, 제가 내일 업무지시를 하겠습니다. 저와 인터뷰를 해야 미래 사업에 대한 나갈 방향과 목표를 도출하기가 수월하지 않겠습니까?"

이들이 와인을 몇 병째 비우는 사이 연희는 몸이 좋지 않다는 핑계로 주스를 몇 잔 마셨을 뿐 술은 입에도 대지 않는다. 거의 술이 만취하다시피 한 김호석을 남겨두고 나머지 사람들은 자리에서 일어난다.

"오늘 만나 뵈어서 영광입니다. 사장님."

유 이사는 부럽기도 하고 질투도 나지만 참 곱게 나이가 먹은 언니 같다는 생각을 한다. 모두들 가는지조차 모르는 김 상무의 옷을 벗기고 부축해서 자기의 침대에 눕힌다. 왜 이렇게 많이 마셨는지 의아해하면서도 따뜻한 수건을 챙겨와 몸을 닦아준다.

충격,
그리고 기쁨들

어제 술을 많이 마셨지만, 버릇처럼 7시가 되자 김호석은 어김없이 일어난다. 옆자리에 쳐다보니 김연희가 곤히 잠들어 있다. 인기척에 놀라 눈을 뜨는 연희는 참 사랑스러운 여인이란 생각이 든다.

"어머, 일어났어요? 좀 더 주무시지 그랬어요."

"아니야, 자고 있어. 일하는 아줌마 일어났나 봐. 나가서 아침 해장국 좀 만들어 달라고 해야지."

호석은 일어나서 옷을 주워 입고 주방 쪽으로 간다. 집 자체를 호석이 얻어 놓았고 청소하는 것도 와서 보고 구석구석을 봤기 때문에 구조에 익숙하다.

"안녕하세요. 어제 술을 많이 마셨는데 해장국 좀 끓여주세요."

"네, 사장님. 무엇으로 끓여드릴까요? 북어 아니면 콩나물이라도 끓일까요?"

"아무거나 좋습니다. 김 사장은 아침 안 먹나요?"

"애를 가져서 꼭 챙겨 드시는 편이에요."

순간 호석의 머리가 망치로 때린 것 같은 충격이 온다. 임신이라니 혹시 자신의 애가 아닌가 생각을 하며 안방으로 들어간다.

"연희야. 너 임신 중인 것 맞아? 사실이냐고?"

"어떻게 알았어, 오빠? 아줌마가 이야기했구나. 이리와 봐, 오빠."

호석이 침대에 걸터앉자 연희는 자초지종을 이야기한다.

"오빠 애를 임신한 거 맞고 노력 많이 했어. 그리고 더 중요한 이야기가 있어. 존도 오빠 아들이야. 다들 봤으면서도 이상한 이야기만 하더라."

더 큰 충격이 쓰나미처럼 밀려와 할 말이 없어진다.

"충격인 것은 아는데 사실 난 임신한 생태에서 신 부회장을 만난 것이야. 물론 나도 그 당시 어려서 잘 몰랐지만, 배가 불러오면서 오빠 애라는 것을 알았고 존을 키우면서 어려운 것도 잊고 기다릴 수 있었어. 그래서 아들을 위하여 성공이 필요했고 온갖 고생, 차별도 마다하면서 열심히 살았어."

연희는 감정이 복받쳐 오는지 흐느껴 울고 있다. 호석 자신도 무능력과 무관심에 자책감을 느끼며 미안함에 눈물을 펑펑 쏟는다. 연희를 감싸 안고 아무 말 없이 울고 있다. 연희도 울고 호석도 울고 그들은 그간의 끊어졌던 인연의 연결고리를 이렇게 빠르게 이어가고 있었다.

"미안하다, 연희야. 내가 나쁜 놈이야. 이제 생각해보니 존이 나랑 너무 비슷한 거야. 생선 좋아하는 것, 물건 놓고 갔다 다시 오는 것, 고집하며 쌍꺼풀 등 수없이 많더라고. 그런데 그렇게 상상으로조차 생각할 수가 없었어. 혼자서 고생 많이 했어. 내가 앞으로 다 보상해 줄게. 그리고 나 집사람과 이혼했어. 정식으로."

"이미 알고 있었어. 언니가 이야기해주더라. 오빠가 미국 갔을 때 언니가 존과 당신이 너무 닮은 것을 보고 깜짝 놀랐대. 오빠 오기 전에도 존이 주말에 나오면 하는 행동이나 모든 것이 오빠하고 너무도 닮아서 놀랐다 그러더라고. 그런데 메일을 보내왔는데 오빠가 미국에 갔을 때 확실하게 알았다고 하면서 물어서 사실대로 이야기했어. 오빠만 모르고 있었던 거야. 나는 오빠가 못 느낄 줄 알았어. 좀 무디잖아. 아니 그게 아니라 어떤 계기가 없으면 신경을 안 쓰는 성격이니 그럴 거라 생각했어."

"그래도 너무 했다. 내 아들을 보고도 아저씨라고 하는 소리를 듣고 오게 하다니. 일단 밥 먹고 출근해서 천천히 이야기하자."

아줌마가 끓여놓은 콩나물 해장국을 먹으며 미국에서의 일이 생각이 나서 호석은 웃음을 짓는다. 지금 생각하니 너무도 닮았다. 좀 이상하다 싶었지만 신 부회장이 자기 아들이라도 삼겠다는 생각으로 그곳까지 갔으니 호석이 자기 아들이라고 상상하기는 어려웠던 것이다.

"하하. 재미있어. 지금 생각하니 진짜 비슷해. 하하하."

아들이 생겼다는 것에 또 미국에서의 기억이 되살아나서 호석은 자꾸 웃음이 터진다.

"오빠 뭐가 그렇게 재미있어? 난 엄청 고생하며 키운 애야. 무릎 꿇고 싹싹 빌어도 용서해 줄까 말까인데 내가 성격이 좋은 것인지 바보인지."

아침을 마치고 연희의 집에 있는 옷을 입고 출근한다.

"오늘 다른 일정 있냐? 나는 특별하게 일정이 없어."

"전 오늘 공장에 내려갔다가 올라올 거예요. 점심 먹고 올라올 거니까 2~3시쯤 될 거예요. 그리고는 비었어요."

"그래, 그러면 오늘 6시에 데리러 갈게. 청국장이나 한 그릇 먹으러 가자고. 차도 한잔하고."

"좋아요. 오랜만에 가보네. 꼭 먹고 싶었는데.

연희는 호석을 사무실 앞에 내려주고 자신의 사무실로 차를 몰고 간다. 사무실에 올라간 호석은 새로운 충격과 묘한 들뜸에 얼굴에 미소가 떠나지 않는다.

"강 비서, 좋은 아침이야."

김호석 상무의 유쾌한 인사에 어안이 벙벙해진다. 항상 웃는 모습이지만 이렇게 유쾌하게 인사하는 것은 그리 흔하지가 않기 때문이어서 의아하게 쳐다본다.

"강 비서, 이리와 봐. 메모할 것 가지고 들어와."

"네, 상무님."

"우리 집을 세 좀 놓아라. 가전제품 같은 것은 모두 써도 좋다고 해. 냉장고, 에어컨, 세탁기밖에 없으니까. 가능하면 전세로 놓지 말고 월세로 놓아라."

"왜 갑자기 이사하시려고요?"

"한 한 달 정도 여유는 있지? 요즘은 다 월세니까 조금 싸게 해도 돼."

"네, 월세가 싸면 순식간에 나가니까요. 상무님 집 위치가 너무 좋아서 금방 나갈 거예요."

강 비서의 이야기를 들으며 메일을 체크해보니 이곳저곳에서 많이도 들어왔다. 호석은 아내와 이혼하고 혼자 사는 동안 비록 그 기간은 짧았지만 홀가분하고 자유스럽게 살았다. 혼자 살았으니 뭐가 거치는 게 있었겠는가? 공식적으로 이혼이라는 것을 하고 나니 부담이 없어서였을까 아무튼 편안하게 생각할 수 있는 시간이 많아서 좋았지만 이제 그러한 생활도 마감이라 생각한다. 오늘 연희와 이야기해서 가능하면 살림을 합치려고 한다. 임신해서가 아니라 과거 자신이 잘못했던 것을 보상이라도 하듯이 잘해야겠다는 생각을 한다.

호석의 본심을 적어 연희에게 메일을 보낸다. 미안함과 애틋함을 얹어서 사랑으로 몇 장 분량을 보낸다. 연희에게 메일을 보내고 B&K 한 대표의 메일을 봤더니 삼익 회계 쪽 관계자들과의 미팅 일정이 잡혀 있다. 모든 것이 정리된 상태에서 후렉스코리아의 새 업무를 시작해야겠다고 마음먹는다. 미국에서 온 메일에는 정밀 회계감사에 동의한다는 내용이어서 바쁜 결제 업무를 처리하고 연구소장에게 간다.

"보고서는 잘되고 있습니까?"

"네, 2~3일이면 인쇄해서 미국에 보낼 것 같습니다. 번역작업을 하고 있어요."

"미국에서 정밀 회계감사 건에 대한 승인이 떨어졌는데 연구소장과 부 이사를 담당자로 해서 본사에 동의를 구했더니 바로 연락이 왔네요."

"아, 그렇습니까. 언제부터 시작할 것입니까?"

"제가 회계법인 관계자들 만나 업무를 조율하고 양 대표를 만나 협의를 해야 일정이 나올 겁니다. 이제 양 대표에게 메일이 갔으니 연락이 올 겁니다. 우리가 하는 것이 아니라 본사에서 지시하는 것의 형식으로 통보될 것입니다."

양 대표는 이번 조사위원회 건과 맞물려 회계감사를 하는 줄 알 것이다. 하긴 임기가 얼마 남지 않았으니 자신도 연임되기는 어려울 것이라 판단을 했을 것이고 자신이 떠나고 했으면 하는 바람은 있겠지만, 후임자와 명확한 선을 긋고 가려면 전임자가 해결하는 것이 좋을 것이다.

연구소장의 방을 나와 자리로 돌아와 강 비서를 부른다. 강 비서에게는 이야기를 해줘야 할 것 같았다. 이야기를 들은 강 비서는 축하한다고 인사를 건네며 시원섭섭한 모양이다.

"김연희 사장님 처음 오셨을 때 눈빛을 보고 알았어요. 사랑이 꽉 찬 모습 꼭 아들을 바라보는 자상한 어머니의 모습이셨어요. 호호호."

"그랬냐. 미안하다. 그리고 선물 하나는 줘야 될 것 같아서 이야기하는데 1억 투자 한 것 있잖아. 그거 돈 좀 될 거야. 티타테크 주식 23만 주를 샀거든. 30만 원 이상 간다고 하니까. 1억이 몇백 배는 될 것 같으니까 알아서 해라. 내가 주는 마지막 관심이고 선물이야. 네 이름으로 주주 명부에 기록하면 되니까 가져가."

"섭섭해요, 상무님. 그래도 항상 제 옆에 근무하고 계시니까 만족해요."

"20년 가까이 나를 바라본 사람에게 최선을 다하려고. 애들도 4 녕이나 되었잖아, 하하하."

"호호호, 상무님 고맙습니다. 가지고 있으면 되죠? 재벌 되는 것은 아니죠? 너무 큰 선물이에요. 상무님이 매인 사람이 되는 것은 아쉽지만요. 제가 포기를 해야지요. 호호호."

그리고 돈 싫어하는 여자가 없듯이 강 비서 역시 어마어마한 돈에 엄청 놀라고 감격하는 눈치다. 사랑과 돈 물어보나 마나 경제적인 것에 가장 예민한 것이 여자들 아닌가.

"그래, 고맙다. 감사한 일이지. 늦게나마 철들고 살게 되었으니 말이야. 이런 인생이 될 줄은 누가 알았겠어."

점심을 부 이사와 하려고 윤 기사를 불러 차를 대기시키라고 한다.

"나 삼마에서 바로 퇴근할 테니까 일 있으면 연락 줘. 급한 것 아니면 내일하고."

"네, 알겠습니다."

삼마로 가는 길에도 온통 연희의 생각뿐이다. 아직도 현실이라는 기분이 들지 않고 구름에 떠 있는 기분이지만 자식이 2명이나 더 생겼고 20년 가까이 나를 기다려온 여인에게 호석은 어떻게 대해 줘야 최선을 다하는 것인지 정신을 못 차리고 있다. 삼마에 도착한 호석은 부 이사의 방으로 들어가 차를 마시면서도 골똘히 생각에 잠겨 있다. 그 사정을 아는지 모르는지 부 이사는 오늘도 자신이 가지고 있는 주식을 가지고 계산에 골몰하고 있다.

"부태인. 나 재혼하면 어떻겠냐?"

뚱딴지같은 질문에 부 이사는 서 사장이 떠오르는 모양이다.

"서 사장님하고 하시려고요?"

"아니, 다른 여자하고. 갑자기 결혼하고 싶다. 외로워서 그런가?"

"하하, 상무님은. 상무님이 외로울 일이 뭐가 있으세요. 마음만 먹으면 하하하."

"농담하지 말고 밥이나 먹으러 가자. 넌 심복이 되어서 심각하게 물어보면 생각하고 대답해야지. 하하하."

김호석 상무의 이야기에 농담이 아니라는 판단을 하고 정색한다.

"상무님이 결혼하시면 좋지요. 애엄마도 혼자 지내시는 것이 안타깝다고 하던데."

"남들이 이해하겠지? 그런데 이혼한 상황을 모르니 오해하면 어떡하지?"

부 이사는 김호석 상무가 이렇게까지 말을 한다는 것은 마음의 결정을 했다는 것을 의미한다고 생각했다.

"결혼식을 크게 하시려고요? 아니면 조용히 하시려고요?"

"그거야 물어봐야지. 결혼식을 처음 하니까 원하는 대로 해주려고."

여자가 처음 하는 결혼식이라는 말에 부태인은 김호석 상무가 젊은 여자와 결혼하는 것이라 판단했다.

"미리 축하드립니다. 나중에 사모님 되실 분께 인사할 기회를 주십시오."

"그래, 걱정하지 마라. 나중에 놀라지는 말고. 애들 들어오는 방학 때 해야겠지."

밖으로 나온 두 사람은 식사하면서 업무보다 김 상무의 결혼 이야기를 한다. 식사를 마치고 돌아오는 중에 김호석 상무는 결혼을 신 부회장에게 이야기를 미리 해야 할 것인가 어떻게 할 것인가 고민에 빠진다. 신 부회장의 모습이 실망으로 갈까 아니면 어떻게 할까 궁금하지만 곧 이야기는 해야 할 것 같았다. 그렇다고 부회장과 원수질 일은 더더욱 아니기 때문에 기회를 봐서 이야기하기로 마음먹는다.

"내 이야기를 하다 보니 중요한 업무 이야기를 못 했다. 발표준비는 잘되고 있냐?"

"네, 상무님. 다 되었을 겁니다. 유 이사가 꼼꼼하게 일처리하는 것 같아요."

"그런 것 같더군. 그리고 전사 회계감사 건이 승인되어서 오늘 양 대표에게 통보가 갔을 거야. 연구소장하고 부 이사가 담당자로 되어 있어."

전달해준 메일을 잘 읽어보라는 말과 함께 부 이사에게 관련 정보를 소상하게 이야기를 해준다.

"9층이나 올라가 보자."

"네, 상무님."

9층에 올라가면 매우 바쁠 것 같더니 의외로 조용하다.

"유 이사, 이거 너무 조용한 거 아니야? 포기한 거야? 하하하."

"상무님은. 다 준비가 끝나 강당으로 장비 세팅하러 내려갔어요."

"완벽하다고 생각하시나?"

"네, 최선을 다했습니다. 컨설팅 자료는 제본을 끝내고 곧 가지고 올 겁니다."

"부 이사 애들한테 발표회장 잘 챙겨보라 하고 난 부회장실에 있을 테니까 일 있으면 연락주라. 한 대표는 언제 오나요?"

"네, 곧 도착할 것입니다."

"도착하시면 부회장실로 안내해줘요."

방을 나온 김호석은 부회장의 방으로 들어가면서 무슨 이야기를 할까 다시 생각하며 신 부회장의 얼굴을 한번 살펴본다.

"어서 와, 김 상무."

"네, 선배님 발표회 좀 챙기느라 늦었습니다."

"다 준비된 모양이지. 내가 이사들은 모두 참석하라고 했어. 뭐 아는 게 있어야지. 너무들 오래되었어. 오늘 스트레스 좀 받을 거야."

"보고서는 책자로 만들었는데 한글화되어 있습니다. 그거 그냥 이사들이 가져가게 해도 될까요?"

"아니야. 다 회수하고 아니면 책은 주지 말고 발표 자료만 주는 것으로 하든가. 외부에 유출될 가능성이 커."

"알겠습니다. 그럼 요약된 발표 자료만 탁자 위에 올려놓도록 하겠습니다."

호석은 부 이사에게 전화를 걸어 임원들 탁자 위에 보고서 책자는 올리지 말고 발표 자료만 놓아두라고 말하며 책자로 나온 보고서를 한 부 보내라고 한다.

"김 상무 언제 대표취임 하냐? 곧 할 거 아닌가?"

"네, 시간은 여유가 있습니다. 정밀 회계감사를 빨리 마쳐서 취임하기 전에 정리하고 새롭게 시작하려고요."

"그거 좋은 생각이야. 역시 김 상무는 철저하구만."

B&K 한우영 대표가 들어온다.

"부회장님 안녕하십니까. 이번 결과보고서입니다."

보고서 책자를 한 대표가 직접 들고 들어온다.

"고생했어요. 보고서는 미리 봤는데 잘 만들었더군."

"감사합니다."

대강당에는 이미 많은 직원들이 모여서 신 부회장이 나타나기를 기다리고 있다. 신 부회장이 입장하자 B&K 유 이사가 올라가 발표를 시작한다. 컨설팅 결과와 관련하여 비전이 새롭게 정립되고 삼마그룹의 미래와 나간 방향에 대하여 보고한다. 뒤이어 미국에서 온 컨설턴트가 생산과 마케팅 관련하여 발표한다. 점진적으로 삼마의 전체 시스템을 컨설팅에서 참조한 하인즈의 시스템을 절묘하게 결합한 단계적 접근 전략까지 발표를 마치자 신 부회장이 자리에서 올라가 단상에 선다. 조직의 쇄신과 창의성이란 중심내용으로 다시 한 번 최선을 다해서 일해 보자고 격려한다. 앞으로 급여의 인상과 인사이동 발표 등 당근도 제공하며 조직에 활력을 불어넣고자 할 것이다.

발표회를 마치고 부회장실에 모인 임원들과 컨설팅 담당자들은 차를 마시는데 부회장은 이번 결과물 발표에 만족한다는 의견을 내놓는다. 신 부회장의 의도대로 모든 결과를 챙긴 프로젝트이고 변화의 시작이자 신 부회장의 직접 경영의 원년이 되는 의미가 있는 것이었다.

김호석은 모임이 끝나고 나와 부 이사에게 여의도로 들어간다는 이야기만 하고 연희의 사무실로 향한다.

"연희야, 난데 퇴근 안 하냐? 내 차는 우리 회사에 두고 네 차로 갈 테니까 기사는 퇴근시켜. 바로 그리로 갈 테니까."

"네, 1층에 차 세워놓으라고 할게요. 도착하면 전화해요."

윤 기사가 대화 내용을 듣고 어디로 갈까 물어본다.

"어디로 모실까요? 상무님."

"일흥증권 빌딩 앞으로 내려주고 먼저 퇴근해."

윤 기사는 차를 일흥증권 정문에 있는 연희의 전용차 앞에 대고 차 문을 열어준다. 연희 차의 기사가 인사하며 키를 건네준다. 차에 올라 시동을 거니 연희가 나와 옆자리에 올라탄다.

"일찍 나왔네. 일산으로 청국장 먹으러 가자. 우리 너무 자주 먹는 거 아니야? 애가 나오자마자 청국장 먹고 싶다고 하면 어쩌려고."

"내가 워낙 건강 체질이잖아. 존을 임신했을 때도 입덧을 안 했어요."

"그래. 존이 좀 외롭게 자랐지? 크면서 아빠를 안 찾았어?"

"왜, 많이 찾았지요. 존도 오빠 사진을 보면서 자랐으니까 오빠가 아빠 같았을 거야. 그리고 내가 오빠 이야기를 지속적으로 해 주었거든."

지금 생각해보면 존을 처음 만났을 때 어딘가 애틋한 마음이 끌려가는 자신을 느낄 수 있었다. 참으로 자기 자식도 못 알아보다니 자책감이 생긴다.

"진심으로 미안하구나. 존 앞에 내가 아빠라고 나타나면 어떻게 생각할까. 나를 잘 받아줄까 걱정돼."

"괜찮을 거야. 아빠 닮아서 워낙 똑똑해. 오빠하고 얼마나 똑같던지. 크면서 말이야. 그래서 혼자서도 견디며 살 수 있었어."

"하하. 그래? 빨리 만나보고 싶다."

호석은 오늘 자식들이 많이 보고 싶어진다. 딸애와 아들에게도 존을 소개해주고 싶은 생각이 굴뚝같지만 다 성장했다고는 하나 이 상황을 설명하는 데는 시간이 필요할 것 같았고 걱정이 되지 않을 수가 없다.

"나 미국 간 때 같이 갈까? 티타테크 새로운 대표선임 문제를 미국에서 협의해야 하나 아니면 폰 컨퍼런스로 할까 고민하고 있거든."

"그것도 좋은데 아직 결정되지 않은 일정이니까 내가 먼저 일정 잡아 한번 갔다 올게."

호석의 마음을 이해하는 연희는 고개를 끄덕이며 호석의 계획에 공감한다. 일산의 청국장집은 언제나 변함없이 호석이 식당에 들어서자 아들 온 것처럼 반긴다.

"자네 왔나. 요즘 얼굴 보기가 어려워."

"어머니, 제가 요즘 바빴어요. 연애하느라."

"이 색시가 그 색시여? 연애하는 색시."

"네, 어머니. 맛있는 것 좀 주세요."

두 사람은 정성껏 준비해준 맛있는 생선구이와 청국장을 먹고 일어선다. 호석이 시내에 볼일이 있어 같이 가자고 했기 때문이다. 호석이 며칠 전 강 비서에게 물어보고 백화점 홈페이지에 들어가 반지 하나를 세팅해 놓았다. 그것을 찾아 연희에게 오늘 저녁 정식으로 청혼하고 결혼을 추진하려고 하는 것이다.

"무엇하러 가는데? 나 피곤해지려고 해."

"아니, 중요한 물건을 찾아야 하거든. 바로 찾아 들어가자."

백화점 1층에 도착하여 연희를 잠시 차에 남겨두고 매장으로 들어가 종업원이 건네주는 다이아가 세팅된 반지를 주문 내용과 같은가를 확인하고 보증서와 다이아몬드 감정서를 챙기고 아무 일도 없었던 것처럼 차에 돌아와 운전하여 집 쪽으로 운전해 간다.

"많이 피곤하냐?"

연희는 조금 전까지 맛있게 청국장을 먹고 나왔는데 자신이 임신부라는 것을 호석이 알아주기를 바라고 투정을 부린다.

"응. 조금. 괜찮아요. 나도 대우 좀 받아보려고, 호호호."

"하하. 대우받을 자격 있어. 뭐든 다 이야기해. 우리 여기 잠깐 차를 세울까."

호석은 자동차를 한강 둔치 쪽으로 몰고 가서 강 옆으로 차를 세워두고 내려 반지를 꺼내 연희 앞에서 열고 청혼한다.

"20년의 인내를 내가 살면서 보답할 수 있는 기회를 다시 줄래?"

호석의 스타일상 최고의 멋진 말을 준비한 것이라고 생각하니 웃음이 나오려는 것을 참으며 짓궂게 물어본다.

"청혼하는 거야?"

"그래, 나랑 결혼해 줄래?"

연희는 반지를 받는다. 호석이 반지를 받아 연희의 손가락에 끼워준다.

"오빠 청혼해주어서 고마워. 내가 인내로 기다려온 보람이 생기게 해줘서."

연희를 꼭 껴안아 주며 등을 두들겨 주자 이번에는 연희가 눈물을 흘린다.

"울지 마. 이제 내가 행복하게 해줄게. 울지 마."

연희도 20년 넘게 이 순간을 기다리며 지나온 삶이 눈앞을 스쳐간다. 매일의 그리움을 참으며 보고 싶어도 달려가고도 싶었지만 이를 악물고 아들 하나 위안 삼으며 살아왔다.

조금 진정이 되는지 차 한잔하러 가자고 한다. 호석은 W호텔에 도착해 전망이 좋은 스카이라운지에 올라간다. 분위기 있는 곳에 자리를 잡고 차를 마시며 결혼식을 어떻게 할 거냐고 물어본다. 연희는 처음 써보는 면사포니까 가슴 설레며 준비하는 결혼식이 되었으면 좋겠다고 하자 그 의미를 이해한 호석이 더 적극적으로 제안한다.

"그래, 처음 하는 거니까 크게 하자. 웨딩드레스도 입고 손님도 초대하고."

"오빠가 조금 부담스럽지 않겠어? 오빠 재혼이잖아."

"아니야, 이번에 주인공은 너니까 난 신경 쓰지 마. 애들이 다 올 수 있는 방학 때 하자. 친지들도 친구들도 다 불러서 말이야."

"그럼 좋지. 오빠만 괜찮으면 난 좋아."

호석은 연희를 잠시 기다리라 하고 휘트니스 클럽으로 가서 연희의 이름으로 카드를 만들고 서 사장의 것은 파기를 시켜달라고 반납한다. 카드를 만들어 스카이라운지로 올라온 호석은 선물이라며 연희에게 건네준다.

"어머, 이 구하기 어렵다는 것을 오빠한테서 얻네. 고마워요, 잘 쓸게요."

두 사람의 결혼식은 연희의 처음 하는 결혼식에 기준을 맞추기로 하고 애들 모두를 참석시키기로 했다.

"그리고 다음 주가 가기 전에 미국에 들어가 애들 좀 만나야 할 것 같고 특히 존을 만나서 이야기를 좀 해야 할 것 같아."

"그래요, 그건 필요할 것 같아요. 혼자 다녀와요. 난 결혼식을 준비할 테니까요."

두 사람은 집으로 돌아가면서 이제는 절대 헤어지지 않겠다는 듯이 손을 꼭 잡고 걸어간다.

"나 집 내놓았는데 어디 전원주택 하나 살까? 어차피 출퇴근에 크게 구애받지 않으니까 좀 벗어나 공기 좋은 곳으로 가도 좋을 것 같아."

"오빠 그건 애 낳고 생각해봐요. 지금은 병원도 자주 가야 하고 회사도 바쁘니까요."

"그래, 그건 그렇다. 일단 그건 나중에 다시 생각해보자."

결국, 수요예측과 관련하여 문제가 발생하여 부 이사는 오늘 서초동의 소프트웨어 진흥협회에 나와 있다. 개발이 제대로 이루어지지 않아 개발 잔금 지급을 정지시켰더니 교수들이 협회에 진정했는데 프로젝트 책임자가 출석해서 분쟁조정을 해야 한다는 공문이 와서 온 것이다. 기업이야 개발을 정상 종료해야 그 대가를 지불하는 것인데 개발이 종료되지 않아 잔금 지급을 정지했더니 그 돈을 달라고 하는 어이없는 짓거리들을 교수라는 사람들이 하고 있는 것이다. 이해하기가 어렵고 어이가 없었지만 그래도 부 이사는 어떤 형태로든 정리해야 된다는 생각에 적극적으로 대응하고 있다.

중립입장의 업체대표, 갑의 대표, 을의 대표가 각각 모여 조정을 하는데 조정이 될 턱이 없으니 공정위에 제소하겠다고 한다. 찌증이 난 부 이사는 마음대로 하라고 큰소리를 쳐버렸다. 협회를 나온 부 이사는 앞으로 절대 대학 교수들과는 일하지 않겠다고 결심하며 삼마로 돌아오는 길에 미국에 간 김호석 상무로부터 전화를 받는다.

"메일은 받았는데 어떻게 처리되고 있냐?"

"네, 그것 때문에 지금 다녀오는 길입니다. 일단 공정위에 제소한다고 하길래 하라고 했습니다. 걱정하지 마십시오. 알아서 처리하겠습니다."

"괜히 공정위까지 가지 말고 돈을 줘버려. 시간도 없는데 그런데 끌려다니면 피곤해지잖아."

"알겠습니다. 상무님. 제가 알아서 처리하겠습니다."

김호석은 본사에 들어가 이사회에 참석하고 나와 애들과 만나기로 했다. 학교에서 나온 애들은 아버지가 무슨 중대한 일을 이야기하려고 하는지 궁금한 모양이다. 애들과 호텔 커피숍에서 차를 마시며 연희와의 있었던 모든 일을 빼지 않고 이야기해주고 이해를 구한다.

"아빠 잘되었다. 축하해요. 동생도 둘이나 더 생겼네. 아빠 축하해요."

딸애는 성격답게 금방 이해하며 축하를 해준다.

"그럼 엄마하고는 이젠 완전히 끝난 거네. 아빠."

마음이 여린 아들은 못내 아쉬움이 남는 모양이다.

"아빠를 이해해주라. 이혼과 결혼 모두 현실이고 이제 모두들 제자리로 찾아가는 과정이라 이해해주기 바란다. 너희도 소중하고 새엄마 되는 분과 아빠의 새로운 아들도 소중하지만, 너희 둘의 이해와 지지가 없으면 진행시키기가 어렵기 때문에 도움이 필요하다."

3시간째 이야기하며 딸과 아들의 이해와 지지를 얻어낸 호석은 이번 재혼에 가장 어려운 설득 대상이라고 생각한 애들이라는 관문을 넘어간다.

"결혼식은 너희 둘이 들어오는 날짜에 잡으려고 하니까 날짜 정해서 메일로 연락 주라. 그 대신 편안하게 들어오게 해줄게. 왕복으로."

자식늘과 즐겁게 식사하고 저녁 늦게 샌프란시스코 공항으로 가서 동부로 날아간다. 일정이 바빠진 것은 양 대표가 회계감사에 들어가기 전날 본사 이사회에 사임하겠다는 의사를 표시했다는 연락을 받았기 때문에 한국에 급히 돌아가야 했다. 뉴욕에 도착하자 바로 연희의 집으로 간다. 전처가 있어서 조금은 부담이 갔지만, 연희가 이미 이야기를 했기 때문에 거칠 것이 없었다.

"나요, 문 좀 열어줘."

"빨리도 도착했네요."

"존은 집에 있나?"

금요일 늦은 밤이지만 학교에서 나와 집에 있는 날이기 때문에 서로의 일정으로 가장 좋은 날이고 호석은 내일 휴일을 이용해 한국으로 돌아가야 하기 때문이다. 시차가 있다는 것이 가능하게 해주는 것이다.

"2층에 있을 거예요. 가서 보세요. 숨겨 놓은 아들을 만났으니, 호호호."

전처의 질투와 빈정거림을 무시하고 호석은 얼른 2층으로 올라가 존의 방문을 노크한다.

"존, 나야. 들어가도 되겠니?"

존이 문을 열어준다.

"어서 오세요. 뭐라고 불러야 할지 모르겠습니다."

연희가 이 상황을 이야기했을 것이다. 호석은 존을 껴안으며 미안하다는 말을 먼저 한다. 20년 가까이 모르고 살았던 것에 대하여 진심으로 미안하다며 이해해 달라고 한다.

"아녜요, 아버지. 지금이라고 이렇게 아빠를 만난 것이 꿈만 같아요. 어렸을 적부터 사진을 보며 자라고 아빠 이야기를 귀가 따갑도록 들어서 어색하지도 않아요. 아빠, 고맙고 또 축하드려요."

호석이 주르륵 눈물이 흐르는 것은 20년 가까이 존재조차도 몰랐던 아들과 말할 수 없는 우여곡절이 연희의 고생한 사연과 겹치면서 진심으로 미안한 마음이 들었고 자신의 부족함이 느껴졌기 때문이다. 호석은 결혼식에 맞추어 한국으로 나오라고 이야기한다.

"당연하게 나가야죠. 엄마·아빠 결혼식인데요. 걱정하지 마세요. 그래야 누나와 형도 볼 수 있잖아요."

"그래, 고맙다. 존. 나는 회사에 급한 일정이 생겨서 내일 귀국해야 하니까 날짜 잡히면 나에게 메일로 알려줘."

"네, 이해해요. 꼭 보내 드릴게요."

호석은 아들과 이야기를 마치고 전처가 있는 집이 왠지 불편한 것 같아 집을 나와 공항 근처의 호텔에서 묵고 새벽 비행기로 귀국하려고 한다. 전처는 자고 있는지 코빼기도 내비치지 않는다. 한국에서도 그랬지만 어쩌나 냉정한지 이혼 후에는 어떤 연락도 없는 여자다. 한국으로 돌아오는 비행기 편에 호석은 한국의 활동시간을 맞추기 위해 억지로 잠을 청한다. 공항에는 연희가 나와 기다리고 있다.

"오빠. 잘 다녀오셨어요? 애들은 다 잘 만나 봤어요?"

"응, 애들하고는 이야기가 잘되었어. 다들 축하한다더라. 꼭 나오겠다고."

"잘 되었네. 반대는 아니라도 안 나온다고 할까 봐 걱정했는데."

"걱정은 무슨. 회사 일이 걱정이지. 양 대표가 본사의 감사일정에 맞춰 사임했다네. 자존심이 많이 상하셨나 봐."

"취임 일정이 좀 당겨지겠네요."

"아니야. 양 대표가 인수인계해야 하는 기간도 있으니까 시간은 좀 있어. 당신이 결혼 준비를 하는 것을 도와주어야 하는데 좀 걱정이네. 양 대표도 나를 아들같이 생각하시는 분인데 무척 축하해 줄 거야."

"결혼식 일정은 어떻게 할까요? 애들 일정이 어떻게 될지 몰라서 말이어요."

"금일중 연락이 올 거야. 내가 빨리 달라고 했거든. 웨딩드레스 봤어?"

"네, 다 결정했어요. 오빠도 없이."

"아니야, 괜찮아. 너 배 나와서 어떡하지? 하하."

"그거 감추는 드레스로 했어요. 호호. 회장도 일정이 잡히면 온다고 하던데요."

"벌써 이야기했냐?"

"빨리 이야기해야 문제가 없지요."

"말하면 우리 회장도 올 거야. 애들을 데려오게 하려고. 당신도 연락해 봐."

"네, 저도 그런 생각을 했어요. 다음 주 방학이 시작되니까 스케줄에 문제없을 거예요."

애들이 3명이나 오고 친척들도 와서 묵을 수도 있기 때문에 큰 집을 산 것이 다행이라 싶었다. 친척들은 모두 호텔을 얻어 묵게 하기로 한다.

수요예측 프로젝트의 교수들이 소프트웨어 협회에서 조정이 안 되자 공정거래위원회에 제소를 한 모양인지 공정거래위원회에서 부 이사를 들어오라고 호출했다. 기업과 계약한 프로젝트를 완성도 못 하고 돈을 지급해달라고 하니 상식적으로 이해가 가지 않는다. 무슨 연줄이라도 있는지 모르겠지만, 공정위도 상식이 있으면 현명하게 처리를 하겠지 하는 기대를 하고 들어간다.

"후렉스코리아에서 하도급 업체에 지급할 돈을 계약이 종료되었는데도 왜 안 주고 있는 겁니까? 우월적 지위를 남용하는 것 아닙니까?"

부 이사는 '미친 놈아!'라고 목구멍으로 올라오고 있었지만, 권력을 가지고 있는 국가 기관이라 고분고분 듣고 있는 시늉을 한다. 어렵다는 고시에 합격하여 고위 공무원 직급에 올랐으면 생각하고 판단하는 것도 그 수준이 되어야지 하는 말이 목구멍까지 올라온다.

"계약서와 용역의 결과를 알고 그러는 것입니까? 기업에서 용역을 맡겼는데 계약된 결과가 없으면 계약사항 위반이고 그래서 정상적으로 잔금 지급을 보류한 것인데 그것이 잘못이라는 겁니까?"

"그게 아니라 그렇다 하더라도 계약서에 명시한 용역 기간이 끝났고 인력투입도 다 이루어졌으니 기간 안에 일한 돈을 줘야 하는 것 아네요?"

"세상에 어떤 계약이 그렇게 합니까? 모든 계약이 계약서에 명시된 기간이 지나면 줘야 한다는 엉터리가 어디 있습니까? 무슨 억지가 이렇습니까?"

공정위에서 다그치는 분위기는 교수들을 통해서 어떤 윗선의 압력을 받았는지 터무니없고 논리적이지 않은 억지를 부리고 있는 조폭 스타일이었다. 물론 교수들이 하도급법의 맹점을 교묘하게 이용한 측면도 없진 않았다.

"후렉스코리아의 지금까지 다른 용역을 조사하면 문제가 없을 것 같습니까?"

이 자들이 자주 쓰는 방식이 다른 것도 조사해서 트집을 잡겠다고 하는 협박인데 세상의 양아치 같은 엉성한 깡패들도 이런 식으로 접근하지는 않을 것이다. 매사에 이런 식이니 불공정거래라고 벌금 때려놓고 결국 소송에서 져주는지 지는지 모르겠지만, 생색만 내는 국민 사기극만 되풀이되는 것이 아닌가 싶다. 명칭과 다르게 공정함도 냉정함도 잃어버리고 줏대 없이 표류하는 존재에 불과하다는 판단이 든다. 부 이사는 털어서 먼지 없는 주머니가 어디 있겠나 싶기도 하고 김 상무가 곧 대표로 취임하는데 불쾌한 소식을 전해주는 거 아닌가 싶어 마음을 수그린다. 어차피 삼마에서 발주했고 후렉스코리아는 단지 돈만 지급하는 것이니 손해 보는 것은 아니라고 위로를 한다.

"그럼 우리가 어떻게 했으면 좋겠습니까?"

"잔금을 지급하세요. 이런 것으로 또다시 오게 되면 후렉스코리아에 결코 좋지 않을 것입니다."

부 이사는 대꾸할 가치조차 없다는 판단에 말없이 나온다. 이미 처리 방향을 결정해놓고 작정하고 불렀으니 이들에게 따지는 것은 잔인한 것이라 스스로에게 위안으로 삼지만 최소한 비즈니스 선진국에는 이런 집단이 존재할 수가 없을 것이라 생각을 한다. 차를 운전하여 삼마로 들어가는 내내 씁쓸한 기분이 든다.

"한 비서, 시원한 냉수 한 잔만 주라. 답답하다."

괜히 화풀이를 한 비서와 냉수에게 한다. 부 이사는 오늘 공정위 업무를 끝으로 서치명 부장에게 프로젝트를 맡기고 본사로 들어간다. 김호석 상무가 본사로 들어와야 한다고 했을 때부터 정리 작업을 했고 서 부장을 데리고 같이 근무를 하면서 업무에 대한 인수인계도 모두 마친 상태다.

"한 비서, 내가 내일부터 본사로 출근하고 서 부장이 근무하는 데 잘 도와줘라."

"네, 이사님. 저도 본사로 불러주세요. 여기서 어떻게 근무하겠어요. 부장은 비서가 없잖아요. 사장님 비서실로 보내 주시던가요."

부장 수준으로 프로젝트 매니저가 바뀌니까 AA만 2명을 두고 프로젝트를 하게 될 것이다.

"그렇게 되는구나. 내가 상무님께 이야기해볼게."

"꼭 이야기해 주세요."

한 비서와 부 이사는 프로젝트 내내 서로가 요구하는 것 없이 절제된 관계로 좋은 관계를 유지하며 지내왔다. 쌓아 놓은 부 이사의 박스에 번호표를 붙여주면서 한 비서는 비서 업무가 체질이라고 너스레를 떤다.

김호석은 오늘 딸과 아들이 귀국을 하기 때문에 공항으로 데리러 가고 있다. 결혼식에 맞추어서 회장의 전용기에 같이 오는 것은 이야기해두었는데 미리 들어와 할 일들이 있다고 한다. 처음으로 공식적인 만남이니 옆자리의 연희는 긴장되는 모양이다. 공항에서 커피를 마시며 애들이 나오기를 기다리고 있다.

"떨지 마. 떨 거 없어. 하하하. 김연희답지 않게."

"떨기는요. 추워서 그래요. 뭐 까불면 선배의 힘으로 눌러버리지."

"하긴. 까불면 눌러버리자고."

잠시 후 아들은 카트를 끌고 딸은 그 위에 타고 변함없이 장난을 치는 애들이 눈에 보인다. 연희도 한눈에 알아보고 다가가 말을 한다.

"귀국을 환영한다. 오느라 고생했어."

"어서 와요. 고생 많이 했지요?"

연희와 호석은 애들을 반갑게 맞이한다.

"아녜요. 새어머니께서 보내주신 비즈니스 좌석 때문에 호강하며 들어왔어요. 고맙습니다."

사실 호석이 연희의 이름으로 애들 항공권을 예약해 놓았더니 연희가 자기들에게 한 것으로 알고 있는 것이다.

"자, 나가자. 우리 일하다가 나왔으니까. 당신은 회사로 들어가고 난 애들 집에 데려다주고 다시 출근하지, 뭐."

"아네요. 저도 집에 갈게요."

고속도로를 달려 집으로 가는 길에 뒷좌석에 앉은 딸과 연희는 언제 친해졌는지 금방 깔깔대고 이야기한다. 하긴 선배로서도 존경받을 만한 위치에 있기도 하고 딸애의 진로도 비슷한 길에 있으니 할 이야기가 많은 것이다. 수줍어하는 아들은 조금 어색한 모양이다. 그래도 하루만 지나면 다 풀어질 것이다. 이틀 후에는 뉴욕에서 오는 막내아들을 맞으러 가야 한다. 갑자기 자식이 많아져서 할 일이 많아진 느낌이다. 집에 도착하자 정해준 각자의 방으로 가서 짐을 푼다. 연희가 이것저것 쫓아 다니며 자상하게 일러주며 푹 쉬고 저녁에 보자고 한다.

"처음 보는 것은 아니지?"

호석이 딸애에게 물어본다.

"네, 학교에 가면 동문 모임에서 가끔 듣기도 했어요. 그때 사진으로 보던 그 유명한 선배가 새엄마가 되니 기분이 이상해요. 호호호."

"그 기분 이해하지. 하하하. 그런데 뭘 하려고 이렇게 빨리 왔지? 궁금하네."

"뉴욕에서도 내일모레 오후에 도착한다고 하니까 애들끼리는 메일을 주고받으며 이야기했겠지요."

연희에게 존이 누나와 형들과 소통하고 있다고 알려준 모양인지 무슨 꿍꿍이가 있을 거란 듯 말한다.

"서로 빨리 친해지면 좋지, 뭐. 어색한 것보다 좋잖아. 그 핏줄이 어디 가겠어? 하하하."

집을 나와 일흥증권 앞에 연희를 내려주고 김호석 상무는 자신의 사무실로 간다.

"강 비서, 부 이사 들어왔나?"

"네, 삼마에서 들어오는 중이시랍니다. 짐은 벌써 도착해서 풀고 있어요."

"그래. 양 대표님 비서실에서 연락 없었지?"

"네, 연락 없었고 사무실에 안 계신 것 같던데요."

"부 이사 오면 연구소장 방으로 오라고 해. 나 거기 있을 테니까."

내일부터 전사적으로 회계감사가 시작된다. 대표이사가 사표를 내고 감사가 시작된다고 하니 내부 분위기도 어수선하다. 설립한 지 20년 만에 처음으로 실행하는 외부 감사이니 적응이 되지 않아 그럴 것이다. 내부의 회계처리가 매우 투명하다고 자타가 공인하기 때문이기도 하지만 새로운 시대를 연다는 마음으로 한 번 정도는 짚고 지나가야 하는 것이 정상이라고 판단했기 때문에 호석은 큰 걱정은 하지 않고 있다. 더 큰 자신감은 사소한 것들은 실수로 있을 수 있어도 심각한 문제는 없을 것이라고 후렉스코리아 구성원 전체를 믿는 마음이 있기 때문이다.

"연구소장님, 이제 연구소장직 내려놓고 본사로 들어와야 할 것 같습니다. 하하"

"불러주시면 언제든 오겠습니다. 하하하."

이번 감사의 총책임자로 지명된 연구소장은 부사장 사건을 맡아 처리를 마무리하는 데 큰 역할을 했다. 성실하게 일을 하는 모습이 눈에 들어왔기 때문에 또다시 중책을 맡기는 것이다.

"고맙습니다. 기억하고 있겠습니다."

사무실로 철수한 부 이사가 들어온다.

"부 이사, 어서 와라. 고생했다. 연구소장님 처음 뵙지? 인사드려."

두 사람은 같은 회사에 있었지만 부 이사는 나가 있고 연구소장은 공장에서 주로 근무하고 있었으니 만날 일이 없는 것이다.

"이번 일에 총 책임자가 연구소장님이고 실무는 부 이사가 맡아 진행해야 돼. 본사에서 지시하는 형식으로 되어 있으니까 보고도 연구소장님을 거쳐 본사로 직접 하면 될 거야. B&K와 삼익 회계에서 내일부터 이곳으로 들어와 시작하는 일정표는 받았지?"

"네, 잘 받았습니다."

"두 분이 전에 보내드린 삼익의 감사 프로젝트 제안서를 가지고 어떻게 할 것인가 협의해 보세요. 전 다른 약속이 있어 나가보겠습니다."

"네, 책임지고 열심히 하겠습니다."

연구소장이 인사하는 모습도 허풍이 좀 는 것도 이젠 제법 한국

문화에 익숙해져 있는 것 같다.

"하하. 이제 완전한 후렉스코리아 멤버십니다."

호석은 자신의 자리로 돌아와 부족한 업무를 챙긴다. 결혼식 준비로 이곳저곳을 돌아다니느라고 혹시 빠진 업무가 있나 곰곰이 챙겨본다. 월세로 내놓은 아파트가 아직 찾는 사람이 없었고 서 사장도 큰 아쉬움이 남았었고 회한이 드는지 서 사장의 집에 있던 호석의 짐을 다 가져다 놓으며 장문의 편지도 한 통 써놓고 갔다. 돌이킬 수 없는 자신의 상황에 도저히 어찌할 수 없어 호석을 떠나보내는 것이 아쉽고 가슴 아프다는 내용이다. 앞으로 그냥 편안하게 지내는 사이가 되자고 한다. 새로운 사람도 쉽게 만나지만, 과거의 추억도 빨리 잊어버리고 쿨하게 정리하는 것이 김호석의 성격이다. 비록 호석도 아쉽고 조금의 미련은 있었지만, 이제는 그러한 모든 것을 뒤로해야 하고 연희와 가족 모두에게 충실해야 한다는 생각을 한다.

"상무님, 양 대표님 사무실에 계신다고 차 한잔하자고 합니다."

"그래, 내가 올라가야지. 알았어."

양 대표의 방에는 짐을 정리하느라 조금은 어수선하다.

"사장님, 벌써 짐을 정리하고 계십니까?"

"김 상무, 어서 와요. 나갈 사람은 빨리 행동을 해야 돼. 그나마 김 상무가 후임으로 온다니까 얼마나 다행인가. 나도 추천을 했었거든."

"감사합니다. 사장님께서 워낙 잘해 오셔서 제가 감당이나 하게 될 수 있을지 걱정입니다."

그간 양 대표의 일을 지근에서 협의도 하며 지내왔기 때문에 인수·인계받을 업무는 별로 없지만, 워낙 경제계에 인맥이 넓은 분이라 아쉬운 점이 많다. 이번 결혼식에도 주례를 서주기로 했고 평소에 잘 대해주어서 친하게 지내왔기 때문에 후렉스 본사에서 대표 교체를 결정하지 않았다면 호석 스스로 사장 자리에 앉으려고 노력하지 않았을 것이다.

"하하, 김 상무가 잘할 걸로 기대가 많습니다. 나이 많은 사람들은 빨리빨리 나가야지. 조직의 순환에 걸림돌이 되면 안 되지."

"사장님이 연세가 많다고 하시면 저도 섭섭합니다. 아직 젊으십니다."

"고맙군. 내가 나가도 김 대표를 잘 지켜볼게요. 내 아들 같은 친구니까."

"그럼요. 저도 아버지같이 편안하고 좋았습니다. 저도 댁으로 가끔 놀러 가겠습니다. 사모님 음식을 잊을 수가 없어서요."

"그래, 가끔 와야 해. 적적한 집에 오면 좋지 뭐. 집사람도 굉장히 미인이더군. 주례 부탁할 때 나는 처녀와 하는 결혼인가 했더니 20년 이상이나 김 대표를 기다렸던 재원이라니 복받은 사람이야. 진심으로 축하해."

"사장님, 그래서 드리는 말씀인데 결혼식 때 이 취임식도 같이 하시는 것이 어떤신가 해서요. 회사홍보도 되고 또 대표취임이 그다지 바쁜 것도 아니니까요."

"그거 조금 색다른 방법이군. 자네 아내 될 사람도 알고 있나?"

"사장님이 허락하시면 제가 이야기하려고요. 그리고 부모님이 안 계시는 집사람의 부모님이 되어 주셨으면 해서요. 미국에서 대학 다닐 때 돌아가셨어요."

호석은 연희가 부모님이 안 계시니까 양 대표와 그 사모님이 부모석에 앉는 것으로 부탁하는 것이다.

"내가 거기에 앉을 자격이 있나. 허허."

"부탁드리겠습니다. 딸 하나에 사위도 생겼으니 좋으시잖아요."

양 대표는 지금은 자식이 없다. 나이 들어 낳은 자식들이 여행을 가다가 교통사고로 모두 죽은 사건이 있었다. 그래서 회사에서 만났지만, 호석을 아들같이 좋아했고 아내도 호석이 놀러 가면 아들에게 하듯이 다정하게 대한다. 그것을 아는 호석이 정중하게 제안을 하는 것이다. 싫지 않은 표정으로 양 대표가 이야기한다.

"그래, 그럼 나야 고맙지. 김 상무가 내 사위가 되는 건가? 하하하."

비록 회사에서 최고경영자와 임원이라는 관계로 여러 알력 가운데 권모술수를 부리며 알량한 권력을 놓고 싸우며 다른 생각을 할 때도 있었지만, 호석은 항상 마음속에는 양 대표에 대한 응원과 존경심이 떠나지 않았다. 그래서 호석에게 곤란한 부탁을 할 때도 항상 적극적으로 호응하고 도와주었다.

"하하, 그렇습니다. 열심히 하겠습니다."

"내가 다음 주부터는 출근을 안 할 거니까 자네가 여기 쓰도록 하게. 오늘 사무실 새롭게 꾸며 놓으라고 지시해 놓았거든. 그러니

다른 이야기하지 말고 이곳으로 옮기게. 내가 후렉스에서 해줄 수 있는 마지막 결정이니까."

양 대표의 단호한 말에 호석은 더 이상 거절을 하지 못하고 제안을 받아들인다.

"네, 알겠습니다. 잘하겠습니다."

"자넨 잘할 거야. 그리고 부사장 처리는 자네한테 넘기고 가네. 회사에 기여한 것도 많으니 호의적인 관점에서 처리해서 적을 만들지 말게. 내가 괜히 처리하기 어려운 것만 남겨주고 가는 것 같아 미안하네만."

"아닙니다. 제가 알아서 잘 처리하겠습니다."

누군가가 폭탄을 받아야 하는 것은 기정사실이었지만 그것을 호석이 갖고 있게 될 줄은 몰랐다. 소문에 부사장이 국내 굴지의 PC 제조회사 부회장으로 간다는 이야기를 듣고 후렉스와 상호 협조할 수 있는 안을 이미 만들어 놓고 있었다. 후렉스 회장과, 골드만삭스 회장이 참석하는 이번 결혼식에 그들을 보기 위해서라도 국내외 경제계 거물들이 많이 올 것이다. 연희와 관련이 있는 정관계 인사들에게 초청장이 나갈 것이고 후렉스코리아 대표 이취임식이 같이 진행될 예정이니 자연스럽게 관련 기업들의 대표들이 참석하게 될 것이기 때문에 분위기도 좋을 것이다.

수라호텔의 그랜드볼룸으로 결정이 되었는데 두 사람이 유명한 인사가 되어서 전문 컨설팅 업체에 맡겼더니 호텔 간 경쟁을 시켜 저렴한 가격에 하게 되었고 무슨 연예인처럼 협찬 업체도 생겼다.

독특하게 결혼식과 이취임식이 같이 진행되는 이색 결혼식이 되어 버렸고 이취임식 비용이면 충분하게 결혼식도 같이 치를 수가 있었다. 후원이 많아 하객들에게 축의금은 따로 받지 않고 별도의 모금함을 만들어 소년·소녀 가장 돕기 후원금으로 대체하기로 하였다.

퇴근 시간이 되어 연희에게 전화를 걸어 약속이 있냐고 묻자 집에 있는 애들하고 같이 저녁을 먹자고 한다.

"미국에서 막내 들어오고 같이 먹으면 안 되나?"

이젠 제법 배가 나와 보이는데 그냥 모르는 사람의 눈에는 살이 찐 것같이 보이지만 힘들 것이라 생각이 들었다.

"한국에 들어온 첫날인데 한국 음식 먹고 싶을 거예요."

"일부러 신경 쓸 거 없는데."

"아니에요. 일부러 아니고 같이 저녁 먹고 싶어요. 제가 전화할게요."

"하하, 알았어. 내가 회사 앞으로 갈게. 당신 차로 가자."

호석은 사무실을 나와 한 블럭 건너 연희의 사무실 앞으로 걸어가며 요즘처럼 가슴 설레고 들뜬 적이 없고 정말 행복하다고 느껴진다. 애들이 무엇을 먹으려고 할지 궁금하다. 몇 달 있으면 내 자식이 4명이나 된다고 생각하니 주머니가 두둑한 느낌이고 안 먹어도 배가 부르다. 호석은 연희와 상의해서 혼인신고를 하면서 존의 이름도 김요한으로 등록했다. 물론 이중 국적을 소유하게 되었지만 그대로 유지하기로 했고 태어날 애가 딸이라고 하니 이름을 준비해야겠다는 생각을 한다.

"오빠, 왜 이리 늦게 와요. 애들 기다려요."

"그럼 우리 둘이 가고 내 차를 보내서 약속 장소로 오라 할 걸 그랬나?"

"그럴까요? 그럼 오빠가 빨리 전화해요."

호석은 윤 기사에게 전화해서 W호텔로 애들을 데리고 오라고 한다. 연희가 전화하니 애들이 풍경이 좋은 곳에서 식사하고 싶다고 했단다.

"하하, 그놈들 분위기는. 우리 밥 먹고 운동이나 하고 갈까? 가볍게 하고 마사지 좀 받으면 좋을 것 같은데."

"그래요. 그것도 좋겠어요."

"W호텔은 이탈리아 식당이 제일 전망이 좋아. 그곳으로 가자고."

"아니, 거기가 분위기와 야경 좋다는 것을 어떻게 알았어요? 여자들하고 갔지요?"

"아니야. 신 선배하고 운동 끝나고 가곤 했어."

호텔에 도착해서 식당으로 올라가 전망 좋은 방을 하나 달라고 하자 예약이 다 되었다고 한다. 그래서 피트니스 클럽 담당 매니저에게 전화해서 부탁했더니 바로 빈방이 있다고 안내한다.

"여긴 아직도 빽이 있어야 해, 하하."

VIP 고객에 대한 예우답게 전망이 좋은 방을 주며 죄송하다는 인사를 하며 명함을 준다.

"앞으로 이 번호로 연락 주시면 신경 쓰겠습니다."

애들이 오기 전이라 와인을 먼저 준비해놓고 윤 기사에게 전화해서 도착하면 발레 파킹을 해놓고 먼저 퇴근하라고 한다.

"네, 사장님. 거의 다 도착했습니다."

벌써 윤 기사의 호칭이 바뀌었다는 것을 알고 웃음이 나온다. 잠시 후 도착한 애들이 안내되어 들어온다.

"어서들 오십시오. 전망 좋은 데는 여기가 최고야."

"네, 역시 전망이 좋군요. 아직 시차 적응이 안 되어서 정신이 없어요."

"와인들 한잔하면서 긴장을 풀고 낮에는 억지로 자지 말아야 해. 그렇지 않으면 시차에 빨리 적응하기가 어렵다."

와인을 먼저 마시면서 식사를 주문한다.

"아빠 엄마 결혼식에 후렉스코리아 이취임식도 같이 하기로 했어. 세계 정상의 경제계의 거물들이 많이 오실 거야. 이 기회에 인사들 많이 해라."

"어머, 그래요? 굉장한 이색뉴스가 되겠는데요. 이색 결혼식 내가 SNS로 생중계해야겠어요."

딸애가 흥미를 보이고 아들이 이야기한다.

"아빠 우리가 이번에 왜 이렇게 일찍 왔냐면 그러니까 회장님 전용기를 타고 올 수 있는 기회를 버리고. 음, 결혼식 축가를 존하고 우리 둘하고 셋이서 하기로 했어요. 완전 축제 분위기로, 호호호. 어때요? 존은 우리하고 연락이 되어서 동의했고요."

잠시 연희와 호석은 애들의 이색적이고 적극적인 행동에 감동한 듯 감격을 한다. 정신을 차리고 연희는 입을 연다.

"얘들아, 오늘 우리에게 감동을 주려고 작정을 한 모양이구나. 오늘부터 잠이 안 올 것 같아. 이거 뭐라고 감사를 해야 할지 모르겠다."

"요번 결혼식을 저희들이 SNS로 생중계하려고 했는데 몰랐지요? 너무 멋있는 결혼식이 될 것 같아요. 안 그래요? 아빠?"

"이거 왜 이리들 미리 들어오나 했더니 이런 서프라이즈를 하려고 했다니 눈물 난다. 고맙구나."

호석은 딸과 아들에게 감격한 듯 악수를 청한다.

"아녜요. 아빠 엄마의 재회를 축하해 드려야지요. 이혼은 이혼이고 우린 어린애가 아니잖아요. 괜한 눈치 보지 마시고 부담 갖지 마세요."

옆의 연희도 감격한 표정을 지으며 말한다.

"그럼 내가 선물도 줘야겠네. 턱시도와 웨딩드레스를 하나씩 맞추는 걸로 하자. 돈 드는 것은 아니고 내 드레스 만든 디자이너가 내 고객이거든. 그래서 무료로 협찬해 준다고 하더라. 존이 들어오면 세 명 다 준비해준다니까 요번 주 턱시도와 드레스 맞추러 가자. 그날 신부 화장도 해야 하니까 딸은 나하고 같이 마사지 받으러 다니면 되겠다."

"어머, 진짜예요? 하얀색으로 안 해도 되지요? 어머니."

"내가 그럴 줄 알고 색상은 본인이 직접 고르게 하겠다고 했어. 유명한 디자이너야. 국내외에서. 깜짝 놀랄걸?"

"기대돼요. 진짜로!"

식사가 나오고 결혼식과 학교를 중심으로 이야기꽃을 피우는데 마치 스탠퍼드 동문회를 하는 분위기다.

연구소장과 부태인 이사는 정해진 감사범위에 매일매일 실행일정을 잡느라 정신이 없다. 프로젝트 때보다 더 정신이 없어 보이는 것은 처음으로 하는 광범위한 감사다 보니 인력도 많이 들어왔고 짧은 시간에 해야 하는 미션이 떨어져 있으니 야간에도 해야 할 정도로 일이 많기 때문이다. B&K 한 대표도 이 기회에 김호석 대표에게 확실하게 보여 사업을 확대해 볼 작정인지 적극적이다.

"한 대표님, 요즘 얼굴색이 엄청 환해지셨습니다. 일이 너무 잘되는 것 아니십니까?"

"하하, 동생 덕분이지. 두 번째 만나 개고기 먹으면서 골탕을 먹는 바람에 이렇게 좋아진 거 아닌가? 난 솔직히 그거였으면 안 갔을 거야. 한 번도 안 먹어봤고 강아지도 키우는 중이거든."

"형님은 그럼 못 먹는다고 했어야지요. 그걸 억지로 드세요? 하하."

"보신탕이라고 말도 안 해놓고 말이야. 일부러 골탕 먹이려고 한 거지?"

두 사람은 처음 형님 동생 하기로 하며 다시 만났을 때를 회상하며 껄껄거린다. 그때 부 이사는 장난기가 발동했고 골탕 좀 먹이려고 한 것은 사실이다. 얼굴은 야릇한 맛이라 생각하고 있는데 애쓰며 먹어대는 그 모습에서 마음이 열렸던 것이다.

"형님, 이번 감사건 하루라도 땅겨야 할 것 같은데요. 이색 결혼식에 참석하려면 말입니다. 정·재계 관계자들이 많이 참석한다고 하던데요."

"그러게. 하여튼 김 사장님이 독특한 거야 아니면 김연희 사장이 그런 거야? 자넨 잘 알고 있을 것 아닌가?"

"하하. 두 분이야 학창 시절 유명한 커플이었다는 것은 전설이라 알고는 있지만, 성격이 튀거나 하는 그런 부부는 아녜요. 그런데 사모님 대단하지 않습니까. 아들 하나까지 키워가면서 20년을 기다려 자기가 원하는 남자와 결혼을 하는 것이 제가 볼 땐 김 대표님이 남은 삶은 무릎 꿇고 살아야 할 것 같은데요. 하하하."

여기저기에서 김호석 사장과 김연희 사장의 결혼이 화제가 되어 있다. 각종 여성 잡지에서 추측성 기사가 난무하고 SNS상에는 인기스타보다 더 유명한 사람이 되어 있다. 파파라치까지 생겼고 팬카페까지 생겼으니 어느 정도인지 알 것이다.

"이거 선물은 뭐로 할지 고민이야. 돈이 많은 부부이니 뭐 할 게 없어."

"형님 축의금이나 화한은 필요 없고 그날 소년·소녀 가장 돕기 모금함에 직접 넣는 금액으로 인간관계를 평가하시겠다고 하던데요. 하하하."

"그래. 그래서 더 부담이 가. 아예 회사 차원에서 할까?"

결혼식에 또 다른 화제가 모금이 얼마나 모일 것인가 알아맞히는 것이었다. 일부 기업에서는 사람들이 그곳에 넣는 금액만큼 기부하겠다는 호기를 부리기도 했다고 한다. 인터넷이 난리가 나자 덩달아 후렉스와 티타테크, 골드만삭스에 대한 관심이 증폭되고 있었다. 사실 김호석 대표와 김연희 대표는 결혼식과 관련하여 어느 활동도 하지 않았다. 단지 시간이 없으니 전문 컨설팅 업체에 행사를 맡기고 일정을 조율만 했을 뿐이다.

오늘 호석과 연희는 막내아들이 들어올 시간이 되어서 공항으로 나가고 있다. 고등학생이고 한국에는 처음이고 거기다가 한국말은 많이 어설프다. 아직은 미성년이니 엄마가 보고 싶었을 것이다.

"존하고 이것들이 무슨 노래를 부를까? 기대되지?"

"호호. 기대되어요. 머리 좋은 애들이 무슨 엉뚱한 일을 벌이는 것 아닌가 걱정도 되지만 골탕 먹는 것이 아니면…. 결혼식이 주변에서 너무 과열되니 부담스러워요."

"편안하게 즐기자고. 그리고 애들 나가면 집도 옮기자고 조용히 사는 게 좋지 않겠어? 어때?"

"그래요. 그게 좋겠어요. 오빠가 이야기한 대로 전원주택단지 같은 곳에 좀 큰 집으로 가는 것이 좋을 것 같아요. 정원은 필수 가끔 파티도 있으니까요."

"내가 한 번 알아볼게. 아님 그냥 지을까? 도심하고 가까운 곳에."

"그래도 좋고요. 오빠가 알아서 해요."

공항에 도착해 아들이 나오기를 기다리는 두 사람은 주변에 사람들이 알아보고 자꾸 쳐다보는 것이 부담스럽다. 심지어 어떤 사람들은 사인을 해달란다. 잡지에 인터뷰 한 번 한 적이 없는데 마음대로 사진을 함부로 싣고 개인의 프라이버시 보호는 안중에도 없는 것 같다.

"존, 여기야."

호석이 애가 나오는 것을 보고 이름을 부른다. 환한 웃음으로 화답을 하며 피곤한 기색도 없이 달려와 포옹을 하고 호석과 엄마를 안고 볼에 뽀뽀한다.

"한국에 첫 방문을 환영한다. 어서 와라. 아빠의 나라야. 하하하."

"날씨가 아주 상쾌한데요."

어디서 왔는지 잡지. 신문사 기자들이 사진기를 눌러댄다.

"김 대표님 막내아들인가요? 무엇을 하는 사람입니까? 인터뷰 좀 할 수 있을까요?"

기자들이 막무가내로 달려든다. 김호석 대표는 도망가기보다는 정면 대응을 한다.

"공간을 비워주시면 간단하게 인터뷰를 하겠습니다. 그렇지 않으면 철저하게 노코멘트입니다."

자기들끼리 모여서 잠시 미팅으로 합의를 본다. 그러더니 한쪽 구석에 공간을 내고 몇 가지만 인터뷰하기로 한다. 호석은 괜히 숨기면 의혹과 추측기사만 난무할 것이라 판단하고 인터뷰에 응한다.

"오늘 입국한 분은 누구입니까?"

"제 셋째 아들이고 지금 고등학교 3학년입니다. 필립스에 다니고 있고 하버드하고 예일에 입학허가를 받아 놓고 있습니다."

"몇 년 만에 만나시는 겁니까?"

이들은 벌써 우리에 대해서 사전 조사를 많이 한 모양인지 핵심만 짚어서 질문한다.

"2주 전. 한 달 전에도 미국에서 만났습니다. 하하, 20년 만에 내

아들이라는 것을 알았습니다. 아시다시피 결혼할 사람과 20년 만에 다시 만나 결혼하는 것입니다."

기자들은 준비한 질문을 돌아가며 하고 김호석은 성실하게 답변을 해준다. 민감하고 극히 사적인 질문들은 정중하게 거절을 하면서 인터뷰를 끝내간다.

"마지막으로 아드님에게 질문을 하나 해도 될까요?"

괜히 놀랐을까 봐 걱정된 호석은 존에게 의사를 물어본다.

"형과 누나가 메일로 이번 결혼식에 대하여 이야기를 해주었고 공항에서 난처한 일이 생길 수도 있다고 말해줬어요."

이런 상황이 생길 것을 예상은 하고 왔다는 이야기에 조금 안심이 된다.

"네, 좋아요. 딱 한 가지만."

호석은 딱 한 가지만이라는 조건으로 질문을 받기로 했다.

"아드님은 이번 결혼식을 어떻게 생각하고 소감이 있다면 말해주십시오."

한참을 생각하더니 천천히 여유롭게 영어로 이야기하고 호석이 통역한다.

"먼저 저는 이번 결혼식이 어머니를 위해서 너무도 기쁜 일이고 태어나기 전부터 아빠의 존재에 대하여 어머니로부터 듣고 커서는 사진을 보며 자랐습니다. 최근까지도 전 아빠가 어머니와 결혼하고 있는 중이라 생각했는데 다시 결혼하신다 해서 깜짝 놀랐습니다. 우리 어머니가 왜 다시 결혼을 하지 하는 의문이 들었어요. 하하하. 그런데 매일 사진 속에서, 그리고 꿈에서나 보던 아빠와 한 다는 것에 안심을 했습니다. 소감은 꿈에 그리던 아빠가 이제 보고 싶을 때 볼 수 있다는 것이 전부라 할 수 있고, 누나와 형이 생긴다는 것이 무엇보다도 제일 좋은 일입니다. 엄마와 제가 외롭지는 않았지만, 가족이 많았으면 하는 생각은 항상 하고 있었거든요. 저의 아빠와 어머니 잘 부탁드립니다. 감사합니다."

호석도 놀랄 정도의 달변이다. 좌중을 웃기는 유머 감각도 있는 여유로움에 호석과 연희는 뿌듯함을 느끼며 공항 로비를 빠져나온다. 자동차에 짐을 옮겨 싣고 고속도로로 접어든다.

"한국에 처음 왔는데 가장 하고 싶은 것이 뭐냐?"

"걱정하지 마세요. 누나하고 형이 재미있게 해준다고 했어요."

호석보다 오히려 잘 챙기고 분위기를 최상으로 끌어 올려주는 애들이 고마웠다. 연희도 많이 어색할 거라 생각했는데 같은 배에서 나온 친형제보다도 가깝게 지내는 것 같아서 안심이 된다. 그 아빠에 그 애들이라는 생각도 든다.

"좋겠구나. 처음 왔으니까 재미있게 즐기고 가라."

집에 도착하자 애들은 거실에 나와 기다리고 있다. 애들이 시차 때문에 자면 안 된다고 짐을 풀자마자 데리고 나가려고 한다.

"아빠 차를 이용할래? 윤 기사 있으니까 필요하면 이야기해라."

"아빠, 우리 전철 타고 다닐게요. 신경 쓰지 마시고 용돈이나 주세요. 호호호."

짠돌이라고 애들한테는 소문이 났지만, 이번에는 카드를 꺼내주고 비밀번호를 알려준다.

"과소비는 안 되지만 필요한 것은 허용하마. 하하하."

"고맙습니다. 많이 쓸 일 없어요."

"너희들이 한국에 와도 항상 우리는 둘이서만 밥을 먹어야 하는구나."

"아빠하고 같이 못 다녀요. 두 분 모두 유명인사들이 되셔서 우리가 불편해요. 벌써 공항에서 있었던 일이 인터넷에 뜬 거 아세요? 놀라운 세상이에요."

벌써 소식이 전해지다니 인터넷의 빠른 속도감에 놀라고 감출 것이 없다는 것에 무서움을 실감한다.

"우린 존하고 나갈게요. 걱정하지 마세요. 존, 가자."

"우리도 밥 먹어야지. 아줌마가 해주는 것으로 할까, 아님 나갈까?"

"우리 W호텔로 가서 운동하고 마사지해요."

연희는 몸이 무거운지 W에서 받은 마사지가 기억에 많이 남는 모양이다.

"그래, 그게 좋겠다. 우리도 나갈 거야. 너무 늦지 않게 일찍 들어와라."

애들을 전철역까지 데려다주고 둘은 W호텔 피트니스 클럽으로 간다. 임신한 사람인 것을 알고 최상의 전문가가 붙어 케어를 해준다. 원만한 출산을 위해서 가벼운 운동부터 시작하여 산모에게 좋은 여러 가지 운동을 지도한다. 이곳에도 이미 얼굴이 알려져서 다들 인사한다.

"결혼 축하드려요. 우리도 가도 되지요? 소년·소녀 가장 돕기 기금에 우리도 동참하고 싶어요. 결혼식도 축하할 겸 꼭 갈게요. 호호호."

이곳에 운동하러 오시는 분들이 모두 사회적으로 위치가 단단한 사람들이라 헛말을 할 사람들이 아니었다.

"감사합니다. 많이 후원해주시기 바랍니다."

운동을 마치고 집으로 돌아오는 길에 연희에게 묻는다.

"칼츠 회장이 기부행사에 동참하겠다고 연락이 왔어. 매년 수천만 불 이상 기부하시는 분이니까. 얼마를 하려는지 궁금하네."

"일이 너무 확대되는 것 아닌가 싶어요. 우리 회장도 하겠다고 하던데요."

"재단을 하나 만들어 장학금을 주는 형태가 어때. 당신이 운용해주면 수익률은 걱정 안 해도 될 것 같고 괜히 다른 곳에 기부해버리면 엉뚱한 곳만 배를 불릴 수 있잖아. 그게 걱정스러워."

"좋은 생각이에요. 변호사와 상의해보세요. 아예 맡기고 재단의 의사결정은 공동으로 하게 하면 되니까요."

"좋아, 내가 후배 변호사가 있는데 그놈에게 맡겨야겠다. 재단 설립을 한다니 일이 커지긴 커진다. 그치?"

집에 돌아오자 애들은 벌써 돌아와 있다. 뭘 하다가 우리가 들어오니 아무것도 안 한 것처럼 시침을 떼고 앉아 있다.

"재미있게 놀았어? 저녁 먹었냐?"

"네, 맛있게 먹었어요. 존과 식성이 비슷해서 참치회집 가서 저녁 먹었고 그리고 그냥 이곳저곳 돌아다녔어요."

"와인 한잔 할래? 아님 그냥 잘래?"

"아녜요. 우리 그냥 이야기 좀 하다가 잘래요."

"그래, 우린 들어간다. 내일 보자. 뭐 먹고 싶은 것 있으면 아줌마한테 이야기하고 들어가라. 잘 자라."

두 사람이 들어가자 축가를 어떻게 할 것이며 무엇을 부를 것인가 논의를 하고 있다. 악기를 다룰 것인가 아닌가도 결정을 해가며 내일부터 연습하자고 결정한다. 오늘 연습할 수 있는 장소를 보고 온 것이다. 플루트와 클래식 기타, 피아노도 동원하는 모양이다. 큰 아들이 보컬을 하기로 한 모양이다. 제목도 아이유가 불렀던 '애타는 마음'으로 한다고 한다.

아침에 일어나 나갈 준비를 하지만 다행히 화장실이 많아서 혼잡하지가 않다. 아줌마가 해놓은 아침을 먹으며 하루 일정을 물어본다.

"저흰 오늘 오후에 시내 구경하러 갈 거고 미팅도 하고 그럴 거예요. 솔직히 상세한 일정은 비밀이에요. 제발 두 분이 하실 일이나 잘 챙기세요. 호호호."

사무실에 출근한 김 대표는 비서실을 개편하고 비서실장에 강 비서를 올려놓는다. 관례상 그렇게 진행하는 것이니까 불만은 없을 것이다. 외부에서 비서실 인력을 데려오지 않고 양 대표가 뽑았던 사람을 그대로 쓰고 퇴직한 비서 후임으로는 부태인이 추천한 비서를 데리고 왔다. 요즘 감사 인력들은 거의 밤샘으로 작업을 하는 모양이다. 외국에서 들어오는 재계 인사들은 연희의 주선으로 대통령과 단체 오찬이 예약되어 있다.

차를 구입 안 하려 했지만 칼츠 회장에 대한 예우로 벤츠 S600을 준비했다. 모든 감사가 칼츠 회장 들어오기 전에 결과보고서를 내놓아야 할 것이기 때문에 삼익 회계에서도 이렇게 많은 인력이 투입되어 보긴 처음이라 한다.

오늘 부사장과 미팅이 있다. 잘랐다고 이야기하기보다 스스로 물러나기를 기다리고 있었는데 PC 제조회사로 이동한다고 하니 그나마 다행이라 싶었다.

"김 대표님, 축하드립니다. 예상한 대로 움직여지는군요. 하하하."

"감사합니다. 다 후원해주신 덕분입니다."

"저는 PC 제조회사로 옮겨갑니다. 최고의 회사 부사장에서 조그만 회사 부회장으로 옮겨 갑니다."

"어디면 어떻겠습니까? 부사장님 능력이면 큰 회사로 만드실 것 같은데요?"

"감사합니다. 김 대표님."

둘은 후렉스코리아에서 있었던 과거를 회상하면서 앞으로 김호석 대표 체제에 대하여 이야기한다. 사직서를 가지고 온 부사장은 후렉스코리아에서 나간다고 하니 아쉬움이 많이 남는 모양이다. 자리에 일어나기 전 김호석 대표는 부사장에게 선물을 하나 준다.

"그 옮겨가는 회사에서 후렉스에 OEM으로 납품이 가능하게 해드리겠습니다. 어차피 올해부터 한국에서 구매하기로 결정했거든요. 납품 단가도 괜찮을 것입니다. 그 회사가 워낙에 기술력이 있는 회사이니까 저희로서도 문제가 없을 것이라 판단했습니다. 앞으로도 많은 도움 부탁드립니다."

"고맙습니다. 김 대표님. 정말 무어라 말을 해야 할지 모르겠습니다. 이런 의외의 선물을 받다니요. 참, 김 대표 성품은 들었지만, 자기편으로 사람 만드는 능력은 듣던 것 이상이군요. 하하하."

"무슨 말씀이십니까. 오랫동안 후렉스코리아에서 일해오셨는데 아무 도움도 못 드리면 말이 아니죠. 마음에 위로라도 되었으면 좋겠습니다. 조금만 기다리십시오."

차를 마시며 기다리는데 강 비서실장이 와서 자리가 준비되었다고 전한다.

"내려가시죠. 조촐하게 이임식을 준비했습니다."

"하하, 그런 것까지요? 고맙습니다. 여러 번 감동을 주시는군요."

눈시울이 붉어지는 부사장은 티를 내지 않으려 노력을 하지만 얼굴이 붉어지는 것은 어찌 막을 수 있겠는가? 이번 감사 결과에서 무리 없이 종결되게 한 것도 김 대표의 노력이 있었다는 것을 들어 알고 있기 때문이다. 행사장에는 부사장과 같이 근무했던 직원들이 많이 참석한 것이 보인다. 관리팀 구 부장외 사회로 이임식이 시작된다. 김 대표가 부사장에게 감사패를 전달하고 나자 부사장이 인사한다. 참았던 눈물을 보이자 많은 사람들도 같이 운다. 그러나 김 대표를 중심으로 열심히 하라는 인사말을 당부하게 되고 김 대표는 그렇게 부사장을 적으로 안 만들고 후원자로 만들어

버린 것이다. 아직 추종세력이 많은 부사장을 대접하여 그 사람들의 마음을 얻은 것이고 하청업체 부사장으로 종속 관계도 가져간 것이다. 부사장이 떠나는 것을 1층까지 내려가 배웅하는 것으로 부사장 사건을 깔끔하게 종결한다.

부태인을 파격적으로 상무로 승진시켜 영업부서에 포진시키고 연구소장을 부사장으로 임명했다. 삼마 프로젝트 부장도 이사로 승진시켜 프로젝트의 중요성과 먹을 것이 하나도 없는 후임 프로젝트 매니저의 섭섭함을 달래준다. 이제 칼츠 회장이 들어오기 전 회계감사만 종료하면 김호석의 취임과 함께 복잡하게 돌아갈 것 같았던 일들을 깨끗하고 조용하게 마무리하게 된다.

다음 주 미국에서 티타테크의 대표가 취임하면 연희도 일이 많이 줄어들 것이다. 골드만삭스에서 지분 일부를 되사기로 해서 차명으로 가지고 있던 보유량의 50%를 매각하기로 했다. 이렇게 만들어진 자금 중 2,500억을 호석은 연희를 통해서 미국채권에 투자하고 강남에 건물도 하나 매입을 협상 중이다. 최근 빌딩 금액이 엄청 떨어져 있기 때문에 연희는 빌딩을 살 것을 강력하게 원하고 있었다. 건물을 전액 현금을 주고 사지 않고 일단 오 부행장을 이용해 융자를 얻어 사고 빠른 시간 안에 자금을 갚는 형태로 처리하자는 것이 절세를 위한 자문 변호사의 제안이었다. 나머지 보유 주식은 3명의 애들과 태어날 애에게도 골고루 옮겨 놓을 예정이다. 세금 문제를 피하며 절세를 위하여 복잡한 방식을 동원했지만, 법적으로는 문제가 없는 합법적인 것이었다.

이제 결혼식이 4일 앞으로 다가왔고 모든 준비가 끝났다. 아이들은 무엇을 하는지 지쳐서 들어온다. 이놈들이 무슨 짓을 꾸미는지 궁금하다.

오늘은 칼츠 회장 일행이 한국에 들어오는 날이어서 사장단이 공항으로 마중을 나간다. 공항의 협조로 자가용 비행기 앞으로 자동차를 대고 칼츠 회장을 영접했다. 칼츠 회장은 내일 대통령과 오찬이 있고 다른 경제단체장들과 함께 간담회가 빡빡하게 예정되어 있다.

"미스터 김, 결혼식 준비는 잘되어가나요?"

"네, 회장님. 덕분에 잘되었습니다. 워낙 유명해진 행사라 걱정입니다. 회사홍보에는 도움이 많이 된 것 같아 긍정적인 측면이 있는데 후원 행사가 과열되었습니다."

"좋은 일입니다. 결혼 발표 이후 매출 변화를 한번 보았습니까?"

"네, 회장님. 프린터 같은 경우는 250% 신장되었고 나머지 분야도 120% 이상 신장되었습니다. 그래서 효과는 있었다고 말씀드리는 것입니다."

"음, 아주 좋아요. 이번 기부는 내가 개인적으로 750만 불 정도할 것이고 회사 차원에서는 별도로 할 겁니다. 한국 내에서도 경쟁이 붙으면 많이 나올 것으로 예상되는데 어떻게 쓰려고 하시나요? 하하하."

"네, 와이프와 저의 이니셜로 장학재단 만들어 수익금으로 소년·소녀 가장에게 학자금을 지원하려고 합니다. 변호사가 재단 설립을 하고 있습니다. 회장님도 이사회 구성원으로 참여해 주십시오."

김호석 대표는 구체적인 계획을 이야기하며 정기적인 후원을 받기 위해 골드만삭스 회장과 칼츠 회장을 이사회 구성원으로 참여시키기로 하였다.

"그래요. 영광입니다. 내가 변호사에게 처리하라고 지시하겠어요. 좋은 일을 계획하고 있어요."

"내일 청와대 오찬은 회장님과 골드만삭스 회장이 좌우로 앉게 되고 저도 참석하게 됩니다."

호텔에 도착하여 여장을 풀고 바로 사무실로 이동하여 감사 결과를 보고받은 칼츠 회장은 관행이라는 이름으로 잘못 처리된 회계처리와 미집행되고 남은 예산 등에 대한 처리를 김 대표에게 전적으로 위임한다.

오늘 저녁은 전 직원이 모여서 비어버스터로 진행된다. 말단 사원부터 칼츠 회장까지 자유스럽고 격의 없는 대화의 자리가 만들어지고 의견 표출도 자유롭다. 후렉스의 진정한 힘이 이런 행사에서 나온다. 이러한 자유로운 문화를 통하여 창의적인 재생산이 이루어지고 그것이 반영되고 개선되는 선순환을 통해서 진화하는 것이다. 모임이 끝나자 이사진의 배웅을 받으며 호텔로 떠난다.

한편 김연희는 골드만삭스 회장과 함께 티타테크 사무실에서 신임 대표에게 업무현황을 설명해주고 있다. 골드만삭스에 수십조의 투자 이익을 가져다줄 것으로 예상되는 사업을 성사시킨 김연희 지사장에 대한 찬사가 이어진다.

"김 사장, 축하합니다. 우리 이사진 모두는 김 사장의 노력과 탁월한 경영 능력에 찬사를 보내며 골드만삭스 부회장단에 합류하게 된 것을 알리고 축하드립니다."

김연희 지사장이 아시아 최초의 부회장단에 합류하게 된 것이다.

"감사합니다. 회장님. 열심히 하겠습니다."

"아울러 이사회에서는 부회장에 상응한 대우와 보수, 스톡옵션을 제공을 결의했습니다."

명실상부 엄청난 부와 명예가 따라온 것이다.

"과분한 대우에 감사드리며 더욱 큰 실적으로 보답하겠습니다."

"이번 결혼식에서 추진하는 소년·소녀 가장 돕기 기금 모금에 골드만삭스 전 임원의 뜻을 모아 2,500만 불을 기부하기로 했습니다. 사용처 또한 김 부회장에게 일임합니다."

하긴 향후 5년간 20조 이상의 투자수익을 올려줄 것으로 예상하고 있으니 개인의 실적으로는 어마어마한 것이다. 앞으로 이익과 투자는 지속적으로 늘어날 것이다. 곧 본사로 다시 가야 할지도 모른다는 생각도 든다. 회사에서 한국에 자가용 비행기도 한 대를 배정할 것이고 골드만삭스의 부회장이란 직책에 맞는 대우도 따라오니 개인적인 입장에서는 정상에 온 것과 같은 것이다. 연간 운용하는 자금만 해도 수백억 달러가 된다. 실시간으로 일어나는 문제에 대응하며 업무를 보기 위해선 이동수단이 엄청 중요한 것이다.

가볍게 저녁 식사를 마치고 회장 일행은 호텔로 돌아가고 연희도 퇴근한다. 내일 대통령과 오찬 미팅을 위해 쉬어야 하기 때문이다.

드러난 큰 기부금액만 3,200만 달러나 된다. 너무 커지는 것 아닌가 걱정스럽기도 하지만 이왕 시작했으니 한국에서 제일 큰 기금이 되었으면 좋겠다는 기대도 해본다. 어떤 기업 회장은 개인적으로 기금이 모이면 모인 금액의 10%를 자신이 기부하겠다고 SNS로 발표했다고 한다.

집으로 돌아온 연희는 오늘 일정이 빡빡했는지 피곤해 보인다.

"자기야, 나 피곤해. 좀 쉬어야 할 것 같아요. 내일 청와대에 11시까지는 도착해야 할 것 같아. 경찰이 에스코트는 하겠다고 하던데."

"그래, 푹 쉬어. 나도 내일 가야 하니까 일찍 들어갈게. 기사들보고 집으로 일찍 오라고 해. 호텔로 가서 모시고 청와대로 들어가지, 뭐."

애들은 오늘도 무슨 일을 꾸미는지 부부보다 더 피곤해 보여 웃음이 나온다. 결혼식이 우리를 더 피곤하게 하는 것은 아닌지 모르겠다.

오랜만에 늦잠을 잔다고 한 것이 8시다. 아침을 간단하게 한 후각자 회장단이 있는 호텔로 움직이기 위해 준비한다. 호텔에는 벌써 경호팀 관계자들이 나와 안내준비를 하고 있을 것이다. 차량은 청와대 의전 차량을 이용하기로 했고 기사는 빈 차로 따라오기로 한다.

청와대에 도착하자 비서실장이 마중 나와 맞아준다. 방문증과이름표를 부착하고 보안 검색을 한 후 행사장으로 들어간다. 벌써 골드만삭스 회장이 있는 것을 보고 칼츠 회장이 다가가 반갑게 인사를 나눈다. 잠시 후 대통령이 입장하자 한 사람 한 사람 인사를 나누며 돌아간다. 김호석 사장이 인사하자 반갑게 말을 건넨다.

"후렉스코리아 김 대표시죠?"

"네, 대통령 각하. 제가 김호석 대표입니다. 만나 뵙게 되어 영광입니다."

"축하해요. 세기의 결혼식이라고 난리더군. 난 우리 집사람이 부러운 듯이 이야기해서 알았어요. 직책상 가지는 못하지만, 비서실장이 갈 거요. 솔직히 나도 거기 모이는 후원 기금이 얼마나 될까 그게 제일 궁금하긴 해요. 하하하. 우리나라 기업들도 그런 쪽에 관심을 가져야 하는데 좋은데 써주세요."

"네, 대통령 각하. 감사합니다."

호석이 나오고 김연희 부회장이 인사할 차례가 오자 반갑게 인사한다.

"오늘의 신부가 오셨군요. 축하해요. 엄청 미인이십니다. 동양인 최초의 부회장이 되셨다고요. 한국 여성의 쾌거입니다. 집사람하곤 친하게 지내시면서 자문도 좀 해주세요. 축하합니다."

"감사합니다. 대통령 각하."

영부인에게 다가가자 환하게 웃으며 반갑게 맞이한다.

"오늘의 홍일점을 이제야 만나는군요. 진짜 축하해요. 우리 자주 만나요. 결혼식에 가고 싶지만, 상황이 안 되어 섭섭해요."

"아닙니다. 영부인 각하. 말씀만으로도 감사드립니다."

무슨 모임이 꼭 김 대표 부부 결혼 발표회장 같다. 오찬이 시작되고 술도 한국 전통주인 문배주와 복분자 그리고 전통방법으로 제조된 막걸리가 제공된다. 다들 경제 이야기로 중심이 옮겨가고 한국경제의 발전에 도움이 될 만한 조언을 한다. 그러면서 소년·소녀 가장 돕기 기금 모금처럼 사회의 약자를 돕는데 많은 기업인들이 동참하게 되기를 기대한다고 당부한다. 미국처럼 부자들이 가난한 곳을 돌아보아야 한다는 것을 강조하자 모두 공감을 표시한다.

오늘 오찬 자리의 대화 내용들은 언론 매체에 보도가 될 것이기 때문에 파문이 일 것이다. 대통령의 일정상 오찬을 끝내고 청와대를 빠져나와야 하기 때문에 식사가 끝나고 바로 기념촬영을 한다. 영부인은 다시 한 번 김연희 부회장에게 애틋한 마음을 표시한다.

다음 날 조간신문에는 대통령이 부자들, 기업인들이 가난하고 소외된 곳을 돌아보아야 한다고 어제 해외 기업 총수들과의 오찬 미팅에서 강조했다는 이야기가 발표되었다. 아울러 오늘 김호석 대표의 결혼식이 열리는데 그곳에 모이는 기금의 규모에 관심이 많다는 이야기도 함께했다고 발표되었다.

결혼 당일 결혼식장에도 오전 일찍부터 취재진이 장사진을 이루고 있다. 대통령까지 관심을 표시한 결혼식이니 난리가 났다. 결혼 예식 시간이 다 되자 이취임식이 먼저 진행된다. 양 대표와 김호석 대표가 칼츠 회장을 가운데 두고 서 있고 회사의 깃발이 인계되고 신·구 사장이 포옹한다. 잠시 자리를 피해서 옷을 갈아입고 있는 호석은 너무 많은 사람들이 온 것에 부담된다. 드디어 결혼식이 시작되자 언론사의 취재 경쟁이 뜨겁다.

"신랑 입장이 있겠습니다."

미색 턱시도를 입은 김호석이 입장을 하자 요란한 박수 소리가 터져 나온다. 호텔 측에서도 개관이래 이렇게 많은 고객이 오기는 처음이라고 한다. 들어오지 못한 하객을 위해 별도의 룸에서 영상으로 보여주고 있고 다과도 제공하고 있다. 다들 결혼식도 관심이지만 한 푼이라도 넣어서 동참하겠다는 마음으로 기금 함에 줄을 길게 서 있다.

"다음은 신부 입장이 있겠습니다."

결혼식에 음악이 흐르며 두 아들이 화동으로 연희가 뒤따라 사뿐사뿐 걸어 들어온다. 걸어 들어오는 모습이 마치 천사의 모습같이 진짜 눈부실 정도로 아름답다. 요란한 환호성과 함께 일어서서 박수를 치는 사람도 있다. 눈부시게 하얀 드레스가 연희의 작고 흰 얼굴과 너무도 잘 어울린다.

결혼식이 진행되고 순서에 따라 양 대표가 먼저 성혼선언문을 낭독한다. 주례인 양 대표 앞에 서자 서로 맞절을 시키고 반지를 교환한다. 주례사를 하는 양 대표는 약간의 흥분상태인 것 같이 상기되어 있다.

"저는 오늘 후렉스의 대표이사를 그만두고 후임 대표이사의 결혼식에 주례를 서게 되니 참 기이한 인연이라고 생각합니다. 그리고 저는 오늘 새롭게 딸과 사위를 얻은 날이기도 합니다. 물론 4명의 손자·손녀는 보너스로 말입니다. 저는 두 자녀를 교통사고를 통해

잃어버렸습니다. 절망의 시간이었고 돌이킬 수 없는 일이었기에 육신은 살아 있었으나 죽은 것 같이 살아온 시간이었습니다. 내 아내도 오늘 온종일 눈물을 흘리고 있군요. 이렇게 새로운 딸을 얻고 또 딸과 사위의 주례를 서니 이 또한 얼마나 기이한 인연이고 기쁨입니까. 이제 새롭게 인생을 보면서 오래 살아야겠다는 의지가 생기는 것 같습니다. 이 새롭게 출발하는 가족 모두에게 건강하게 사랑하며 살 것을 부탁드립니다…."

양 대표의 주례사가 이어지면서 흐느끼는 사람도 있고 기쁨으로 우는 사람도 있다. 세상에서 들어본 가장 진솔한 주례사이기 때문일 것이다.

"이어 축가가 있겠습니다. 축가는 세 자녀가 준비한 것입니다."

사회자가 코멘트를 하자 검은색 턱시도를 입은 두 아들과 아이보리와 작은 핑크색 물방울이 들어간 드레스의 딸애가 나와 피아노, 플루트, 클래식 기타연주가 어우러진 'Endless love'를 부른다. 연습을 많이 한 모양이다. 첫 곡이 끝나자 다들 일어나 큰 박수로 화답한다. 이어서 미리 녹음된 연주에 따라 울랄라 세션과 아이유가 부른 '애타는 마음'을 부르는데 난리가 났다.

결혼식이 끝나자 양가 부모에게 큰 절이 있다. 두 사람은 먼저 양 대표에게 큰절하고 이어서 호석의 큰 형님에게도 절을 한다.

기념촬영이 진행되는 동안 식사가 제공되었지만, 너무 많은 하객이 와서 식사가 모자란다고 한다. 1,200명분을 준비했는데 3,500명 정도가 온 것이다. 호텔 측에서 하객이 넘치는 것을 보고 영상으로 보는 곳은 급하게 여러 곳의 뷔페 음식으로 준비해서 제공한다고 한다.

오늘의 부케는 강 비서실장이 받았다. 평상복으로 갈아입고 부부와 아이들은 하객석을 돌며 인사를 드린다. 정재계의 내놓으라 하는 사람들이 다 모였고 칼츠 회장과 수행원들 등 모든 사람의 표정이 매우 밝아 보인다.

식사가 어느 정도 끝나자 마지막 행사가 진행된다. 후원금 액수를 발표할 시간이다. 김호석 대표가 직접 자료를 받아 발표한다.

"여러분, 감사합니다. 이렇게 많은 후원을 하여 주신 것 감사드리며 주신 기금은 철저하게 소년·소녀 가장을 위한 기금의 목적에 맞게 사용하겠습니다. 먼저 대통령 각하께서 비서실장을 통해서 금일봉을 보내 오셨습니다. 또한, 골드만삭스에서 회장님 이하 임직원이 3,500만 불, 후렉스 칼츠 회장이 개인적으로 750만 불, 후렉스에서 임직원이 2,900만 불 기부하셨습니다. 삼태, 삼마그룹…, 이외 수많은 소액후원자들, 인터넷으로 기부 의사를 밝힌 것을 빼고 산출한 금액이 미화 9,600만 달러와 한화 680억 원가량이 모였습니다. 한화로 합산하면 약 1,700억에 가까운 기금입니다. 이 기금을 운영할 재단이 이미 설립되어 있으며 목적 이외에는 절대 사용하지 않는 재단의 뜻을 살려 운용할 것입니다. 물론 투명한 운영을 위하여 국내외 신망 있으신 분들로 이사회를 구성할 것입니다."

김호석 대표의 발표가 끝나자 대한민국 역사상 유래가 없는 모금 액수에 언론 등의 취재 경쟁이 치열하다. 양 대표와 회장단 모두가 소개되고 감사의 뜻이 전해졌다. 호석과 연희는 그동안 많이 시달렸지만 소기의 목적은 완벽하게 이루었다고 자평한다. 결혼식이 성공리에 끝이 나고 본사에서 온 회장단들은 또 다른 일정으로 인하여 유럽과 중국으로 떠났다.

김호석 대표는 부사장과 부태인 상무, 비서실장을 불러 자신이 신혼여행을 떠나 있는 동안 회사 운영에 각별하게 신경을 써줄 것과 기금 운영을 위한 재단 이사들을 섭외할 것을 지시한다. 골드만삭스에서 부회장 승진과 결혼 축하기념으로 보내 준 한국에서 운용할 자가용 항공기를 이용해 6명의 가족은 신혼여행을 떠났다.

회사에 남겨진 부사장과 부 상무는 들어온 기금을 처리하며 설립된 재단에 필요하다고 김 대표가 지시한 이사진 구성 대상자들을 물색하고 있다. B&K 한 대표는 재단의 감사로 들어가기로 했고 부사장과 부 상무는 당연직으로 들어가기 때문에 한 배를 타고 같이 열심히 일하고 있는 것이 보였다.

인도 쪽으로 가는 비행기 안에는 김호석의 가족들이 즐거운 모습으로 편안함을 즐기고 있다. 밖으로 보이는 붉은 석양 속으로 그들이 탄 항공기가 사라지고 있다.